Da poesia à prosa

Alfonso Berardinelli

Da poesia à prosa

Organização e prefácio Maria Betânia Amoroso
Tradução Maurício Santana Dias

COSACNAIFY

Prefácio

Os ensaios de Alfonso Berardinelli aqui reunidos trazem a melhor reflexão, feita por cerca de vinte anos – de 1983 a 2001 –, sobre as razões e desrazões da poesia moderna, embora em alguns momentos a estenda para a arte moderna em geral.

O centro nevrálgico é a constatação, anunciada com veemência, de que existiu – ou existe ainda – um *mito da modernidade* e seu jargão, resposta pronta, automatizada "de uma modernidade não cansada de si mesma, isenta de autocrítica e ainda inteiramente confiante no progresso ininterrupto da inovação".

Com clareza e precisão, num estilo que faz com que leiamos o texto crítico com a fluidez da narrativa, ressalta que não é de fato verdade que o século XX foi dominado pela poesia lírica, ou ainda, que nem mesmo os poetas que foram julgados líricos por excelência (Ungaretti, Baudelaire, por exemplo) se ajustam muito bem ao figurino.

Nos capítulos que vão se sucedendo, demonstra que as teses sobre a poesia moderna, que correspondiam de início à necessidade real de uma nova expressão para uma nova situação, rapidamente se historicizaram dando lugar ao mito que, ao se consolidar, cria sua própria linguagem e a ela sempre remete. As várias fases são examinadas: como surge e cresce, do que se alimenta, como se autopromove e cria a duradoura imagem do poeta moderno, até que começa a morrer pelas hábeis mãos de Berardinelli.

Estamos já dentro do horizonte da Pós-Modernidade, mas o conceito – rapidamente abraçado por tantos, de modo peremptório negado por outros e quase já esquecido por todos –, é muito pouco útil, avisa o crítico, mera síntese das aporias do moderno deslocadas: "Pós-Modernidade como

Modernidade européia 'transferida' para outra margem, a margem americana, em um mundo agora dominado pelo modelo americano".

Há uma vasta zona de sombra, ocupada por muitos poetas e muita poesia que foram só vislumbrados, mais do que lidos, pelos críticos do século XX, justamente porque fora do alcance da luz irradiada pelas teses da poesia moderna como lírica. A eles o crítico volta os olhos e desfaz os equívocos, lendo em voz alta para nós Whitman, Lorca, Auden, Vallejo e tantos outros. As vozes da poesia, título de um dos ensaios, são muitas, bem mais dos que as três sugeridas por Eliot.

A habilidade de Berardinelli – ou a astúcia do crítico – está em se valer de alguns dos tópicos consolidados sobre a poesia moderna – a presença da prosa na poesia, a fronteira entre os gêneros, o obscurantismo na poesia como rechaço do mundo, a crença nas poéticas como processos de progressão infinita, entre outros – que são o alicerce do mito, para serem as pedras de toque de sua desconstrução – aliás, nada solipsista.

Contudo, não é novidade para ninguém que a literatura perdeu a importância que teve, até os anos 1950 pelo menos. De lá para cá, também a crítica foi cada vez mais se enfraquecendo, acabando por se retirar para dentro dos muros universitários. Esse recuo, a face menos nobre da especialização da literatura, trouxe para o centro das discussões as relações entre literatura, ensino e leitura.

Talvez por saber bem disso (e talvez por ter sido um dos motivos que pesaram na sua decisão, em 1995, de deixar a universidade), o crítico italiano presta muita atenção nas obras e autores que propuseram grandes esquemas interpretativos, modelos escolásticos, para a poesia do século XX e que foram, de algum modo, responsáveis pela formação de novos leitores. Um dos mais citados é *Estrutura da lírica moderna*, de Hugo Friedrich, publicado em 1956.

Constando até hoje de muitas bibliografias, o livro, verdadeiro e útil manual, divulgou um modo de ler – e portanto de conceber – a poesia moderna. Ao escrever o prefácio para uma das edições italianas da obra, Berardinelli aponta os enganos que Friedrich perpetuou, já presentes no título confiante: não há estrutura generalizável em poesia, a menos que se caia no idealismo mais deslavado que nega qualquer atributo de concretude para o poeta e para sua poesia. A constatação é óbvia e ululante, mas surge diante de nossos olhos com todo seu vigor e importância depois de termos lido Berardinelli e termos sido alertados por ele.

A impressão que o conjunto dos ensaios dá é de que o crítico, desde os tempos iniciais de sua formação literária, nos anos 1950 e 1960, foi colhendo elementos oferecidos por teóricos e teorias, mas, sempre desconfiado, soube lê-los de modo muito particular, auxiliado pelos contra-exemplos que a própria experiência literária italiana – mas não só ela – oferecia.

Se assim for, é o leitor Berardinelli o grande responsável por toda a aventura futura do crítico.

Seu ensaísmo é feito de todos esses elementos, muitos já expurgados dos estudos literários e da própria crítica – por exemplo, a atenção para as particularidades estilísticas. Talvez o que mais chame a atenção é o fato de Berardinelli, ao mesmo tempo e com o mesmo interesse, escrever crítica literária e autobiografismo, fazendo uso de elementos de uma modalidade de escrita semelhante às nossas "crítica impressionista" ou "rodapé". Mas nele não há "volta": tendo sempre escrito assim, afirma a tradição ensaística italiana,[1] encabeçada por Leopardi.

Ele nos conta quem são seus mestres admirados: Giacomo Debenedetti, de quem foi aluno na Sapienza de Roma, outro grande ensaísta e pouco conhecido entre nós, Auerbach, Spitzer, Edmund Wilson, Adorno, entre os principais. Todos críticos-ensaístas que privilegiam o texto, a leitura cerrada, em busca das relações mais íntimas entre mundo e língua literária.

Mais uma vez, quem parece conduzi-lo pela mão é o grande leitor, o leitor apaixonado que procura em cada poeta o que lhe é mais congenial, em ineludível relação a uma história e a uma geografia específicas.

Dito isso, fica fácil entender como desfaz o mito Baudelaire, auxiliado mais por Auerbach do que por Benjamin, ou como põe pelo avesso a "cidade das luzes" ou a "verdade crítica" barthesiana, ou ainda relativiza a certeza de que a poesia moderna é eterna devedora do cosmopolitismo

1. É grande, e de longa data, o interesse do crítico pelo ensaísmo. Cf. *La forma del saggio. Definizione e attualità di un genere letterario*. Veneza: Marsilio, 2002.

metropolitano: depois que nos é dada a pista, descobrimos que tudo já estava escrito nos poemas.

Um outro modo de desdobrar a leitura dos ensaios existe ainda.

Ele credita aos franceses, de modo particular à crítica dos anos 1960, a responsabilidade pela liquidação da experiência da leitura literária, anárquica por definição, incompatível com métodos e modelos.

Argumenta que a escassa produção de obras literárias naquele país, ao lado de uma vasta e poderosa tradição que sempre soube reordenar os próprios recursos – estilísticos ou teóricos –, condicionou a substituição da leitura de obras de literatura pelas de crítica ou teoria. De Paris, portanto, foram lançados os dados.

Na Itália, foram os Novíssimos que aceitaram o jogo, a neovanguarda dos anos 1960, que tinha entre seus máximos representantes Umberto Eco e Edoardo Sanguinetti, ambos críticos e escritores.

Berardinelli dá ao grupo um tratamento muito semelhante ao que dispensa às demais vanguardas, incluindo entre elas o surrealismo. Rapidamente consolidadas, passam a ser autopromocionais, alimentadoras do jargão da modernidade, e são em geral coroadas com seu ingresso triunfal na universidade.

Talvez a importância dessa vanguarda tardia dos anos 1960 seja superestimada pelo crítico, já que vista por olhos de quem não viveu o período e é de outra cultura. Na Itália, o ritmo da absorção das teorias parecia lento e a força da tradição crítica e literária fortes.

Note-se – é aliás o próprio autor, no ensaio "Quando nascem os poetas modernos na Itália", quem o faz – que de 1957 a 1971 a quantidade de ótima poesia posta em circulação foi notável: entre tanta, *Le cenere di Gramsci* de Pasolini e *Satura* de Montale. Portanto havia muito material literário disponível, o que, no mínimo, poderá ter amenizado o interesse em substituir a literatura pela teoria.

Esse pode ser um modo para se entender como agora, no século XXI, haja críticos, entre os 45 e 50 anos, que são grandes leitores, conhecedores das teorias contemporâneas, mas cujo embate maior é com a própria tradição,[2] o

2. Cf. a respeito *Remate de Males – Crítica italiana*, org. Maria Betânia Amoroso, n. 25.1, Departamento de Teoria Literária, IEL, Unicamp, 2005.

que se não é exclusivo da cultura italiana neste momento, é muito raro no panorama literário em geral.

O que de mais comum temos, ao se esgotarem as possibilidades da metaliteratura, ou da crítica que a sustentava, é a sofisticação do mesmo princípio: o *tudo é literatura* passa a *tudo é teoria*, tendência programática, autopromocional e transcendente, que odeia a história e a geografia, diria Berardinelli, atualizando o mito.

Desaparecendo o leitor, desaparece a obra.

Não é o mesmo leitor aquele que se aproxima da literatura já sabendo o que, no final, irá encontrar. Pode ser que este leitor nem goste tanto de literatura, mas seja um aficcionado por teorias. Há outro, o que procura nas obras e nos autores aquilo que em nenhum outro lugar lhe parece possível encontrar e que lhe serve de ajuda para se situar no mundo.

Berardinelli aposta nesse segundo leitor e para ele escreve seus ensaios.

***

A maior parte dos ensaios aqui traduzidos foi reunida no livro *La poesia verso la prosa*, que traz dois subtítulos, um na capa – *Lirica moderna* – e outro na página de rosto – *Controversie sulla lirica moderna* –, publicado em 1994.

Uma primeira versão do primeiro deles, "As fronteiras da poesia",[3] foi escrita em 1993, publicada no jornal *Manifesto* e, no mesmo ano, na revista *Linea d'ombra*. "As muitas vozes da poesia moderna" é o posfácio da edição de 1983 da tradução italiana do livro de H. Friedrich, *Estrutura da lírica moderna* (1956). "Baudelaire em prosa" é a introdução escrita, em 1989, para a edição Garzanti da tradução italiana de *Spleen de Paris*, de Baudelaire. "Quando nascem os poetas modernos na Itália" foi uma conferência apresentada em 1992 num congresso em Sant'Arcangelo di Romagna; "Quatro tipos de obscuridade", publicado inicialmente na revista *L'asino d'oro*, é de 1991. O ensaio "Cidades visíveis na poesia moderna" foi escrito

3. Esse texto já foi, numa outra versão, publicado em português pela revista *Inimigo Rumor*, n. 14, 1 semestre de 2003, pp. 138-45, trad. O. M. Silvestre. Nesta edição o autor preferiu reduzi-lo, já que o último ensaio, "Poesia e gênero lírico: vicissitudes pós-modernas", o complementa.

para um congresso na Universidade de Cosenza, que tinha como tema "As cidades imaginárias", em 1993.

Os outros dois textos traduzidos, "Cosmopolitismo e provincianismo na poesia moderna" e "Poesia e gênero lírico: vicissitudes pós-modernas", foram publicados respectivamente em *Entre o livro e a vida* (1994) e na revista *Moderna* (2001). O primeiro, na origem, foi uma conferência feita na Universidade de Verona, em 1988; o outro, a participação do crítico num evento organizado pela Universidade de Siena sobre a poesia italiana na segunda metade do século xx, em 2001.

Maria Betânia Amoroso

As fronteiras da poesia

Para conhecer as fronteiras de qualquer região é preciso antes ter uma idéia dessa região. Dito de outro modo: é o conhecimento das fronteiras que nos permite entender de que território estamos falando. Com a poesia, essa discussão das fronteiras e dos limites se torna um belo cipoal. De fato, como todos sabem, sabemos e não sabemos o que é a poesia e de que falamos ao falar de poesia. Definir a poesia, ou seja, traçar-lhe as fronteiras, foi um dos empreendimentos mais apaixonantes e malogrados do pensamento estético. Há anos, eu diria há décadas, tal empreendimento foi abandonado. Deve haver alguma razão para isso. Tempo perdido, devem ter pensado os filósofos, ou pelo menos os mais racionalistas, os mais honestamente empíricos, os menos teológicos.

Os que continuaram a se perguntar o que é a poesia foram, com efeito, os teólogos ou filósofos (que hoje são muitos) para os quais a filosofia é uma espécie de teologia atualizada. Assim, na reflexão ou ruminação desses filósofos-teólogos, os discursos sobre a poesia terminam por assemelhar-se aos discursos sobre Deus: que se mostra e se oculta, se revela nas superfícies e se retira nos abismos. O discurso sobre a poesia assume, portanto, a forma de um tratado de teologia negativa: um "entretenimento infinito", para usar a fórmula de Maurice Blanchot, em que a necessidade de calar diante de uma entidade indefinível dá lugar, ao contrário ou por paradoxo, a discursos sem fim. O discurso se torna discurso sobre o silêncio e se parece cada vez mais com um rumor de ebulição. Durante essa ebulição, o pensamento filosófico perde o seu estatuto conceitual: primeiro se torna líquido, depois, evapora. Da poesia entendida como qualidade ontológica não se pode falar, mas se deve, de fato, calar.

Arrisquei uma expressão talvez sugestiva, até filosoficamente sugestiva, mas decerto não muito clara: "qualidade ontológica". Se os discursos sobre a poesia remeterem a essa qualidade intrínseca, entrarão no âmbito do tautológico. Com o ar de dizer a coisa essencial, não dizem senão isto: a poesia é aquilo que é, a poesia é poesia. Esse beco sem saída sugere ao menos uma coisa interessante: que, quando temos de lidar com uma poesia que seja poesia, esse reconhecimento é uma constatação empírica que não pode ser justificada ou argumentada conceitualmente. Não há raciocínios, não há provas racionais, não há métodos seguros para aferir a presença da "qualidade ontológica" chamada poesia em um determinado texto. A última e a mais cientificamente especiosa tentativa de "tranqüilização metodológica" desse tipo foi levada a cabo, há algumas décadas, por Roman Jakobson. Com Jakobson, a ontologia se veste de terminologia lingüística. A poesia, a *quidditas* poética, a essência que distingue um texto poético de um texto não poético seria, segundo Jakobson, aquilo que ele chamava de "função poética".

Entre as diversas funções da linguagem (emotiva, conativa, referencial, metalingüística, fática), haveria uma que se distinguiria das demais: precisamente a função poética, cuja principal característica seria a de não comunicar outra mensagem que não a mensagem de comunicar uma mensagem. A literariedade, objeto exclusivo da ciência da literatura, teria como traço distintivo a "não referencialidade", o não se referir à realidade extralingüística, mas somente à organização dos signos lingüísticos.

De acordo com essa teoria, a linguagem poética é nitidamente distinta da língua comum: ao passo que esta serviria sobretudo para comunicar, aquela seria tão mais poética quanto mais se subtraísse à função comunicativa. Interrompida a relação com a realidade extralingüística (o referente), a língua poética é definida como esvaziamento e suspensão do significado. Sua semântica é, por definição, frustrada (frustrante?).

Como foi observado em várias ocasiões (por Franco Brioschi e Costanzo Di Girolamo[1]), além de ser contestável no plano lingüístico, a teoria de Jakobson seria simplesmente uma versão tardia e modernizada da poética da

1. Cf. *Manuale di letteratura italiana*. 4v. Turim: Bollati Boringhieri, 1996. [N.O.]

arte pela arte. A literatura não encarnaria, pois, uma atitude comunicativa mais enérgica e viva, mas seria fuga da comunicação e do significado. As fronteiras da poesia seriam, nesse sentido, limites que comprimem aquela dimensão ao mesmo tempo sublime e depauperada em que a linguagem se desencarna, ainda que o seu tecido de figuras seja mais denso e espesso.

Os procedimentos da literariedade, portanto, separariam a poesia da comunicação, isolando a função poética ou auto-referencial das outras funções lingüísticas, o que finalmente distanciaria a poesia dos outros gêneros, particularmente da prosa. O escritor mais adequado à teoria jakobsoniana, assim, parece ser Mallarmé, talvez o poeta mais distante da prosa. Ao passo que o romance moderno nascera da fusão e da mistura, a princípio um tanto informe e caótica, de vários gêneros literários, velhos e novos, mais tarde, por volta de meados do século XIX, a poesia moderna se fixava como lírica segundo o modelo oposto da pureza, da depuração, da interrupção dos nexos dialógicos e dinâmicos com outros gêneros literários.

A coisa curiosa é que mesmo as vanguardas novecentistas mais audaciosas e iconolastas, mais desenfreadamente inimigas, na aparência, do purismo estético, como o futurismo e o surrealismo, na realidade desaguaram no mesmo leito da "poesia pura", ainda que por outras vias: com a rejeição violenta da convenção estilística, do público, da discursividade, da representação, da narração. Deste ponto de vista, as diferenças entre um *charme* de Valéry e um texto surrealista produzido pela técnica da "escrita automática" não são relevantes. Mesmo que as escolhas formais pareçam opostas (de um lado, metrificação clássica e léxico selecionado, de outro, magma lingüístico e monstros do inconsciente), a distância da prosa é em ambos os casos fortíssima. Trata-se mais precisamente de uma distância voluntária, ideológica e de princípio. Narrar, expressar, raciocinar e representar são, tanto para André Breton quanto para Valéry, algo que deve permanecer para lá das fronteiras da escrita poética.

Esse típico percurso da modernidade poética é em geral dado por encerrado há tempos, a ponto de já não se falar mais dele. No entanto, por meio de uma série de prestigiosas teorizações (que vão até Roland Barthes e mais além), graças ao trabalho de inumeráveis epígonos e à ajuda de uma hegemonia estruturalista e neoformalista que preponderou nas universidades durante cerca de vinte anos, a linguagem poética continuou seu caminho de depuração anticomunicativa, progressivamente se enfraquecendo e esvaziando. Tornou-se cada vez mais inadequada à elaboração de experiências novas. Quase sem se dar conta, hipnotizados por uma autoridade teórica que definia a língua poética como algo que escapa à discursividade, à emotividade e à representação, a maior parte dos jovens autores que começaram a publicar a partir dos anos 1970 não ultrapassaram os limites e o âmbito restrito fixados pela estética formalista e pelas vanguardas informais, segundo as quais tudo era possível em poesia, tudo era permitido, *exceto dizer alguma coisa*.

Não obstante a sua insistência na *técnica*, o formalismo, quando se transformou de atenção à linguagem em estética e teoria geral da literatura como literariedade, acabou produzindo idealismo. Ou seja, a literatura como idéia e a linguagem poética como mito. Com uma certa generalização provocatória, pode-se dizer que o último mito de fato produzido pela literatura européia foi justamente a idéia de Escritura literária como incansável e inflexível destruição de valores semânticos. Um mito cujo mérito e cuja responsabilidade devem ser atribuídos sobretudo à cultura francesa, que, dos anos 1960 em diante, conseguiu rebaixar tanto o romance quanto a poesia, em proveito da crítica e da escrita filosófica, pós-filosófica e teórica. Quanto menos poesia e narrativa se escreviam, mais grandiosas, sugestivas, difusas e internacionalmente influentes se tornavam a crítica e a teoria literária produzidas na França. Uma suntuosa propaganda das possibilidades transgressivas, críticas e gerativas de uma literatura na verdade bastante exígua, quase extinta, reduzida à idéia de si mesma. Por outro lado, tudo em princípio se tornava literatura, isto é, Escritura: a crítica, a historiografia, as ciências humanas, a filosofia.

As fronteiras da Literatura, entendida como máquina textual que devora a si mesma, dilatavam-se enormemente, impedindo que a idéia e a essência literária entrassem de fato em atrito com algo de diferente e de estranho.

As muitas vozes da poesia moderna

1

O livro já clássico de Hugo Friedrich, *Estrutura da lírica moderna*, tem o inegável fascínio da simplificação e da síntese. A meio século de sua publicação (1956), e embora desde o início fossem claras as suas lacunas e o seu aspecto tendencioso, o leitor continua reconhecendo aquele fascínio. Pelo menos para os estudiosos, para os críticos acadêmicos e para o público letrado em geral, nos anos em que o livro foi concebido a poesia moderna ainda era um problema em aberto. Mas, por outro lado, o momento de maior inventividade já havia passado. Mesmo sem deixar inteiramente tranqüilos os seus leitores, a poesia moderna começava a se tornar um objeto histórico.

Com sua descrição sistemática e sintética, Friedrich respondia à difusa exigência de esclarecimento. Ao tentar explicar a lógica construtiva de um gênero literário que parecia ter perdido, havia mais de um século, todo vínculo com a racionalidade e o senso comum, Friedrich forneceu uma eficaz descrição "estrutural" da lírica moderna: sobretudo (e não se trata de uma mera nuança lexical) em se tratando de "lírica", ou seja, de um gênero literário que mantém e exacerba sua ligação com a centralidade do sujeito poetante. Desse modo, a fusão e o rearranjo dos gêneros – outro fenômeno típico da modernidade – foram menosprezados. Das "três vozes da poesia" que T.S. Eliot mencionou em um de seus ensaios, a lírica de Friedrich encarna apenas uma. No entanto, Eliot propunha distinções e implicitamente apontava possibilidades distintas daquela estritamente lírica:

A primeira voz é a do poeta que fala a si mesmo, ou a ninguém. A segunda é a voz do poeta que se manifesta diante de um auditório, grande ou pequeno. A terceira é a voz do poeta que tenta criar uma personagem dramática cuja expressão seja em versos, que não diz aquilo que gostaria de dizer ele mesmo, mas apenas o que pode dizer dentro dos limites de uma personagem que dialoga com outros seres imaginários.[1]

2

O ensaio de Eliot aqui citado é de 1953. Portanto, pouco anterior ao livro de Friedrich. Mas é preciso dizer que já no primeiro Eliot, quase meio século antes, o problema da pluralidade de vozes que agem ou podem agir na poesia era uma questão bem presente.

Uma vez esclarecida a condição pós-romântica e anti-romântica do eu poetante, o início do século XX assinalou o começo de uma tentativa de superação da lírica de tipo simbolista, em várias frentes. Nesse sentido, Eliot foi talvez o caso mais explícito e notável. A sua escolha por Laforgue e pelos metafísicos ingleses do século XVII, sua leitura de Baudelaire e de Dante, sua predileção pelo grotesco realista, pelo recitativo irônico-patético, pelo cruzamento de vozes e pela marchetaria de citações colocavam em discussão a prioridade do momento lírico.

A própria teoria eliotiana do "correlativo objetivo" é uma explícita poética antilírica. O pensamento, a emoção, o impulso imaginativo ou psíquico do autor necessitam, segundo Eliot, projetar-se numa forma já constituída, recorrendo a um suporte externo, cultural, realista e comunicativo, que liberte a individualidade criativa de si mesma, de sua arriscada inefabilidade. Na poesia de Eliot encontramos uma trama cerrada desses "correlativos objetivos": trechos de conversas, transcrições paródicas, notas descritivas, citações de autores clássicos ou contemporâneos. Portanto,

1. T.S. Eliot, "Le tre voci della poesia" [1953], in *Sulla poesia e sui poeti*. Milão: Bompiani, 1960, p. 97 [ed. bras.: "As três vozes da poesia", in *A essência da poesia*, trad. Affonso Romano de Sant'Anna. Rio de Janeiro: Artenova, 1972].

em um dos mais típicos, influentes e significativos poetas e teóricos da modernidade, a poesia se apresenta como uma negação da lírica como "primeira voz" da poesia. O fato de que os hábitos de leitura sejam forçados ou subvertidos pela linguagem da poesia eliotiana não significa uma recusa à comunicação, ao significado e muito menos à referência a uma situação objetiva, extraliterária. Ao contrário, a fratura com a tradição e a distância do cotidiano se tornam, em Eliot, um retorno quase obsessivo de fragmentos da tradição (citações cultas) e uma intrusão contínua do cotidiano (mimese da fala).

Por outro lado, o caso de Eliot não é isolado. Se excluirmos Paul Valéry, alguns líricos puros de língua espanhola (especialmente Guillén e Salinas), o chamado hermetismo italiano (a partir do segundo livro de Ungaretti), a zona mais diáfana e depurada do surrealismo (de Eluard a Char) e a poética de Benn (sua poesia é bem menos abstrata e fechada em si mesma do que afirma o autor), a maior parte da poesia do século XX entra com dificuldade no esquema de Friedrich – esquema que se baseia principalmente na centralidade de Mallarmé e de seus seguidores. Ao descrever o que considera a "estrutura" profunda e transcendental da lírica moderna, Friedrich dá uma contribuição indireta à teoria da *poésie pure*, elaborada sobretudo na esteira do mais prestigioso sucessor de Mallarmé no século XX, isto é, Paul Valéry. Segundo Friedrich, pois, o estilo da lírica moderna já está definido no final do século XIX.

Assim sendo, se tentarmos considerar o conjunto das zonas esquecidas ou deixadas na sombra por seu livro, chegaremos esquematicamente ao seguinte resultado:

a) A centralidade do modelo Mallarmé faz com que tudo o que precedeu sua obra seja lido em chave de "preparação" e de formulação ainda incompleta, imperfeita, imatura – o que implica a idéia de uma linha evolutiva Novalis-Poe até o Baudelaire teórico, com a conseqüente remoção, por exemplo, de poetas como Leopardi (mas também pouco se fala de Hölderlin e de Coleridge). O próprio Baudelaire, na condição de "precursor" do mais coerente e absoluto Mallarmé, é fortemente depreciado como um poeta em quem a modernidade assume formas realistico-alegóricas, prosaicas, demonológicas e moralistas. Entretanto, é esse Baudelaire "impuro" que estará no centro das mais importantes leituras novecentistas de sua obra, de Eliot a Auerbach e Benjamin.

Além disso, Friedrich não trata de Walt Whitman, Emily Dickinson e Gerard M. Hopkins, poetas de indubitável modernidade e influência, mas cuja obra anuncia desenvolvimentos novecentistas muito diferentes daqueles privilegiados por Friedrich.

b) Ao chegarmos ao século XX, temos a sensação de estar numa espécie de triunfo dos epígonos – os quais ocupam o centro do quadro, mas não acrescentam muitas novidades ao que já se vira com Mallarmé.

c) Finalmente, as objeções mais relevantes. Só para ficar nas três primeiras décadas do século: a desvalorização de figuras centrais como W.B. Yeats e Rainer Maria Rilke, a ausência dos russos (Aleksándr Blok, Vladimir Maiakóvski, Sierguei Iessiênin, Ossip Mandelstam, Marina Tzvietáieva), dos americanos (Wallace Stevens, Marianne Moore, William Carlos Williams), do expressionismo e do surrealismo como tendências e movimentos e, enfim, de alguns clássicos da intempestividade e da extravagância: Antonio Machado, Umberto Saba, Konstantinos Kavafis. Acrescente-se ainda que nem mesmo a leitura friedrichiana de autores como Apollinaire, T.S. Eliot e Gottfried Benn, cuja exemplaridade e posição de ponta não excluem uma grande variedade de soluções e de hipóteses, é muito convincente: neles, o estilo poético moderno é de fato assumido como um pressuposto, como ponto de partida a ser reformulado ou até (no caso de Eliot) "superado".

d) Com os anos 1930, as lacunas se tornam gritantes. Simplesmente não se fala de Brecht, Auden, Vallejo, Hernández, József (ou seja, dos maiores poetas da década). Mas as novidades do século XX consistem nisso também: na luta da lírica para sair de si mesma e do próprio *a priori*, sem renunciar à autoconsciência estética e histórica.

3

Embora esquemática, explicativa e com uma fortíssima intenção unificadora, a hipótese de Friedrich não deve, entretanto, ser severamente julgada por aquilo que não nos oferece. Mais que uma autêntica reconstrução da poesia moderna, trata-se de uma espécie de reformulação sistemática (e relativamente tardia) da poética da poesia pura e do hermetismo. As dinâmicas "heterônomas" da literatura contemporânea são subestimadas. O repertório analítico dos procedimentos estilísticos é bastante exaustivo. Mas quase sempre está dissociado do conjunto da obra de cada autor e da relação entre transformações formais e autoconsciência histórico-cultural. O fato de que as discussões dos movimentos de vanguarda sejam inteiramente estranhas a Friedrich é significativo. Com efeito, o que está em jogo nas vanguardas é mais a situação social dos artistas modernos do que a linguagem como estilo. Com os grupos e os movimentos de vanguarda, a inovação estética se torna militante, transforma-se em manifesto, em propaganda, em ação organizada. O conflito com o público se transforma numa tentativa de criar ou conquistar um novo público.

No entanto, a lírica de que nos fala Friedrich em seu livro basta a si mesma. Não necessita mais do mundo, evita qualquer vínculo com a realidade. Nega-lhe até a existência. Fecha-se numa dimensão absolutamente autônoma. Fantasia ditatorial, transcendência vazia, puro movimento da linguagem, ausência de fins comunicativos, fuga da realidade empírica, fundação de um espaço-tempo sem relações causais e dissociado da psicologia e da história: a lírica que, segundo Friedrich, entrou em cena no Ocidente a partir da segunda metade do século XIX é sobretudo isso. Poesia despersonalizada e alheia à história, ela deve ser lida e analisada como um organismo cultural e estilístico auto-suficiente. Após os três extensos capítulos dedicados a Baudelaire, Rimbaud e Mallarmé (capítulos em que os dados biográficos e históricos são quase de todo ausentes), seria possível dizer que essa poesia se apresenta em seu conjunto como uma criação sem sujeito, uma obra sem autores. Como um sonho ou um labirinto dentro do qual os autores aprenderam a morar e de onde não poderiam sair.

Toda a poesia moderna pode, pois, ser descrita como uma única estrutura estilística. Uma vez que essa estrutura conquistou os seus delineamentos precisos e definitivos, não é mais suscetível de mudanças. Assim, as diferentes áreas e tradições lingüístico-literárias, os nomes dos autores e até os títulos das obras perdem valor e consistência próprios. Não passam de pequenas ondas ou encrespamentos de um mar infinitamente vasto, fragmentos luminosos de uma interminável constelação ou galáxia. Células de um organismo cultural que transcende completamente vicissitudes pessoais e experiências históricas.

A ótica antiindividualista e anti-histórica de Friedrich tem a sua coerência e uma notável eficácia descritiva. Em vez de deixar o leitor se perder nas mil ramificações do estilo poético moderno, fazendo-o submergir no que há de inefável em cada *individuum*, Friedrich evidencia uma estrutura. Analisa, isola, recolhe e cataloga uma grande série de fenômenos estilísticos quase sempre sem precedentes na tradição literária. O enigma da modernidade poética é, senão explicado, amplamente descrito. Desde o final do século XVIII, os sintomas de uma profunda modificação da cultura artística se multiplicam e ganham impulso graças a uma reflexão nova sobre o conceito de fantasia e de língua poética. Até criar uma espécie de corrente coletiva que arrasta consigo os artistas mais distantes e diversos.

O procedimento descritivo de Friedrich parece, pois, encontrar sua melhor justificação nas características do objeto descrito. Mas neste ponto, naturalmente, não é fácil dizer quanto o método deve ao objeto e quanto o objeto é uma projeção do método: seja como for, uma poesia que exalte o máximo de abstração e despersonalização não poderá ser descrita senão em termos de abstração e despersonalização.

Ao escolher seu dinamismo puro como terreno privilegiado de pesquisa, essa poesia parece criar do próprio interior tudo aquilo de que necessita. Pode prescindir do mundo ou dominá-lo com a magia da sua linguagem de "conotações" sugestivas e de "desvios da norma". É poesia órfica e ontológica. Descrevê-la como uma entidade autônoma, auto-suficiente e desvinculada da realidade será descrever integralmente sua realidade.

Conduzindo pela mão o leitor pelos labirintos da lírica moderna, Friedrich o ajuda a familiarizar-se com tudo o que é arbitrário, impenetrável, dissonante e desconcertante. A obscuridade se torna aceitável. A violação das regras tradicionais do poetar é apresentada como violação sistemática. Ou seja, ordena-se num sistema diverso, conquanto alternativo. A violação da norma constitui o fundamento de uma nova norma. A recusa da tradição funda uma nova tradição.

4

De fato, mais que na centralidade de Mallarmé, a poesia do século XX parece inspirar-se em modelos mais "impuros" e contraditórios: Baudelaire, Rimbaud e Whitman. Sobre Whitman quase nada se fala no livro de Friedrich (só é citado uma vez, de passagem, a propósito do verso livre de Saint-John Perse). Mas Whitman não foi apenas um mestre para a poesia norte-americana (que de resto parece nunca ter atribuído muita importância a Poe). O eco de Whitman também é ouvido em muita poesia européia do início do século XX, e a prática difusa do verso livre deve muito à sua memorável prosódia salmódica. Um dos procedimentos mais recorrentes e típicos de muita poesia moderna, a "enumeração caótica" de que Leo Spitzer falou num célebre ensaio,[2] tem em Whitman o seu iniciador e o seu máximo representante.

Mas um poeta como Whitman está muito distante do esquema de Friedrich: nele não encontramos abstração ou cerebralismo, nem culto da premeditação intelectualista nem impulso da linguagem em direção a uma transcendência vazia ou fuga da palavra do horizonte do concreto, do imediato, da experiência comum. Seria possível afirmar que a poesia de Whitman apresenta-se, programática e efetivamente, como o exato oposto de tudo isso. Os excessos do estilo de Whitman não se devem a uma tendência aristocrática e solitária, a um desejo de obscuridade e de fuga no mistério ou a um desprezo pelos leitores. Ao contrário, a poética de Whitman é democrática e pânica, otimista, inteiramente antiintelectualista e até, a seu modo peculiar, oratória e propagandista. Sua influência em Paul Claudel, Saint-John Perse, nos expressionistas alemães, em alguns futuristas e *vocianos*,[3] em Neruda e, em parte, em García Lorca é algo visível.

2. Cf. L. Spitzer, "L'enumerazione caotica nella poesia moderna" [1945], in *L'asino d'oro*, n. 3, 1991, pp. 92-130.

3. *La Voce*: Uma das mais importantes revistas culturais italianas, fundada em 1908, em Florença. Passou por diferentes fases, que correspondem à mudança de seus diretores, intelectuais atuantes e reconhecidos como G. Prezzolini (1908-1912), G. Papini (1912-1913), G. Prezzolini (1914) e G. De Robertis (1914-1916). Com Papini a revista se volta para a *pura* literatura, deixando para trás a ênfase da fase anterior, sobre as relações entre literatura e vida nacional. Em 1914, novamente sob o comando de Prezzolini, torna-se uma revista de >

Já em 1931 Edmund Wilson tentava interpretar, em *O castelo de Axel*, a literatura simbolista e pós-simbolista segundo uma perspectiva muito diferente daquela que aproximaria as amplas reconstruções históricas de Marcel Raymond (*De Baudelaire ao surrealismo*, 1933), Luciano Anceschi (*Autonomia e heteronomia da arte*, 1936) e Albert Béguin (*A alma romântica e o sonho*, 1937). Compondo uma verdadeira galeria de retratos, Wilson tentava explicar aos norte-americanos a literatura européia da crise, pondo lado a lado poetas e prosadores, ingleses e franceses (Yeats, Valéry, Eliot, Proust, Joyce, Gertrud Stein, Villiers de l'Isle-Adam e Rimbaud). Pouco propenso a julgar o movimento literário moderno a partir de seus próprios princípios internos, Wilson oferece uma série de observações críticas desconcertantes, que tornam o objeto de seu discurso muito mais evidente. Sua polêmica às vezes quase feroz contra os compatriotas T.S. Eliot, Ezra Pound e Gertrud Stein, fixados em Paris e Londres, permite-lhe situar numa perspectiva original e mais ampla toda a experiência do simbolismo e da literatura anti-realista.

O maior expoente da herança mallarmeana e da poesia pura entre as duas guerras, Paul Valéry (que também do ponto de vista teórico é uma referência central para o livro de Friedrich), é posto em discussão argutamente por Edmund Wilson. Enquanto se reconhece em Valéry uma força de poeta superior à de seu mestre Mallarmé, sua prosa ensaística e suas teorizações estéticas são descritas com uma vivacidade crítica que teria merecido uma fortuna mais ampla:

> *As opacidades da prosa de Valéry são comumente atribuídas pelos seus admiradores, que nisso só fazem seguir as sugestões do próprio mestre, à originalidade*

> militância política, defensora do intervencionismo italiano na Primeira Guerra, mas no final do ano, assume a condução G. De Robertis que faz dela uma revista exclusivamente literária, defendendo em suas páginas uma *poética do fragmento*, contrária ao enquadramento histórico do autor ou da obra, ou à ênfase oratória. O melhor desdobramento dessa poética surgirá nos poetas que virão a caracterizar o *hermetismo* italiano. Nas páginas da revista, nesses anos, surgirão os primeiros versos de autores que terão papel fundamental na literatura do país, como Giuseppe Ungaretti, Aldo Palazzeschi, Dino Campana, Corredo Govoni, Riccardo Baccheli, Vincenzo Cardarelli. O último número da revista saiu em 31 de dezembro de 1916. [N.O.]

e à profundidade do seu pensamento. Mas a verdade é que, se examinamos os ensaios de Valéry, não conseguimos achar neles uma grande riqueza de idéias. Encontramos apenas, assim como na poesia, a representação de uma situação intelectual, e não o desenvolvimento de uma linha de pensamento. Um crítico francês já acusou Valéry de ser um filósofo que se recusa a filosofar; e é verdade que o "rigor" de que ele tanto fala é um efeito artístico de sua prosa, obtido, assim como os efeitos artísticos da poesia, graças a alguns procedimentos estilísticos, e não a uma qualidade da sua lógica. Pode-se dizer que, com toda a sua paixão pelo método, Valéry tenha se dado pouco trabalho para classificar as suas idéias ou conferir-lhes uma ordem: tal como Monsieur Teste, ele está mais empenhado em degustar as suas emoções intelectuais e em inventar metáforas mais ou menos obscuras para exprimi-las [...].

Nas vezes em que Valéry se aventura no terreno das idéias, ele é, na realidade, uma espécie de superdiletante [...]. *É como se jamais houvesse superado a emoção da primeira leitura de Poincaré, e sua atitude nesse ponto é sempre esnobe: insiste na dificuldade que é explicar-nos esse ou aquele conceito, e depois, uma vez expressa, a idéia prodigiosa revela-se um dos lugares-comuns da moderna filosofia científica* [...].[4]

Depois de observar a sugestiva conexão entre pseudo-rigor especulativo e esnobismo estilístico na prosa de Valéry, Wilson sublinha as fraquezas teóricas da idéia de poesia e de literatura difundida pelo simbolismo. Mais uma vez, observa Wilson, trata-se de tediosas exibições de frieza científica que se apóiam em raciocínios muitas vezes pouco fundamentados e científicos:

Essa atitude aparentemente fria e analítica é, porém, acompanhada de modo muito paradoxal por uma concepção rigidamente esotérica da poesia. Tal concepção é definida com bastante clareza, e suas fraquezas se tornam mais evidentes, em um prefácio que Valéry acaba de escrever para a edição dos Charmes, *comentada pelo ensaísta francês Alain (e essa sobreposição*

4. E. Wilson, *Il castello di Axel. Studi sugli sviluppi del simbolismo tra il 1870 e il 1930* [1931-59]. Milão: Il Saggiatore, 1965, pp. 77-78 [ed. bras.: *O castelo de Axel*, trad. José Paulo Paes. São Paulo: Companhia das Letras, 2004].

escolástica de ensaios explicativos é em si mesma uma característica da crítica poética contemporânea) [...].

De resto, no campo da literatura, Valéry considera exclusivamente como "obra de arte" a obra poética. A prosa, diz ele, tem "sentido acabado" apenas por seu assunto; mas o objeto da poesia é algo não apenas mais misterioso, mas também, ao que parece, mais oculto [...].

Parece-me que, aqui, a pretensão de exatidão é usada para dissimular algumas teses ridiculamente falsas, bem como para favorecer uma espécie de misticismo estético, e não para empreender uma análise científica. Em primeiro lugar, é absurdo dizer que a prosa relaciona-se exclusivamente ao "sentido lógico, distinto da alusão, e que não se deve esperar da poesia, como afirma Valéry em outra passagem, "nenhuma noção definida". O verso é de fato um produto intelectual de natureza absolutamente distinta da prosa? Sua função é realmente diferente? Ou, em última análise, prosa e poesia são simplesmente técnicas da comunicação entre os homens, técnicas que têm desempenhado papéis diferentes, que foram usadas para escopos diversos, em períodos e civilizações diferentes? Os antigos gregos escreveram história, mitos e lendas em versos – gregos e elizabetanos escreveram em versos os seus dramas. Se as definições de Valéry são corretas, o que dizer de Homero, Virgílio, Dante, Shakespeare e Goethe? Todos eles recorrem tanto ao "sentido lógico" quanto à alusão e, ao mesmo tempo, buscam comunicar "noções definidas". Na realidade, tais definições foram obviamente concebidas para serem aplicadas à poesia de Valéry, de Mallarmé e de outros simbolistas. Mas não são adequadas nem sequer a eles.[5]

Aqui Wilson expõe com felicidade o limite maior de toda uma tendência da poesia e da literatura contemporânea que confere um privilégio extraordinário àquelas formas de "poesia da linguagem" e de "poesia da poesia" que, algumas décadas mais tarde, dariam lugar à teoria jakobsoniana da literatura como "função da linguagem" especial, autônoma e desvinculada por definição de qualquer referência extratextual.

5. Id. ibid., pp. 80-81.

5

Apesar da aversão dos surrealistas pela poética de Valéry, sua insistência numa escrita da imaginação livre, radicalmente estranha à lógica e aos significados estabelecidos pela comunicação, também levará a maior parte dos poetas surrealistas a uma espécie de sublimação hiper-subjetiva da escritura. Quer para Valéry, quer para Breton, a linguagem poética prescinde da realidade comumente perceptível, a ultrapassa ou a refunda, situando-se no ponto em que a distinção entre palavra e coisa, sujeito e objeto, ser e linguagem ainda não se estabeleceu.

Por sua vez, no âmbito anglo-saxão, mesmo um poeta culto, intelectual e aristocrático como Eliot enfatiza desde o início o entrelaçamento das linguagens, dos registros, dos tons, assim como a relação essencial entre "música da poesia" e língua comum. Encantamento, *charme* e calculada excitação das potencialidades secretas, mágicas e sonoras da língua não satisfazem Eliot plenamente. A atenção à linguagem também é fortíssima em sua reflexão, mas o que muda é a concepção da linguagem. Contra o pretenso princípio de estranhamento da linguagem poética em relação à linguagem comum, Eliot chega a estabelecer uma espécie de "lei" geral:

> [...] *é a lei segundo a qual a poesia não pode afastar-se muito da língua cotidiana que nós mesmos falamos e ouvimos falar. A poesia – seja ela quantitativa ou silábica, rimada ou não rimada, de forma livre ou fechada – não pode perder o contato com a linguagem cambiante das ordinárias relações humanas. Pode parecer estranho que, mesmo tendo me proposto a falar da "música" da poesia, eu insista particularmente na linguagem da conversação. Mas antes de tudo gostaria de lembrar que a música da poesia não existe independentemente do significado; do contrário, poderia produzir-se uma poesia de grande beleza musical, mas ausente de sentido, como jamais me ocorreu de ler. Nas aparentes exceções há apenas uma diferença de gradação; há poesias em que nos deixamos levar pela música, aceitando o sentido como dado; outras, em que nos fixamos sobretudo no sentido, enquanto, sem que o percebamos, somos comovidos pela música. Tomemos aquele que aparentemente é o caso extremo: a poesia "absurda" de Edward*

Lear. A "absurdidade" não consiste na falta, mas sim na paródia do sentido, e este é o seu significado.[6]

6

Mais que uma fuga da realidade rumo à "transcendência vazia", em muitos textos e autores modernos é possível observar um procedimento oposto. Inclusive em amplos poemas-*collage* de Apollinaire (a começar pelo famoso *Zone*, citado e comentado pelo próprio Friedrich), nos poemas-conversa de Eliot e de Auden ou ainda nos poemas-*reportage* de Benn. Nesses casos, são a realidade empírica, a comunicação, o relato ou a paródia que orientam a construção do texto.

Com mais freqüência do que Friedrich parece supor, o domínio da forma e da conotação estética é posto em xeque pela irrupção de conteúdos que a tradição literária ignorava ou havia expurgado. Na poesia moderna não encontramos apenas uma estetização prepotente e às vezes tirânica dos conteúdos, aniquilados pela potência do mecanismo estilístico (o que, aliás, ocorre em autores bem distintos, como Valéry, Pound e Eluard). Quase com a mesma freqüência, e com resultados mais interessantes, deparamo-nos com uma verdadeira crítica da estética, da síntese formal e do estilo.

Assim, ao invés de uma fuga da realidade, poderíamos ler na poesia moderna um retorno à realidade: a irrupção do não-formalizado e do não-formalizável no interior de uma forma poética que se esforça cada vez mais para organizar e dominar esteticamente os seus materiais. Os primeiros poemas de Eliot e de Benn demonstram uma capacidade de percepção realista muitas vezes não menor à da prosa contemporânea, de Joyce a Döblin e Céline. Mais que se distanciar da prosa e da percepção naturalista dos materiais, seguem o caminho inverso. Sua força inovadora tem ainda um caráter de "documento", e o escândalo que a sua difícil decifração suscita deriva de

6. T.S. Eliot, "La musica della poesia" [1940], in *Sulla poesia e sui poeti*, op. cit., p. 26 [ed. bras.: "Musicalidade da poesia", in *A essência da poesia*, trad. Affonso Romano de Sant'Anna. Rio de Janeiro: Artenova, 1972].

uma espécie de choque por suspensão intermitente do estilo, bem como de uma imissão da "verdade nua" ou da realidade imediata no texto poético. Edmund Wilson percebe perfeitamente isso quando reconhece em Eliot uma superioridade tanto realista quanto "mitológica" em relação a poetas mais preocupados com a poesia "enquanto tal" ou mais absorvidos por mitologias tradicionais, assumidas como exotismo cultural ou sugestão estética:

> *Um outro elemento que, com toda a probabilidade, contribuiu para o extraordinário sucesso de Eliot é o caráter essencialmente dramático de sua fantasia* [...]. *As personagens de Prufrock e de Sweeney têm uma qualidade que nenhuma das personagens de Pound, Valéry e Yeats possui: elas se tornaram parte viva da nossa moderna mitologia. E a melhor produção poética de Eliot se funda freqüentemente em inesperados contrastes dramáticos; em particular, "The waste land" deve, a meu ver, muito de sua potência a essa qualidade dramática que torna a sua leitura em voz alta tão eficaz.*[7]

Por seu turno, Friedrich deixa escapar essa contratendência, essa atração da poesia pela prosa. A propósito de Eliot, limita-se a sublinhar a relação de continuidade com a valorização do fragmento, que havia sido importante na poética de Mallarmé e de Valéry. Até mesmo a variedade extrema de registros estilísticos e de tons presente na poesia eliotiana é interpretada por Friedrich, mais uma vez, como "fantasia ditatorial" e fuga no sonho:

> *Com a potência de que o "sonho" dispõe, Eliot fragmenta o mundo e o transporta para o irreal a fim de irradiar-lhe mistérios que jamais emanariam dele, pois que é real. A mágica polifonia da linguagem se aproxima do indizível e é capaz de captar a música inaudível do sonho apenas com palavras que confrangem.*[8]

7. E. Wilson, *Il castello di Axel*, op. cit., pp. 106-07.

8. H. Friedrich, *La struttura della lirica moderna* [1966]. Milão: Garzanti, 1983, p. 212 [ed. bras.: *Estrutura da lírica moderna – Da metade do século XIX a meados do século XX*, trad. Marise M. Curioni. São Paulo: Duas Cidades, 1991].

As palavras da poesia, em Eliot, mais que fragmentar a realidade, são fragmentadas por ela ou pelo menos são postas a dura prova – como se lê, aliás, na passagem de *Burnt Norton* citada pelo próprio Friedrich. A palavra "no deserto" (da solidão poética) é assediada por vozes que chegam do exterior:

> [...] *Words strain,*
> *crack and sometimes break, under the burden,*
> *under the tension, slip, slide, perish,*
> *decay with imprecision, will not stay in place,*
> *will not stay still. Shrieking voices*
> *scolding, mocking, or merely chattering,*
> *always assail them. The Word in the desert*
> *is most attacked by voices of temptation,*
> *the crying shadow in the funeral dance,*
> *the loud lament of the disconsolate chimera.*[9]

7

Em um ensaio que reconstrói "A aventura da poesia moderna", de meados dos anos 1950, Erich Heller defende polemicamente um ponto de vista oposto àquele segundo o qual a lírica moderna fundaria um universo lingüístico auto-suficiente. Segundo Heller, na poesia moderna o problema dos valores como problema gnosiológico (herança nietzschiana) não se dissocia do problema da realidade:

> *Seja lá o que faça, a poesia não pode senão confirmar a existência de um mundo significativo, mesmo quando denuncie a falta de sentido deste. Poesia*

9. "[...] As palavras se distendem,/ estalam e muita vez se quebram, sob a carga,/ sob a tensão, tropeçam, escorregam, perecem,/ apodrecem com a imprecisão, não querem manter-se no lugar,/ não querem quedar-se quietas. Vozes ríspidas,/ irritadas, zombeteiras ou apenas tagarelas/ sem cessar as criticam. A Palavra no deserto/ é mais atacada pelas vozes da tentação,/ a sombra soluçante da funérea dança,/ o clamoroso lamento da quimera inconsolada." Trad. Ivan Junqueira, in *Poesia*. Rio de Janeiro: Nova Fronteira, 1981, p. 204. [N.T.]

significa ordem, mesmo quando lance a denúncia de caos; significa esperança, ainda que com um grito de desespero. A poesia diz respeito à real estatura das coisas; portanto, toda grande poesia é realista.[10]

Aqui, naturalmente, não se trata de uma poética, da opção de um estilo em oposição a outro. Ocorre que a questão da poesia moderna e de sua linguagem específica não se contrapõe nem é desvinculada dos problemas culturais da época, resumidos aqui na "questão dos valores" e da "real estatura das coisas". Deter-se apenas nas recorrências estilísticas gerais da poesia moderna seria, para Heller, reducionismo. O próprio sentido da "técnica" da arte moderna se perderia. Como observou Adorno: "Se nenhuma obra se deixa entender sem que sua técnica seja compreendida, tampouco esta última se deixa entender sem a compreensão da obra".[11]

Aquilo que, para Friedrich, é uma espécie de essência estrutural da poesia contemporânea, representa apenas um de seus momentos, e não o mais duradouro; talvez, acima de tudo, o sonho de uma devastadora pureza rapidamente estilhaçado.

Assim Heller resume a história daquele sonho:

Os conteúdos reais não tinham valor; a forma pura era só o que contava. O significado das palavras não significava nada: o som era tudo. E aquilo que não era criado pelo próprio artista, era sentido como matéria morta e mortífera [...]. *Mallarmé invocava em voz alta "palavras imaculadas", hieróglifos esotéricos não contaminados por significados comuns, e invejava a matéria evanescente da música. Era como se um furor criativo sem par na história das artes se houvesse desencadeado a fim de anular o mundo em ruínas e recomeçar de novo, do caos, trabalhando dessa vez a partir de um esquema mais promissor do que aquele dos sete dias, que conduzira a um fracasso tão sinistro. Os peixes nadavam no ar e as águas*

10. E. Heller, "L'avventura della poesia moderna", in *Lo spirito diseredato* [1952]. Milão: Adelphi, 1965, p. 253.
11. T.W. Adorno, *Teoria estetica* (1970), org. E. de Angelis. Turim: Einaudi, 1977, p. 357 [ed. bras.: *Teoria estética*, trad. Artur Morão. São Paulo: Martins Fontes, 1982].

eram povoadas de pássaros, e de uma costela de Eva Adão criava Deus. Porque "a verdadeira anarquia", como previra Novalis, "é o elemento criativo da verdadeira religião. Surge da destruição total como criadora de um novo mundo".

Seu crescimento, porém, encontrava dificuldades consideráveis. O impulso simbolista e surrealista se exauriu bem depressa. Já Baudelaire sabia que essa ânsia frenética era uma ruína. Nenhum universo durável de beleza foi criado pelos fragmentos da criação. Sobraram, por fim, fragmentos agarrados às ruínas do poeta. E o poeta se via de novo numa terra desolada. O mundo real desceu para a guerra [...].

A poesia perdeu a confiança no próprio poder de iluminar magicamente o mundo mágico que ela mesma criara para si. Despertou para um novo interesse pela realidade. Não me refiro ao vigoroso intermezzo *político da poesia entre as duas guerras, que teve vida breve, mas à sua lenta e gradual revalorização das virtudes poéticas tradicionais. Por vias indiretas e tortuosas, e com êxito variável, alguns poetas retornaram a um novo realismo* [...].

Não me refiro, pois, à simplicidade quando falo de um novo realismo poético. Penso no interesse do poeta pelo lugar e pela estatura do homem no mundo real. Em comparação aos simbolistas e à sua caça por substâncias cósmicas de irreal beleza, em comparação aos puros encantamentos da imaginação irreal de Valéry, tanto Hugo Hofmannsthal quanto o próprio Stefan George, com as suas insuportáveis poses e afetações inveteradas, e até o último Rilke são, neste sentido, realistas. O caso de Rilke é sem dúvida o mais desconcertante de todos. Seu "realismo" é na verdade forçado e em geral pouco firme: antes dele, expressões como "talvez" e "pode ser" jamais tinham tido tanta importância na linguagem poética. No entanto as Elegias de Duíno *zarpam em busca do homem, não da beleza devoradora da vida* [...].

Que a poesia só possa ser recuperada pela retomada do significado e do sentido é, de modo paradoxal, o ponto de partida da fase final da poesia rilkiana.[12]

A par ou em alternância com a tendência à pureza, à autonomia metafórica e à abstração, muitos poetas do século XX mantêm uma relação mais

12. E. Heller, "L'avventura della poesia moderna", op. cit., pp. 267-69.

aberta e mais livre com as formas poéticas tradicionais e com os clássicos da própria língua. Não para criar, como ocorre em alguns casos, um neoclassicismo restaurador, mas para repor em uso ou para remodelar os mais diversos modos de comunicação literária em versos.

8

O caráter crítico e utópico, de "denúncia indireta", presente na grande tendência anti-realista da lírica moderna é sublinhado por Theodor W. Adorno em várias ocasiões. Aliás, esse motivo é central em toda sua reflexão estética.

Em algumas das tendências radicalmente anti-realistas da poesia moderna, Adorno vê a máxima expressão da resistência da arte ao universo da reificação. A lírica se torna, assim, depositária privilegiada da utopia e da crítica do existente:

> *Sua distância da pura e simples existência se torna medida da falsidade e da ruindade desta. Ao protestar contra a existência, a poesia exprime o sonho de um mundo em que as coisas sejam de outro modo. A idiossincrasia do espírito lírico diante do predomínio das coisas é uma forma de reação à reificação do mundo, ao domínio da mercadoria sobre o homem, que desde o início da era moderna se estendeu e, desde a época da revolução industrial, se alargou como poder dominante da vida. O culto rilkiano das coisas também se situa no âmbito de tal idiossincrasia, como tentativa de acolher e dissolver as coisas estranhas na pura expressão subjetiva, de conferir-lhes metafisicamente o seu estranhamento; e a debilidade estética desse culto das coisas, o gesto ostensivamente misterioso, a mistura de religião e de artes decorativas, revela ao mesmo tempo a violência real da reificação que já não se deixa acolher na mente e que nenhum sopro lírico pode dourar.*[13]

13. T.W. Adorno, "Discorso su lirica e società" [1957], in *Note per la letteratura, 1943-1961*. Turim: Einaudi, 1979, p. 49 [ed. bras.: "Palestra sobre lírica e sociedade", in *Notas de literatura I*, trad. Jorge de Almeida. São Paulo: Duas Cidades/Ed.34, 2003].

Adorno não só explica teoricamente o conteúdo específico da lírica em geral e a idiossincrasia anti-realista da lírica moderna, mas também mostra a dinâmica interna desse processo de "distância do existente". A abstração e a pureza são interpretadas como denúncia da existência "falsa" e da reificação que domina a vida.

Para Adorno, o conteúdo social da obra de arte e da própria lírica é inteiramente intrínseco à sua natureza e qualidade estética. Em relação a Friedrich, Adorno restitui à questão da obscuridade o seu caráter de risco radical e objetivo, não passível de ser resolvido pela boa vontade elucidativa de uma exegese estilística sistemática. A obscuridade anti-realista da lírica é "uma forma de reação à reificação do mundo, ao domínio da mercadoria sobre o homem". Aí está, na descrição adorniana, o emaranhado dialético em que se encontra a lírica moderna:

> *O conteúdo de uma poesia não é, com efeito, apenas a expressão de afetos e experiências pessoais. Estes só alcançam a arte se conseguirem participar do universal, graças à sua forma estética específica. Não é preciso que a mensagem de uma poesia lírica seja uma realidade que todos percebem imediatamente em si mesmos. Sua universalidade não é* volonté de tous *nem pura e simplesmente comunicação daquilo que todos experimentam sem, no entanto, ter a capacidade de exprimir. O que eleva a poesia lírica ao universal é a imersão numa realidade individualizada. De fato, somente assim emergirá algo de autêntico, de não ainda controlado ou subsumido em esquemas* [...]. *A figuração lírica busca atingir o universal por meio de uma individuação implacável. Mas o risco específico a que ela se vê exposta deriva do fato de que o seu princípio de individuação jamais garante resultados normativos e autênticos. A lírica moderna não dispõe de nenhum poder que lhe dê a certeza de não sucumbir na casualidade da mera existência lacerada.*[14]

O nexo presente em toda reflexão estética entre universalidade e forma é aqui retomado. Mas a universalidade é interpretada de modo diverso, em termos invertidos em relação à tradição, paradoxais. Efetivamente, para

14. Id. ibid., p. 47.

Adorno, a universalidade estética não coincide com aquela espécie idealista de "democracia da comunicação", nem com a coincidência de sentimentos e de experiências entre quem escreve e quem lê. A "elevação" rumo ao universal é descrita como um afundamento, um "submergir" na individuação mais incondicionada, na realidade do sujeito apreendida como irremediável solidão. A única verdade ou autenticidade possível da lírica está em seu alheamento diante do suporte e da garantia dos esquemas intersubjetivos por meio dos quais a socialização salva e subsume em si o indivíduo. É a tomada de partido por uma "individualização implacável" que permite à lírica exprimir sua mensagem e a verdade não manipulada do seu conteúdo social. A distância das coisas, o sentido de sua estranheza "metafísica" e irrecuperabilidade lírica, assim como a solidão do indivíduo abismado em si mesmo e sem esperança de um resgate comunicativo imediato (tudo o que caracteriza em máximo grau a lírica moderna), falam sobretudo da sociedade em que essa lírica se exprime. Principalmente a partir de Baudelaire, a lírica moderna fala de reificação, de anomia, de risco da insensatez. Porém, justamente por isso, a autenticidade específica dessa lírica está em sua objetiva declaração de impotência diante da existência petrificada e lacerada. A poesia não pode recuperar esteticamente as condições da própria existência social. Não pode, com os meios de que dispõe, superar a fratura entre indivíduo e sociedade e recomeçar de novo.

Embora Adorno esteja muito próximo de identificar, como Friedrich, a poesia moderna com a lírica mais inclinada à não-transparência comunicativa e ao "*pathos* da distância", sua leitura da situação e da relação lírica-sociedade segue a direção contrária. O que Friedrich interpreta como potência da linguagem e da fantasia, como capacidade da lírica de "destruir" o real ou de servir-se dele com absoluta liberdade para os próprios fins estéticos, em Adorno aparece em termos invertidos. Essa aparente liberdade absoluta da "fantasia ditatorial" e da "linguagem autônoma" é, para Adorno, constrição, determinação social e histórica: situação extra-estética não superável esteticamente. A força e a genuinidade tanto artística quanto cognitiva da lírica estão, segundo Adorno, justamente nessa afirmação direta de verdade acerca do próprio lugar social e dos próprios meios lingüísticos. A "dissonância" não é uma categoria estilística portadora de misteriosas sugestões, nem o sinal de um incremento do poder órfico da palavra. Dissonância é a laceração da existência que a poesia, com os recursos de que dispõe, não pode recompor. O que distancia e opõe mundo poético e mundo real é também o que os enlaça em um vínculo mortal. Esse vínculo é ao mesmo tempo estético e histórico: determina as formas não comunicativas e anti-realistas da lírica moderna e denuncia o estado das coisas na sociedade contemporânea.

Mas a riqueza de implicações que encontramos em Adorno não diz respeito apenas a esse nexo teórico-sociológico. Também implica uma diferente abertura interpretativa sobre o cruzamento de linguagens, temas e estilos que atravessa a poesia moderna, do romantismo até Baudelaire, Lorca e Brecht:

> *Uma corrente subterrânea e coletiva funda toda a lírica individual.* [...] *A relação do Romantismo com a canção popular é o exemplo mais evidente disso, mas não o mais persuasivo. De fato, o Romantismo almejou programaticamente uma espécie de transfusão do coletivo no individual, e, por força dessa transfusão, a lírica individual perseguiu tecnicamente a ilusão de uma normatividade universal mais do que essa normatividade lhe coubesse ao libertar-se do seu interior. No entanto, os poetas que freqüentemente desdenhavam todo empréstimo da língua coletiva participam, graças à sua experiência histórica, dessa corrente subterrânea coletiva. É o caso de Baudelaire, cuja lírica esbofeteia não só o* juste milieu, *mas também toda compaixão social burguesa; e no entanto o próprio Baudelaire, em poemas como "Les Petites vieilles" ou naquele da serva de bom coração dos "Tableaux parisiens", foi mais fiel às massas, às quais opunha a sua máscara trágico-soberba, do que todos os poemas sobre a gente pobre. Hoje, quando o pressuposto daquele conceito de lírica do qual eu parto – isto é, a expressão individual – parece abalado no mais íntimo pela crise do indivíduo, a corrente coletiva subterrânea da lírica emerge em pontos os mais diversos: antes, como simples fermento da própria expressão individual; mas em seguida, talvez, como antecipação de um estado que supera objetivamente a simples individualidade. Se as traduções não enganam, então, por exemplo, Lorca, que os esbirros de Franco*

assassinaram e que nenhum regime totalitário teria admitido, é portador de tal força. E o nome de Brecht se impõe como o do poeta lírico a quem foi dado aceder à integridade lingüística sem que devesse pagar o preço do esoterismo. Não pretendo aqui julgar se o princípio poético de individuação foi efetivamente superado em benefício de um princípio superior ou se o motivo dessa superação seria regressivo, um enfraquecimento do eu. A força coletiva da lírica contemporânea provavelmente se deve, em vários aspectos, aos rudimentos lingüísticos e psíquicos de uma condição ainda não inteiramente individualizada, pré-burguesa em sentido mais amplo: ou seja, ao dialeto. Entretanto a lírica tradicional, sendo a mais rigorosa negação estética do espírito burguês, esteve justamente por isso ligada até hoje à sociedade burguesa.[15]

Com uma de suas inesperadas inversões de perspectiva, aqui Adorno encontra um meio de não avançar a sua desconfiança pelas categorias de "coletivo" e de "popular" na sociedade contemporânea até o ponto de ignorar a sua presença e a sua pressão sobre um gênero literário como a lírica. É interessante a relação, indicada por ele, entre o apelo ao popular no Romantismo (apelo julgado extrínseco e acrítico) e a presença do conteúdo social, da piedade e da denúncia em um poeta como Baudelaire, poeta em que, teoricamente, a poesia faz um pacto com a artificialidade, a bizarria, a frieza e a recusa de qualquer moral da participação e da compaixão. Justamente em Baudelaire, não obstante sua poética ou graças a ela, o conteúdo social e a "subterrânea corrente coletiva" podem manifestar-se poeticamente em sua nudez anti-retórica e numa agudeza realista desconhecida pela literatura "sobre a pobre gente", programaticamente dedicada à representação dos males da sociedade.

A partir daí, com um salto notável, mas com uma intuição igualmente notável, Adorno passa a autores do século XX como Brecht e Lorca, significativamente irmanados não por suas convicções democráticas ou marxistas, mas pela tendência literária a uma fonte pré-burguesa da integridade lingüística. Nesses poetas, a centralidade do eu lírico é de certo modo

15. Id. ibid., pp. 55-56.

destronada, por regressão ou afrouxamento dos vínculos de individuação, em favor de uma "força coletiva", que se manifesta na proximidade da língua literária ao dialeto: "Os elementos conteudísticos, dos quais nenhuma configuração lingüística, nem mesmo a *poésie pure*, pode liberar-se completamente, necessitarão da interpretação tanto quanto os assim chamados elementos formais".[16] Para Adorno, pois, uma poesia pura só existe teoricamente, como ideologia literária: elementos conteudísticos e elementos formais devem ser interpretados em sua conexão e co-presença, pois afinal não há "lírica individual" que não se comunique subterraneamente com uma "corrente coletiva", sem a qual nenhuma experiência histórica é concebível.

9

A ênfase na originalidade estilística e nas extraordinárias "conquistas formais" da poesia moderna não só deixa escapar a riqueza e a imprevisibilidade formal de vários autores e correntes, mas tampouco faz justiça ao sentido histórico e à situação expressa por essa poesia. A redução formalista e estetizante de uma leitura que simplesmente aceita e registra como "inovação" e "audácia" formal o choque que a maior parte dos poetas modernos transmite ao leitor foi posta em evidência justamente por um dos maiores representantes da *Stilkritik*, Erich Auerbach. Em seu ensaio sobre as *Fleurs du mal*, conclui com uma avaliação paradoxalmente positiva das reações negativas à arte moderna. Mais que os seus adeptos e defensores dogmáticos, que aprenderam a aceitar com toda a tranqüilidade as obras poéticas contemporâneas sem sofrer nenhum choque, os inimigos da arte moderna continuaram a colher, mais agudamente do que se pensa, a sua mensagem de revelação crítica. Escreve Auerbach:

> *Não só a roupagem estilística da lírica moderna, mas também a das outras formas literárias do século que transcorreu desde então, é impensável sem as* Fleurs du mal*; encontram-se vestígios de Baudelaire em Gide, Proust, Joyce*

16. Id. ibid., p. 57.

e Thomas Mann, assim como em Rimbaud, Mallarmé, Rilke e Eliot. O estilo baudelairiano, essa mistura singular que tentamos descrever, está mais vivo do que nunca.

Este breve texto não deve, porém, terminar com o elogio das conquistas literárias de Baudelaire, mas sim com o motivo inicial, ou seja, ressaltando o que há de terrível nas Fleurs du mal, *que têm por tema principal o horrendo, o mais amargo desespero e as vãs e absurdas tentativas de entorpecimento e evasão. Por isso é necessário dizer aqui algumas palavras em defesa de certos críticos que rechaçaram energicamente o livro. Entre estes, há alguns – mas não todos – que compreenderam o espírito da obra muito melhor do que muitos admiradores contemporâneos e futuros: uma obra que, de fato, tem por tema o horror é mais bem compreendida por aqueles que, apesar de seus ataques, sentem o horror penetrar-lhes nos ossos do que por outros que só sabem prorromper em expressões entusiásticas sobre o resultado artístico da obra. Quem é possuído pelo horror não fala de* frisson nouveau, *não grita "bravo" nem se regozija com a originalidade do poeta. Mesmo a admiração de Flaubert é demasiado estética, embora formulada de maneira excelente. A desenvoltura com que a maior parte dos críticos posteriores avaliam o livro unicamente do ponto de vista estético, rejeitando e desprezando* a priori *qualquer outra consideração, não nos parece adequada ao argumento, ainda que Baudelaire provavelmente não partilhasse a nossa opinião, contagiado e todo tomado, como estava, por aquela idolatria da arte, que há muito tempo nos tem em seu poder. Que estranho fenômeno: um profeta de desgraças que não espera outra resposta de sua audiência senão a admiração pelo resultado artístico alcançado!*[17]

Indiretamente, Auerbach sublinha o conflito que existe em Baudelaire (e em seus leitores) entre poética e poesia. Um conflito que tenderá a atenuar-se e a quase desaparecer no desenvolvimento ulterior da poesia pura e da arte pela arte. Intenções e resultados, forma artística e conteúdo de experiência tenderão a coincidir por princípio. O único interesse moral dos artistas irá

17. E. Auerbach, "*Les Fleurs du mal* di Baudelaire e il sublime" [1951], in *Da Montaigne a Proust*. Bari: De Donato, 1970, pp. 171-72 [ed. bras.: "As *Flores do mal* e o sublime", trad. José Marcos Macedo e Samuel Titan Jr., in *Inimigo rumor*, n. 8, Rio de Janeiro: 7Letras, maio 2002].

se tornar sua moral de artistas. (Foi Hermann Broch quem observou que as duas palavras de ordem "*art pour l'art* e *business is business* são dois galhos da mesma árvore".)

Nos anos 1950, anos em que Friedrich escreveu seu livro, a arte moderna já havia estabelecido uma sólida relação com a crítica e as instituições. Já podia dispor de um público. A formação desse novo público culto (formação que o livro de Friedrich ajuda a consolidar) começou a tornar a arte moderna menos escandalosa e mais previsível. Por pelo menos duas décadas, antes da Segunda Guerra Mundial, os grupos de vanguarda tinham levado a cabo um trabalho não só de provocação, mas também de divulgação da arte moderna. A ascendência internacional de escritores como Sartre e Camus depois de 1945 levou a termo uma obra ampla de esclarecimento e de influência cultural em favor do artista moderno. As transformações do gosto criaram novos hábitos, entre estes, precisamente o hábito do novo. A estrutura da percepção e da fruição estética começou a modificar-se. A arte moderna, que pretendia escapar ao gosto burguês e manter-se alheia à indústria cultural, modificou o gosto do público neoburguês e influenciou a indústria cultural.

A obscuridade e o antagonismo do estilo moderno foram, assim, constituindo-se paulatinamente numa espécie de jargão. A combinatória lingüística tornou-se com o tempo cada vez mais autônoma e livre de resistências. A "transcendência vazia" e a "agressividade dramática" que Friedrich atribuía à lírica moderna perderam sua carga dialética. Na última página do livro, o crítico manifesta sem rodeios a sua preocupação por esses riscos de involução. (No prefácio de 1966, ele concluirá com as seguintes palavras: "Todavia é claro que a assim chamada 'poesia concreta', com seu amontoado de palavras e sílabas despejadas de maneira mecânica, não pode ser, graças à sua esterilidade, levada em consideração".) Mas talvez Friedrich não percebesse inteiramente a relação entre a sua descrição "estrutural" da poesia moderna como fuga da realidade e autonomia da linguagem e os produtos dos novos vanguardistas, com seu jargão da modernidade e sua abstrata concretude. Mais que iluminar o estado presente da "tradição do novo", uma descrição a-histórica da poesia contemporânea e de sua novidade só contribuía para criar o *kitsch do moderno* como forma vazia e intercambiável. Baudelaire o compreendera antecipadamente:

> *Le gôut immodéré de la forme pousse à des désordres monstrueux et inconnus.* [...] *La passion frénétique de l'art est un chancre qui dévore le reste; et, comme l'absence nette du juste et du vrai dans l'art équivaut à l'absence d'art, l'homme entier s'évanouit; la spécialisation excessive d'une faculté aboutit au néant.*[18]

18. "O gosto imoderado da forma leva a desordens monstruosas e desconhecidas. [...] A paixão frenética pela arte é um câncer que devora todo o resto; e, como a clara ausência do justo e do verdadeiro na arte equivale à própria ausência da arte, o homem se dissipa por inteiro; a especialização excessiva de uma faculdade conduz ao nada." [N.T.] C. Baudelaire, "L'École païenne" [1851], in *Oeuvres complètes*, v. II, org. C. Pichois. Paris: Gallimard, 1976, pp. 48-49.

Baudelaire em prosa

Ainda hoje Baudelaire é freqüentemente considerado, de forma um tanto apressada, o precursor e teórico da "poesia pura", na esteira de Edgar Allan Poe. Na realidade, a crítica menos disposta a simplificações sempre enfatizou o quanto há de contraditório em sua obra, a qual, mais que a de qualquer outro poeta do século XIX, exerceu uma vasta e capilar influência póstuma.

Baudelaire é um escritor bifronte, cindido entre instâncias e tensões opostas, jamais resolvidas numa "síntese superior". Um escritor de versos cuja poesia (para já lançar uma de suas típicas oscilações) se funda numa constante "*alliance avec la prose*" (Albert Thibaudet). Na onipresença do oxímoro e da dissonância, seu estilo mistura ou justapõe *flânerie* melancólica, alegorias infernais e grotescas, o máximo da evasão, "transcendência vazia" (Hugo Friedrich) e sonho de um éden ou de um paraíso artificial.

Nenhum conteúdo, nenhum dado real, nenhuma inquietação pessoal são transfigurados e superados sem resíduos na forma. Por trás do voluntarismo teórico da poética de Baudelaire, há uma espécie de paralisia letárgica da vontade. O seu gesto estilístico, tão peremptório, ergue-se sobre o caos de uma existência incapaz de encontrar uma ordem. Sartre escreveu:

> *"Não teve a vida que merecia". A vida de Baudelaire parece uma ilustração magnífica desta máxima consoladora. Decerto não merecia aquela mãe, as eternas angústias financeiras, o conselho de família, a amante avara, a sífilis; e o que há de mais injusto do que o seu fim prematuro? Entretanto, pensando bem, surge uma dúvida* [...], *esse solitário tem um medo espantoso da solidão, nunca sai sem um amigo, aspira a uma casa, a uma vida familiar; esse apologista do esforço é um "abúlico" incapaz de submeter-se a um trabalho regular;*

lançou apelos à viagem, aspirou à evasão, sonhou lugares desconhecidos, mas hesitava seis meses antes de partir para Honfleur [...], *ostenta desprezo e até ódio pelas figuras opressoras, encarregadas de sua tutela, e no entanto jamais tentou libertar-se nem deixou de cumprir uma única vez as advertências paternas. Será que ele é tão diferente da vida que levou? E se tivesse merecido a sua vida?*[1]

Na realidade, Baudelaire sabe que fracassa como autor da própria vida, como esteta e como *dandy*, por isso deve vencer como poeta. Por mais que se esforce em conferir à própria existência uma marca inconfundível, fazendo dela uma forma de arte, essa existência lhe escapa. É irremediável como uma ferida aberta que os seus propósitos de disciplina não conseguem curar. Dessa vida, oscilante como um pêndulo obsessivo entre uma ordem sonhada e as invasões angustiantes do cotidiano, deveria nascer uma obra poética construída e estudada em cada detalhe, em cada efeito.

A aliança com a prosa mencionada por Thibaudet, que aproxima Baudelaire de Sainte-Beuve, tem um duplo significado. A prosa não é apenas aquilo que invade a poesia, minando e perturbando-lhe o sonho de perfeição. A prosa é sobretudo o que sustenta a poesia, conferindo-lhe uma estrutura de discurso que torna a escansão do alexandrino sintaticamente mais dúctil e equilibrada. Não é instrumento do informe na regularidade do verso: é mistura e dissonância de tons, energia intelectual. É isso que, mais tarde, levará Baudelaire a interessar-se pelo aperfeiçoamento artístico da prosa, da breve prosa ensaística, de divagação autobiográfica e crítica, entre o diário íntimo e a alegoria – com o clássico resultado dos poemetos em prosa recolhidos no *Spleen de Paris*.

Na condição de moralista da forma artística (nele, a luta entre o bem e o mal convive com a discriminação idiossincrática entre o belo e o feio), e como demonólogo paradoxal da vida urbana moderna, Baudelaire não pode prescindir de uma prosa analítica e introspectiva. Ele conhece o poder "higiênico" e dessacralizador que a prosa analítica sabe desencadear. A prosa das verda-

1. J.-P. Sartre, *Baudelaire* [1947]. Milão: Il Saggiatore, 1964, pp. 7-8.

des áridas e amargas, na tradição de Pascal e La Bruyère (ambos citados no poemeto XXIII, "La Solitude").

Quando Charles-Pierre Baudelaire nasceu, em 9 de abril de 1821, em Paris, seu pai tinha 62 anos. Ele havia sido padre, preceptor e funcionário do senado. Viúvo por um longo período, casou-se pela segunda vez em 1819, com uma mulher muito mais jovem, Caroline Archimbaut Dufays, que tinha 28 anos quando o poeta nasceu. A casa em que moravam e onde o pequeno Charles cresceu, na rua Hautefeuille, situava-se no cruzamento com o boulevard Saint-Germain, no Quartier Latin (local hoje ocupado por um edifício construído mais tarde, atualmente sede da livraria Hachette).

Napoleão morre, como se sabe, menos de um mês depois, na ilhota de Santa Helena, encerrando definitivamente uma época. A burguesia com a qual Baudelaire terá de lidar durante toda a vida será a burguesia retórica, sentimental, comerciante e usurária, que toma completamente o poder na França com a Monarquia de Luís Filipe, uma burguesia já distante do espírito dos anos napoleônicos. Uma burguesia facilmente desprezível para um poeta: a classe social que encarna na forma mais clássica o culto do Útil e do Progresso, cuja *sottise* [tolice] (esta é a primeira palavra do primeiro verso das *Fleurs du mal*) parecerá a Baudelaire, assim como ao seu contemporâneo Flaubert, a muralha insuperável do espírito dos tempos.

De sua parte, vivendo em Paris, Heinrich Heine já havia descrito a situação em que Baudelaire passaria a viver:

> *Essa pauperização de toda grandeza, essa radical destruição do heroísmo são devidas sobretudo à burguesia, à classe burguesa, que na França chegou ao poder subvertendo a aristocracia de nascimento e impondo o seu espírito mercantil e estreito a todas as esferas da vida. Daqui a não muito tempo, qualquer idéia ou sentimento heróico se apagará neste país, ou no mínimo se tornará ridículo* [...]. *Os homens de pensamento que, no século XVIII, prepararam incansavelmente a revolução ficariam vermelhos de vergonha se vissem para que tipo de gente trabalharam* [...].[2]

2. Apud G. Lukács, "Realisti tedeschi dell'Ottocento" [1951], in *Scritti sul realismo*, org. por A. Casalegno. Turim: Einaudi, 1978, p. 522.

Contra a moral, a estética, a política, o gosto e a religião dessa classe, Baudelaire se empenhará numa luta desesperada de provocação e autodefesa, forçado a inventar para si um mundo cultural o mais escandalosamente distante daquele inventado e encarnado pela burguesia em expansão de sua época.

O velho pai, Joseph-François Baudelaire, morrerá logo, deixando viúva a jovem mulher, e órfão o filho Charles, de apenas seis anos. Pouco mais de um ano após a morte do primeiro marido, Caroline se casa com um militar de carreira, Jacques Aupick, capitão de infantaria, cavaleiro de Saint-Louis e oficial da Legião de Honra. A carreira deste homem, que Baudelaire odiará e desprezará ininterruptamente apesar dos esforços iniciais de boa vontade filial, entoa uma espécie de contracanto triunfal em oposição à difícil e quase sempre infeliz trajetória pessoal e literária do afilhado.

Em 1831, o tenente-coronel Aupick torna-se chefe de Estado Maior e é transferido para Lion. É promovido a coronel em 1834 e a general de brigada em 1839. Em seguida, é nomeado comandante da Escola Militar do Estado Maior em 1841, comandante do departamento do Senna e da praça de Paris em 1842 e comandante da École Polytechnique em 1847. No ano seguinte, é ministro plenipotenciário da República Francesa em Constantinopla. Embaixador em Madri em 1851, senador em 1853. Portanto o padrasto Aupick é a imagem viva e enérgica da burguesia ex e pós-napoleônica, imagem que Baudelaire terá diante dos olhos durante a maior parte de sua vida, até o ano crucial de 1857, em que Aupick morre e Baudelaire publica *Les Fleurs du mal*. Os anos de infância e adolescência, e depois toda a vida, são profundamente marcados por essa situação familiar. Conta-se que em 1848, durante as revoltas de fevereiro, na noite do dia 24, Baudelaire foi visto nas ruas de Paris com um fuzil na mão, gritando enfurecido: "É preciso fuzilar o general Aupick!".

Da mãe, Baudelaire só se reaproximará nos últimos anos. Foi ela quem, em 1844, dirigiu-se ao tribunal a fim de que o filho gastador (em um ano ele havia dilapidado metade da herança) fosse confiado a um tutor patrimonial, função designada ao notário Narcisse-Desiré Ancelle. E era sempre à mãe que Baudelaire, acossado por dívidas e continuamente forçado a mudar de endereço (seis vezes em um único mês de 1855), pedia insistentemente mais dinheiro a fim de complementar a insuficiente renda mensal dispensada pelo notário. Retirando-se, após a morte do marido, na casa de Honfleur (chamada pelo poeta de "la Maison-jou-jou"), a viúva receberá visitas bastante freqüentes do filho: em outubro de 1858, de janeiro a março de 1859 (temporada particularmente feliz e profícua) e, de novo, em maio-junho e em dezembro do mesmo ano. É ela quem, finalmente, no verão de 1866 (ajudada pelo pintor Stevens, amigo do poeta) o reconduz acometido de paralisia, de trem, da Bélgica a Paris, onde Baudelaire morrerá cerca de um ano depois, em agosto de 1867, sem ter recuperado a fala.

Em Lion, cidade odiada, para a qual Aupick havia sido transferido, Baudelaire freqüentou dos onze aos quinze anos o Collège Royal. Retornando a Paris, ingressa no Collège Louis-le-Grand. Nele se distingue especialmente por sua capacidade de compor versos em latim, mas é expulso por ter se recusado a entregar a um professor um bilhete que lhe havia sido passado por um colega. Depois de concluir em casa a escola secundária, inscreve-se na faculdade de direito, sem no entanto jamais concluir o curso.

Ao completar vinte anos, diante dos perigos de dissipação de sua "vida livre", o conselho de família decide enviá-lo em viagem e afastá-lo de Paris. Assim, em 9 de junho de 1841, Baudelaire embarca em Bordeaux no *Paquebot-des-Mers-du-Sud*, que faz a rota para Calcutá. Mas em setembro ele desembarca na ilha Maurício e depois segue para a ilha Bourbon (hoje Saint-Denis-de-la-Réunion). Então decide não prosseguir viagem e embarca num navio que o reconduz à França seis meses antes do previsto. As imagens dessa viagem ficarão impressas em sua memória como uma visão edênica, que retorna em vários poemas das *Fleurs du mal* e em alguns capítulos do *Spleen de Paris*.

Logo após ter tomado posse da considerável herança paterna, Baudelaire se estabelece em um apartamento na sugestiva Île Saint-Louis, morando nele por dois anos, até 1843. Freqüenta os ambientes artísticos e literários, conhece Nerval, Félix Tournachon (o fotógrafo "Nadar"), Gautier, Sainte-Beuve, Hugo. Em 1842, conhece a mulata Jeanne Duval (cujo verdadeiro sobrenome continua incerto), por quem se apaixona e com quem viverá por longo tempo, durante mais de quinze anos, não obstante as brigas, os desentendimentos e as separações. Começa a escrever poemas que serão publicados muitos anos depois, mas entretanto se revela um genial crítico de arte com o *Salon de 1845* e, particularmente, com o *Salon de 1846*, em que define a sua idéia de crítica ("para ser justa, para alcançar sua razão de existir, a crítica deve ser parcial, apaixonada, política, ou seja, feita a partir de um ponto de vista exclusivo, mas que abra o mais vasto horizonte").[3]

Já em 1843, contrai grandes débitos com o marchand, antiquário e agiota Arondel, dívidas que comprometem o futuro de sua situação financeira.

Em 1848, apaixona-se pela revolta contra a Monarquia orleanista, colabora em publicações políticas e escreve artigos em parceria com Champfleury e Toubin na revista *Le Salut public*, que tem apenas dois números lançados. Nos anos seguintes, após a desilusão e o desdém pelo golpe de Estado de dezembro de 1851, que restaura o Império, afasta-se de qualquer interesse político e termina por adaptar-se ao regime de Napoleão III.

Nesses anos, publica sobretudo ensaios: "Du vin et du hachisch", "L'École païenne", "Morale du joujou". Mas também algumas coletâneas de poesia e numerosas traduções de Poe, divulgadas em várias revistas. Finalmente, em 1857, o editor Poulet-Malassis publica em um volume todos os seus versos. O título, que deveria ser em um primeiro momento *Les Limbes*, depois será *Les Fleurs du mal*. Após a publicação, Baudelaire sofre um processo (o de *Madame Bovary* acontecera há poucos meses) e é condenado a pagar uma multa, além de ter que excluir seis poemas do livro. O magistrado que havia feito a acusação pública era o mesmo do processo contra Flaubert.

Com o passar dos anos, aumentam as dificuldades econômicas e as disputas com o notário e tutor patrimonial, Ancelle. Apesar dos vários rompimentos, Baudelaire sempre reata com Jeanne Duval. Em 1859, começa a escrever os apontamentos de *Mon coeur mis à nu*, nos quais trabalha até 1866 e que deixa incompletos (em *Fusées* são recolhidos fragmentos compostos entre 1855 e 1862). Solicita ao ministro da Instrução Pública e

3. C. Baudelaire, "Salon del 1846", in *Poesie e prose*, org. G. Raboni. Milão: Mondadori, 1973, p. 687 [ed. bras.: "Salão de 1846", trad. Cleone Augusto Rodrigues, in *Poesia e prosa*, org. Ivo Barroso. Rio de Janeiro: Nova Aguilar, 1995].

obtém por duas vezes uma indenização pelas *Nouvelles histoires extraordinaires* de Poe, traduzidas por ele. Em 1859, traduz também o poema "The Raven" e "Philosophy of composition", para a *Revue Française*. Projeta um livro de ensaios críticos (*Notices littéraires*), que não chega a concluir. Recebe outras indenizações do ministro da Instrução Pública por sua obra crítica e poética. Em 1861, aparece a segunda edição das *Fleurs du mal*, com 35 novos poemas, quase todos já publicados em revistas.

Entretanto sua saúde está gravemente comprometida. No final de 1861, apresenta a própria candidatura à *Academie Française* (nessa ocasião conhece Vigny, com quem inicia uma relação de mútua estima). Mas seu amigo Sainte-Beuve convence-o a desistir, devido à improbabilidade da eleição. Envia a Arsène Houssaye alguns "*petits poèmes en prose*". Planeja e anuncia traduções de Lucano e de Petrônio, que nunca serão levadas a cabo.

Suas relações editoriais complicam-se sucessivamente com o arresto por dívidas de Poulet-Malassis; Baudelaire então cede os direitos exclusivos de publicação das *Fleurs du mal* e dos *Petits poèmes en prose* a outro editor, Hetzel (mas depois deverá concedê-los novamente a Poulet-Malassis, que em 1865 os reclama legitimamente, já que os havia adquirido antes).

Entre novembro e dezembro de 1863, o *Figaro* publica o ensaio fundamental sobre Constantin Guys, "Le Peintre de la vie moderne". Pouco antes de partir para a Bélgica, em abril de 1864, Baudelaire planeja escrever uma série de *Lettres d'un atrabilaire*, nas quais se propõe a denunciar violentamente a estupidez contemporânea. Na Bélgica, o escasso interesse suscitado por suas conferências (sobre Delacroix e Gautier), as más relações com os editores Lacroix e Verboeckhoven, que terminarão recusando a publicação de suas obras, e a ira pelo rude materialismo comercial que reina no país irão levá-lo a escrever os obsessivos e hiperbólicos panfletos "Amoenitates Belgicae" e "Pauvre Belgique".

Os últimos e funestos anos da vida de Baudelaire, contaminados por dificuldades econômicas e por disputas editoriais, mas também pela ira crescente contra a "mentalidade belga", ou seja, contra a universal *bêtise* burguesa, culminarão no ataque hemiplégico de março de 1866, antecipado por graves distúrbios nervosos e cerebrais. Internado numa clínica, privado da palavra, não se recuperará mais até sua morte, ocorrida em 3 de agosto de 1867, mesmo dia em que a *Revue nationale et étrangère* publica o último – o quinquagésimo – dos poemetos em prosa, "Les Bons chiens".

A que se propunha Baudelaire ao começar a escrever os poemas em prosa mais ou menos nos mesmos anos em que concluía as *Fleurs du mal*? A princípio, a resposta não era inteiramente clara nem mesmo para o autor, e só viria com a realização do projeto. Seja como for, com os anos parece aumentar em Baudelaire a necessidade da prosa (algo semelhante havia ocorrido com Leopardi e Púchkin).

Como já se disse, não obstante alguns pontos extremos e precursores do seu pensamento teórico (que prenunciam Mallarmé e Rimbaud), Baudelaire escreve uma poesia mais clássica, realista, inclinada a fortes efeitos teatrais e satíricos, mais do que ele talvez estivesse disposto a admitir. O aspecto contraditório da teoria de Baudelaire foi recentemente recordado por Michael Hamburger em seu largo panorama da poesia moderna: "*Dandy* e porta-voz dos deserdados – escreve Hamburger –, Baudelaire era um poeta alegórico, não um simbolista"; como crítico, "não sentiu nenhuma necessidade de elaborar um tipo de análise literária concentrada exclusivamente nos aspectos estéticos e estilísticos da poesia"; e, de fato, "tem mais a compartilhar com Matthew Arnold do que com Poe e Mallarmé, nos quais vemos respectivamente o seu mestre e o seu discípulo".[4]

Mesmo o recorrente confronto com Dante (que encontramos em Thibaudet, por exemplo, e em Auerbach) não diz tanto respeito à iconografia gótica da luta entre aspirações angélicas e presenças satânicas. Refere-se mais ao lado "impuro", alegórico, intelectual, antilírico e discursivo de toda a obra baudelairiana. A sintaxe da poesia de Baudelaire é escrupulosamente clássica, ao passo que os seus temas são violentamente autobiográficos e confessionais, até atingir um autêntico exibicionismo moral, e não rumam no sentido da depuração e da despersonalização, como ocorrerá com os simbolistas. Diferentemente destes e de outros "decadentistas", Baudelaire

4. M. Hamburger, *La verità della poesia. Da Baudelaire a Montale* [1982]. Bolonha: Il Mulino, 1987, pp. 8-11 [ed. bras.: *A verdade da poesia*, trad. Alípio Correia de Franca Neto. São Paulo: Cosac Naify, 2007].

não crê na divinização do humano ou nos poderes órficos da palavra. Para fazer frente às forças demoníacas que assediam sua mente, o poeta, que aspira a ser ao mesmo tempo Mago e Demonólogo, necessita de uma linguagem capaz não só de extraordinárias sutilezas evocativas, mas também de notável energia e clareza representativa.

Por outro lado, em Baudelaire não se dá realismo sem deformação, paroxismo, parcialidade, obliqüidade. O real emerge por um efeito de choque. Uma estética que permita perceber o que é real não deve ser necessariamente uma estética realista nem puramente mimética. Baudelaire, como se sabe, não tinha absolutamente uma idéia burguesa e "realista" (isto é, laica e desmistificada) do real. O estilo não deveria, pois, se assemelhar à coisa, mas sim conservar, e às vezes exibir, uma ordem estranha ao objeto representado. Não por acaso, foi justamente a propósito de Baudelaire que Walter Benjamin anotou: "A descrição da confusão é algo diferente de uma descrição confusa".[5] Para obter os efeitos desejados, Baudelaire precisava da clareza racional e sintática que predomina na tradição poética francesa, daquilo que nela há de *concinnitas* [disposição] clássica: em seu estilo da modernidade, coexistem necessidade arquitetônica e impulso extático.

Do mesmo modo, seus gostos de crítico de arte e de crítico literário não são, no fundo, menos contraditórios. Se por um lado ele exalta Poe e Delacroix, a fuga do que é comum, cotidiano e banal, por outro aprecia e ama Balzac, Daumier, Grandville, Constantin Guys, isto é, a observação (ou "visão") realista, satírica e grotesca da vida social. É sua a definição de Balzac como um escritor mais visionário que realista: "Mais de uma vez espantou-me que Balzac se vangloriasse de passar por um observador. Sempre me pareceu que o seu maior mérito fosse ser um visionário, e um visionário pleno de paixão".[6]

5. W. Benjamin, "Parco centrale", in *Angelus novus. Saggi e frammenti* [1955]. Turim: Einaudi, 1962, p. 130 [ed. bras.: "Parque central", in *Obras escolhidas III*, trad. José Carlos Martins Barbosa e Hemerson Alves Baptista. 3ª ed. São Paulo: Brasiliense, 2000, 2ª reimp.].

6. C. Baudelaire, "Théophile Gautier" [1859], in *Poesie e prose*, op. cit., p. 651 [ed. bras.: "Théophile Gautier", trad. Joana Angélica D'Ávila Melo, in *Poesia e prosa*, org. Ivo Barroso. Rio de Janeiro: Nova Aguilar, 1995].

Foi um análogo realismo visionário que permitiu a Baudelaire delinear em seus "Tableaux parisiens" e em muitos poemetos em prosa a imagem talvez mais incisiva e memorável de Paris capital do século XIX.

Giovanni Macchia observou que, na edição de 1861 das *Fleurs du mal*, multiplicam-se e amontoam-se tanto as presenças fantástico-obsessivas quanto as satíricas, com o conseqüente reforço do caráter prosaico e ensaístico da poesia de Baudelaire:

> *Enriquece-se o grande arsenal baudelairiano de neuroses, ódios e remorsos, de horrores e fantasmas, de possuídos e obsessivos, em um gosto mais amargo do nada e num sentimento do tempo como asfixia. No discurso poético se adensam os elementos da sátira, do episódio, do ensaio, numa veia quase didática ou de forte estrutura ideológica.*
>
> *E parece estranho que, se por um lado o encontro com Poe o conduzira cada vez mais, em teoria, ao céu despojado da poesia pura, por outro, na prática e na substância, Baudelaire se afastava dele. O exemplo mais consistente nesse sentido é "Le Voyage", o poema mais longo que ele compôs e cujas proposições estão bem distantes dos ensinamentos de seu mestre – um poema que pode ser lido* [...] *como um ensaio em versos.*[7]

Baudelaire interpreta e representa a vida cotidiana de seu tempo segundo módulos estranhos à ideologia burguesa progressista e, portanto, distantes da cultura "moderna" daqueles anos. Fazendo incidir sobre os dados da modernidade urbana as visões titânicas de um cristianismo negativo e maniqueísta, Baudelaire nega todo valor de positividade à ação social e histórica. Sua interpretação da modernidade é orientada por valores antimodernos. Certamente o satanismo é para ele uma fonte de imagens, um aparato de figuras retóricas e um expediente para a construção de cruéis cenografias de efeito. Mas, antes disso, é a convicção nada estética de que o Mal existe e de que existe o demônio – quando menos, porque o próprio homem se incumbe de criá-lo e de garantir-lhe cuidadosamente a sobrevivência.

7. G. Macchia, *Baudelaire*. Milão: Rizzoli, 1975, p. 205.

No ensaio sobre Constantin Guys, há um útil esclarecimento sobre esse modo de representação que poderia parecer excessivo, grosseiro, cruel e bárbaro:

> *Esta palavra,* barbárie, *que talvez tenha freqüentado em excesso a minha pena, poderia induzir alguém a acreditar que aqui se trata de uns poucos esboços informes* [...]. *Eu quero falar de uma barbárie inevitável, sintética, infantil, que é freqüentemente visível numa arte perfeita (mexicana, egípcia ou ninivita*[8]*) e que provém da* necessidade de ver as coisas com grandiosidade [...] [*grifo meu*].[9]

Cada época tem seu gênero de beleza, em que se funde "algo de eterno e de transitório", e, contra a aviltante mediocridade dos "republicanos da arte", Baudelaire reivindica para o próprio estilo a necessidade de "poses majestosas e violentas". De resto, a Paris do século XIX não era parca de maravilhas nem de seres heróicos: "A vida parisiense é fecunda de motivos poéticos e maravilhosos. O maravilhoso nos envolve e nos inebria como a atmosfera: mas nós não o vemos [...]."[10]

Comparadas à concentração e variedade dos poemas em verso, as prosas poéticas do *Spleen* que retomam mais diretamente seus temas e situações podem parecer transcrições enfraquecidas, mecanismos artísticos desativados. Quase como se a força prosaica da poesia de Baudelaire tendesse à dissolução precisamente no momento em que se realizava sua tradução em prosa. A tensão entre rigor métrico-sintático e magnetismo perceptivo-visionário (percepção que, em Baudelaire, tende quase sempre a dilatar-se em visão) se enfraquece nas prosas dos *petits poèmes*. A soltura da prosa só pode atenuar ou eliminar os efeitos de estranhamento devidos à força de abstração do alexandrino e à arquitetura estrófica.

8. Arte relativa a Nínive, antiga capital da Assíria. [N.T.]
9. C. Baudelaire, "Il pittore della vita moderna" [1863], in *Poesie e prose*, op. cit., p. 947 [ed. bras.: "O pintor da vida moderna", trad. Suely Cassal, in *Poesia e prosa*, org. Ivo Barroso. Rio de Janeiro: Nova Aguilar, 1995].
10. C. Baudelaire, "Salon del 1846", op. cit., p. 774.

A organização conjunta dos dois livros responde, além disso, a critérios explicitamente antagônicos. Enquanto as seis seções das *Fleurs du mal* estabelecem que nenhum texto deveria ser lido isoladamente, os cinqüenta capítulos do *Spleen*, como declara o autor na dedicatória a Arsène Houssaye, formam um conjunto "sem pé nem cabeça". Não é sobre os significados suplementares, resultantes da organização do conjunto, que Baudelaire insiste a propósito dos poemetos, mas sim na "comodidade", para o leitor e para o autor, de uma seqüência livre, desvinculada, em que cada fragmento pode ter uma existência própria. A ordem arquitetônica é substituída por uma maleável capacidade de adaptação "aos movimentos líricos da alma, às oscilações da fantasia, aos sobressaltos da consciência".

Os capítulos do *Spleen de Paris* constituem parte de uma obra inacabada: um diário em forma de arte, um itinerário às avessas que deveria repetir, traduzir e desatar o que havia de amarrado e entrelaçado na trama das *Fleurs du mal*. Mas a pesquisa de Baudelaire prosador permanece uma pesquisa aberta: como aparece também no peculiaríssimo estilo "privado", assintático, nominal e cumulativo do diário *Mon coeur mis à nu*.

Uma das ambivalências que caracterizam toda a vida e a obra de Baudelaire diz respeito à relação entre moral e estética. O ponto de vista moral, que julga e interpreta a recíproca exclusão de Bem e Mal, busca inutilmente se fundir, em Baudelaire, com o ponto de vista estético, que opõe Belo e Feio. Diante de qualquer objeto e situação da experiência, Baudelaire oscila entre o primeiro e o segundo ponto de vista, pondo em conflito, de modo muitas vezes provocador, um tipo de moral e um tipo de estética. Alternativamente, e dependendo do alvo polêmico do momento, Baudelaire lançará uma luz sarcástica sobre a obtusidade moral que não sabe distinguir o que é belo e o que é feio ou, ao contrário, a obtusidade estética que não sabe ver, sob a superfície das aparências, a oposição entre bem e mal, entre inocência e pecado. Assim julgará inocentes e puras algumas encarnações convencionais e comumente condenadas do pecado, para depois julgar sordidamente pecaminosas e ousadamente culpáveis figuras sociais aceitas, burgueses de boa vontade e do bem entendido de modo convencional. Para Baudelaire, a prostituta não é apenas esteticamente mais sugestiva e atraente do que a esposa: é também mais pura e inocente. Na sociedade burguesa formada pelo domínio das trocas e do dinheiro, a verdadeira prostituição é aquela mascarada, hipócrita, da relação conjugal.

A ambigüidade e a duplicidade deixam Baudelaire até o fim lacerado e indeciso entre o gosto do pecado e a aspiração à pureza. À primeira oposição frontal entre moral e estética se soma uma ambigüidade e uma ambivalência no interior de cada um desses dois pontos de vista distintos.

O Belo é, de fato, nada mais que belo? E o Feio é pura e simplesmente feio? Toda a assim chamada originalidade da estética e do gosto baudelairiano está aí para mostrar o contrário das aparências mais banais: nem o Belo nem o Feio, nem o Bem nem o Mal são univocamente idênticos a si mesmos. Tão sensível ao belo quanto ao feio, tão obcecado pelo bem quanto pelo mal, Baudelaire tem de ambos uma visão sumamente pessoal e idiossincrática. Por exemplo, parece-lhe belo – e ele elege como belo – o que ordinária e convencionalmente é reputado feio e mesmo repugnante. E acha banal, comum e vulgar o que é considerado erroneamente, isto é, habitual e comumente, belo.

Essa reversibilidade dos opostos, do belo e do feio, com a conseqüente valorização estética do feio por um imoderado e polêmico amor ao belo, reaparece também no interior do seu ponto de vista moral. O mal se apresenta muitas vezes com a aparência bem-comportada do bem (do bem comum, do bem geral, do bem futuro). Enquanto o verdadeiro bem, ou a recusa a um bem falsificado, pode assumir feições bizarras, escandalosas e perversas. De qualquer modo, não sendo mais comunicável de modo positivo nem socialmente reconhecível, o bem subsiste como algo que só o indivíduo pode, *diante de si mesmo*, conceber e perseguir. A moral baudelairiana é individualista e negativa. Serve-lhe para proteger-se da moral burguesa (e para distinguir-se da estética burguesa). Mas serve somente a ele, se é que lhe serve. "Ser um grande homem e um santo *per se*: eis a única coisa importante", escreve em *Mon coeur mis à nu*.

O verdadeiro bode expiatório de Baudelaire é a burguesia pós-napoleônica, uma classe de militares inutilmente orgulhosos, de literatos "militantes" e de "vanguarda", de comerciantes que só adoram os negócios. Por mais que se tente sutilmente reconstruir e racionalizar suas idéias estéticas e morais, dificilmente se chegará a um critério de orientação geral mais seguro do que este: Baudelaire odeia em todas as suas manifestações a burguesia em meio à qual lhe coube viver. Ele ama e aprecia aquilo que ela despreza. Detesta os sonhos mais caros e preciosos dessa classe, estejam eles recolhidos no doce decoro da vida familiar e privada ou no otimismo da idéia de um progresso global e ilimitado do gênero humano. A prostituta, o *dandy*, o pervertido, o pobre, o desgraçado, o vagabundo – tudo o que de mais antiburguês e não-burguês possa existir, Baudelaire o assume apaixonadamente como próprio e fraterno. Em nome da provocação, até o mau gosto é reabilitado, desde que escandaloso: "O que é inebriante no mau gosto é o prazer aristocrático de desagradar".

Sem saber, sem nem sequer suspeitar, laboriosamente, obtusamente, a burguesia, segundo Baudelaire, está nas garras do demônio. E o demônio, por sua vez, tal como é retratado no capítulo "Le Joueur généreux", é um demônio historicamente bem determinado: é um "bom diabo", um iluminado e magnânimo senhor burguês, sem preconceitos, inimigo de escândalos, senhor de si, conversador fascinante, que preza muito seu bom nome, que jamais perde a calma e que sabe nomear Deus com desenvolta bonomia. É este o Diabo da nova sociedade: "Todos o servem e ninguém crê nele" (assim havia escrito em um projeto de prefácio para as *Fleurs du mal*).

Reelaborando uma tradição ensaística e moralista bem presente na França, formulando de novo, nos cenários da modernidade urbana e em termos alegóricos, o gênero da prosa breve, do fragmento livre, divagante, analítico, descritivo, satírico, Baudelaire retoma reflexivamente, nos poemetos em prosa, os lugares fundamentais de sua poesia. Mistura e contamina a forma do diário íntimo e a de um singular jornalismo antijornalístico, fazendo do artigo uma aperfeiçoada e sofisticada forma de arte.

Além disso, ao escrever em prosa, Baudelaire se empenhava em satisfazer a própria exigência de um exercício da vontade e da atenção. Esse exercício ascético, que o poeta sabia que devia impor-se para não cair no informe, tinha por outro lado a necessidade de um alimento contínuo de curiosidade e da especial euforia do *flanêur* que perambula sem meta pela imensa cidade moderna para aí encontrar um restaurador "banho de multidão". De Bruxelas, em 30 de março de 1865, escreve a Sainte-Beuve:

> *Fazer* cem *bagatelas trabalhosas que exigem um perene bom humor (bom humor necessário para tratar até de temas tristes), uma excitação bizarra que precisa de espetáculos, de multidões, de música, até de lampiões: eis o que eu quis fazer! Estou ainda nos* sessenta, *e não consigo continuar.*

Na edição póstuma de que dispomos, "as *cem* bagatelas trabalhosas" previstas são apenas cinqüenta. Livro desafortunado e projeto incompleto, os *Petits poèmes en prose* são uma das obras-primas ou um dos livros-chave e documento de identidade da literatura moderna: diário em público, exercício de repetição e de exorcismo, série aberta e inacabada de fragmentos em que Baudelaire expressou o seu amor e horror pelo presente, sua idéia da literatura e da poesia como evasão impossível e denúncia impotente.

Cosmopolitismo e provincianismo na poesia moderna

1

O que é a Província e o que a Província significou como realidade e como idéia na poesia moderna são um tema tão carregado de implicações que não posso esperar esclarecê-lo aqui. Por que então enfrentá-lo? A razão mais imediata poderia ser a de liberar certos termos de seu magnetismo dogmático. Cosmopolitismo e provincianismo são desde há muito tempo categorias sobretudo valorativas. Se não um juízo estético de valor, nelas está implícito um julgamento preliminar e mais temível de *adequação* histórica. Em poucas linhas, esse julgamento poderia ser assim definido: a arte moderna é cosmopolita; a arte provinciana não é moderna, não é atual, mesmo admitindo nela a presença de qualidades artísticas tradicionais. Neste enunciado se oculta, porém, um sugestivo sofisma. Como poderia uma obra artística de valor não ser atual e historicamente adequada? Uma arte que hoje não tem mais valor, embora possa tê-lo segundo os critérios e o gosto do passado, é um contra-senso e um anacronismo. A vantagem prática de tal formulação é outra. O caráter de atualidade e modernidade pode ser atribuído a obras que, mesmo obsoletas e artisticamente inaceitáveis, sejam reconhecidas como interessantes do ponto de vista da "pesquisa" e da "experimentação". Serão atuais e modernas mesmo que não correspondam aos valores estabelecidos pela tradição.

Como se pode constatar por essas primeiras considerações, o emaranhado conceitual corre o risco de adensar-se tão logo se tente desembaraçá-lo. As perguntas se multiplicam. O que quer dizer "valor estabelecido"? O que quer dizer "tradição"? Quem emite os "juízos de valor"? Qual o âmbito de sua validade? Assim que nos adentramos no exame da terminologia crítica corrente, descortinam-se abismos problemáticos. Interrogações antiqüíssimas e recorrentes ameaçam paralisar o discurso. Evitarei esses riscos adotando o procedimento habitual: remetendo o tratamento das questões teóricas a outras ocasiões ou contextos.

No confronto entre cosmopolitismo e provincianismo ou, mais precisamente, na discussão sobre o sentido desses dois termos e sobre seu uso extorsivo e cego, pode-se começar com uma observação. A poesia e a literatura modernas foram escritas por "provincianos" e "cosmopolitas", por autores *deracinés* e autores que quase nunca saíram de suas províncias ou "pequenas pátrias". Poderia até arriscar um paradoxo (se não temesse incorrer no pecado da definição insuficiente) dizendo que a poesia moderna é moderna na medida em que é cosmopolita, mas é poesia na medida em que é provinciana. De qualquer modo, a crítica viu mais claramente os defeitos do provincianismo do que os igualmente vistosos do cosmopolitismo. Deixando quase sempre de sublinhar o infeliz provincianismo dos cosmopolitas mais enfatuados e convictos.

Agora que a luta entre cosmopolitismo e provincianismo terminou há um bom tempo e que todo o planeta se transformou numa maledicente província cosmopolita, registrada ao vivo pelos *networks*, agora que a velha Linguagem Mundial da poesia moderna engoliu a si mesma produzindo o Jargão da modernidade – uma linguagem *autógena*, com a qual se consegue dizer bem pouco –, agora talvez seja possível reconsiderar alguns aspectos de uma controvérsia que, no futuro, só será tratada pelos livros didáticos.

O mundo da província, que logo se torna importante e decisivo na constituição do gênero narrativo moderno por excelência, o romance, parece ao contrário quase insignificante no âmbito da poesia. No gênero lírico que prevaleceu na Europa – no coração da Europa – desde a metade do século XIX, o *onde* e o *quando* não são muito relevantes. Mundo poético se transforma quase em sinônimo de mundo sonhado, construído pela imaginação, indeterminado, anti-real.

No entanto toda a lírica moderna, com o seu variado e rumoroso acompanhamento de teorias sobre o próprio ser e dever-ser, não faz senão evocar a província *ao revés*. Tenta escapar a ela com todas as forças. Evade ou emigra de qualquer mundo fechado e determinado, odeia a história e a geografia. Mais que os romancistas, os poetas modernos passaram a fazer parte daquelas elites intelectuais de vanguarda que encontraram no esnobismo antiprovinciano dos provincianos o seu alimento fundamental.

No momento em que descobre a si mesma, a poesia moderna quer ser universal, absolutamente atual e moderna, cosmopolita, abstrata, anti-histórica (em seu historicismo extremado) e até antigeográfica (u-tópica). Mas o que significa essa fuga da província e, diga-se, de todo lugar determinado que não seja, eventualmente, Metrópole ou Cosmópole? Há mais de um século, a poesia moderna tenta ser ou se crê epocal e planetária. Gênero literário niilista e sintético, filosofante e descontínuo, para ela a totalidade do mundo parece ser demasiado pequena, demasiado estreita e limitada. Essa tendência da lírica não deixará de ter conseqüências no caráter de muita literatura moderna, na própria *idéia* de literatura moderna (portanto, também no romance, que em vários casos, sobretudo nos romances de "vanguarda", terminaram por se assemelhar muito à lírica). A poesia lírica é, pode-se bem dizer, o gênero-guia do radicalismo e do utopismo literário moderno. Paris e ilhas exóticas em Baudelaire: uma cisão incorrigível entre realidades realíssimas e paraísos entrevistos, perdidos ou artificiais. Mas, logo em seguida, eis as temporadas no inferno, os barcos bêbados, as tardes de um fauno, os cemitérios marinhos, as terras desoladas, as zonas de Paris, cidade agora tornada surreal. Onde estamos? E quando?

A linguagem da lírica moderna tal como nos é descrita por Hugo Friedrich é a negação ativa e dinâmica de qualquer determinação de tempo e lugar. Friedrich pode ter feito uma descrição esquemática e facciosa, mas identifica com clareza a complementaridade entre impulsos centrífugos e formalização abstrata (uma complementaridade que, mais tarde, estabeleceu-se entre linguagens artísticas "informais" e crítica formalista, entre neovanguarda e estruturalismo). Neste ponto, a lírica faz exatamente o oposto daquilo que o romance sabe e quer fazer: focalizar um *cronótopo*, reconstruir uma trama circunstancial e espaço-temporal da experiência.

A lírica toma posse de seu tempo-espaço por decomposição, esvaziando-o, fazendo flutuar objetos, pensamentos e figuras em caprichosa mistura. Flaubert e Baudelaire, que na França dão início à atormentada auto-reflexão da poesia e do romance modernos, são nesse aspecto antitéticos. Em Flaubert, o romanesco *é* a vida de província (*Madame Bovary*, ou seja, realidade real e sonho sonhado, coexistência trágica de mentira e verdade). Em Baudelaire, a metrópole devora tudo: *aquele* lugar é também muitos lugares, todos os lugares, a síntese da época. Tem início o assédio e o demonismo do não-lugar, o ódio ao domicílio. A realidade parisiense é uma alegoria do mundo moral, do céu e do inferno. O alhures é tão desejável quanto impossível. Pode ser concebido, enfim, apenas como um *out of the world*.

Enquanto existe ao redor da província um mundo coeso e visível (uma extensão social da família), na metrópole o eu imerge numa solidão multitudinária, tende a desatar-se de qualquer laço. *Absolutus* e indefinidamente disponível, o eu é queimado pelo vazio infernal e embalador das ruas. Encontra a si mesmo, remorsos e nostalgias. Tanto o *dandy* quanto o *flanêur* são tipos absolutamente metropolitanos e antiprovincianos.

Para a poesia, a modernidade nasce em Paris, na Paris de Baudelaire, a capital do século XIX estudada por Walter Benjamin. Desde então, a modernidade poética mediu-se a partir de Baudelaire: ou melhor, pelo modelo Baudelaire, por sua poética, suas idéias transformadas em catecismo estético e *passe-partout* e, talvez mais coerentemente ainda, por seus continuadores Rimbaud e Mallarmé, que radicalizam e especializam o que em Baudelaire era misturado, híbrido e bifronte. Já no século XX, o centro irradiador da poesia moderna está em um ponto indefinível e paradoxal, localizável entre Breton e T.S. Eliot, americano europeizado. (E não será por mero acaso que, nos últimos vinte a trinta anos, o principal autor do esnobismo cosmopolita tenha sido, graças à mediação parisiense, largamente decisiva, o argentino Jorge Luis Borges: americano do país mais europeu do sul, melancólico apátrida cultural, o homem feito de livros e de citações, que não precisa olhar ao redor para saber e ver tudo. Seu olho mental está apontado para o Aleph, a mônada fantasmagórica em que milagrosamente está contido todo o espaço cósmico e onde cada coisa é visível "de todos os pontos de vista do universo". No prólogo à sua *Antologia pessoal*, Borges reconhece que o que mais poderia perturbá-lo e envergonhá-lo seria a presença, em sua obra, da "cor local".)

Assim como o capitalismo, que é filho da organização e da exploração de um espaço desmesurado, também a poesia moderna é filha de um império cultural de confins ilimitados. Suas ofuscantes riquezas derivam do saque das mais longínquas e inacessíveis civilizações, da exploração livre e intensiva de minas situadas nas regiões mais acidentadas e remotas: estratos originários e arquetípicos da cultura ocidental, médio-oriental e asiática. Esses tesouros, então, convergem para o centro e são submetidos a um processo produtivo artístico excepcionalmente eficiente e concentrado.

Em termos gerais, o pressuposto da assim chamada lírica moderna posterior a Baudelaire é a desagregação da noção de indivíduo e a indeterminação da categoria de experiência. A linguagem lírica perde seu antropomorfismo. No modelo primeiramente simbolista e, depois, expressionista e surrealista, a poesia aspira a uma nova objetividade, infra-individual ou transcendental. As fronteiras do eu são ultrapassadas ou entram "em fusão" (como todas as categorias da experiência comum, comunicável e compartilhada: a começar pelas "idéias" e pelos "sentimentos", com os quais, como se sabe, não se faz mais poesia...). Esse transbordamento para uma objetividade *autre* ocorre, por assim dizer, tanto em direção ao baixo quanto em direção ao alto, rumo ao magma psíquico (técnicas de livre associação inconsciente) e a alegorias e arquétipos (técnicas abstratizantes, citações de iconografias tradicionais, recuperações do mito). Em ambos os casos, o eu lírico já não coincide com o eu empírico, tende a descolar-se deste, a cancelar mágica ou asceticamente todos os seus traços. No século XX, Valéry, Eliot e Benn (mas também, em outro plano, Breton e os líricos espanhóis da Geração de 27) oferecem a teorização mais conseqüente desse impulso de negação de qualquer vínculo entre experiência individual e linguagem poética (segundo Eliot, o poeta é apenas um *medium*, um catalisador lingüístico de experiências difusas, passíveis de receber uma forma).

É claro que essa teoria da práxis poética moderna (sempre mais convalidada e dominante internacionalmente) não pode senão relegar ao provincianismo e ao localismo, ao híbrido biográfico-realista e ao sentimentalismo da confissão toda uma série de autores e de obras. *L'engagement* social e político dos anos 1930 infligiu um golpe violento nessa cultura, tentando uma espécie de inversão dos valores e das tendências: Machado e Hernández, por exemplo, prevaleceram então sobre Jiménez ou Guillén. William Carlos Williams tendeu a suplantar Pound. Brecht contra Benn etc. Mas o prestígio estritamente literário da poesia e de toda a literatura dos anos 1930 foi escasso. De resto, Brecht, Maiakóvski e Breton são escritores de vanguarda e de esquerda, engajados e cosmopolitas, comunistas e experimentais. Para complicar as coisas, nos anos 1930 eram sobretudo o fascismo e o nazismo que exaltavam o sangue, o povo, a raça, a terra natal e os valores nacionais (pense-se em Martin Heidegger e em sua mística do vínculo incindível de língua-pátria-pensamento-ser).

Provincianismo e província, pois, como razão de vergonha, inadequação histórica, isolamento das grandes correntes de troca, fracasso e penúria. Nem tesouros nem capitais acumulados, mas baixos rendimentos, economias fechadas, de subsistência. E a modernidade cosmopolita como economia cultural de intensa troca internacional, adequação e promoção de todos os periféricos e provincianos a um padrão artístico avançado. Tédio e repetição na província. Mobilidade e fantasmagoria na metrópole, onde a "esfera cultural" e o ambiente artístico são habitados por milhares de seguidores, numa vasta e matizada hierarquia de funções e de aspirações. De um século para cá, essa polaridade ganhou cada vez mais força, obsedando intelectuais e artistas.

A Itália foi certamente uma das vítimas privilegiadas de tal obsessão. Os pressupostos para que isso acontecesse não faltavam. Uma sociedade de localismos municipais e de estados regionais teria ingressado com dificuldade e resistências de todo tipo no mundo da modernidade. A unificação nacional tardia não tinha sido acompanhada (como repetem os historiadores) de um desenvolvimento industrial e social adequado. A ideologia nacional se transmutava mais facilmente em exuberância oratória que em mesquinhez utilitarista. Era o sucedâneo de uma unidade de interesses sociais não realizada. Desde que se tornou nação e deixou de ser um mosaico de Estados regionais, a Itália também se transformou cada vez mais numa província, numa periferia da Europa. Seu desenvolvimento, a história de sua burguesia, o caráter de seus maiores centros urbanos e culturais entravam com muito esforço no modelo de modernidade representado pelo desenvolvimento da sociedade burguesa na Inglaterra e na França. Finalmente, após a descoberta de que a ideologia nacionalista não era um bom remédio contra os efeitos culturais de um desenvolvimento lento e de uma modernização imperfeita, as elites intelectuais italianas foram repetidamente acometidas por ostentações cosmopolitas de novos ricos.

De resto, nosso passado poético era inegavelmente pesado. Uma cultura poética que tenha alcançado sua máxima inventividade nas origens, seis séculos antes, inevitavelmente irá se defrontar com problemas muito particulares caso tente modernizar-se procedendo por etapas forçadas.

A tradição literária italiana, tal como se configurava na crestomatia de Leopardi, tinha uma nitidez clássica, exemplar, anti-histórica. Era precisamente uma sinopse de modelos estilísticos válidos e admiráveis em si, um sistema fundado numa complementaridade muito leopardiana de idílio e filosofia, observação naturalista e moralista, passagens líricas e capítulos ensaísticos. Essa idéia de tradição literária italiana não prevalecerá nas décadas seguintes. Para Leopardi, o mundo histórico é em si mesmo pouco crível. Trata-se mais de uma ilusão coletiva bem construída, sempre a ponto de naufragar na visão de um mundo natural incomensuravelmente mais vasto.

No intervalo de algumas décadas, de Leopardi a Carducci,[1] a tradição poética se torna completamente nacional dentro do espesso invólucro da ideologia nacionalista. Assim, uma herança que não se sabe mais como usar se amontoa num sinistro museu de formas canônicas, disponíveis para exibições retóricas e sentimentais desmedidas (Carducci, Pascoli e D'Annunzio escreveram, sozinhos, mais poemas que os maiores poetas italianos dos séculos precedentes reunidos). Não obstante a grande invenção historiográfica de De Sanctis, que amarra tradição literária e unidade moral da nação, a linguagem poética italiana se enche de formas mortas e semivivas, convocadas numa espécie de tediosa cerimônia de celebração do gênio itálico. O código estilístico engorda e envelhece. O provincianismo literário nasce na Itália com a unificação nacional. Carducci, D'Annunzio e Pascoli são os

1. Giacomo Leopardi (1798-1837) e Giosue Carducci (1835-1907). [N.T.]

sintomas dessa deformidade inconsciente, oratória, fúnebre e sensualista que atinge por algumas décadas a linguagem da poesia italiana.

Estamos cansados de saber, graças à difusa academização da vanguarda ocorrida nos anos 1960, que a cultura da modernidade representou a si mesma sobretudo como uma série de barreiras a superar, de vértices e linhas de chegada. Daí o culto do marginal e do periférico, daquilo que está apartado e pouco visível, das formas não imediatamente "vencedoras", que não se impõem nem se difundem rapidamente, ter tido sempre um sabor de má consciência e de mentira necessária. Na teoria do modernismo, na ideologia estética das novas vanguardas instaladas nas universidades, o caminho da modernidade se assemelhava a uma marcha triunfal. Sabemos bem que na história da cultura e das artes (se é que existe algo do gênero) não há nada de triunfal, e que a própria idéia de continuidade e de interconexão é uma noção comodamente construída *a posteriori*, do alto de um observatório histórico que permite ver as coisas em geral como se se observasse um mar tempestuoso a partir da terra firme. Sabemos bem que Kafka, provavelmente o autor essencial do século XX, autor sem o qual a literatura novecentista não seria a mesma, é um escritor póstumo, um caso exemplar de autocancelamento. E poderíamos nos divertir listando notícias e anedotas sobre os clássicos que permaneceram quase ignorados por seus contemporâneos, sobre grandes obras que não tiveram nenhum destino de grandeza enquanto os seus autores estavam vivos.

E no entanto, hoje, graças às descobertas e redescobertas editoriais, ao trabalho da crítica e à labuta de auto-interpretação retrospectiva levada a cabo por autores de muito prestígio, por grupos e escolas, temos diante de nós uma paisagem bem delineada. A modernidade é há tempos uma idéia compacta e articulada, ilustrada em detalhe por centenas de livros e milhares de verbetes bibliográficos. A crítica literária ligada ao ensino e à pesquisa universitária trabalhou bem. Terrenos pantanosos foram beneficiados. Bosques foram atravessados por avenidas panorâmicas. Pradarias acidentadas agora se apresentam como campos de terra batida, munidos de pracinhas, grades de proteção e banquinhos. Onde os poetas naufragaram e se afogaram como outros derrelitos comuns, foi construído um esplêndido e confortável hotel com vista para o mar.

Baudelaire não mete medo em ninguém (nem Marx também). O pobre Nietzsche é bastante solicitado. Quanto a Mallarmé, seus leitores efetivos são, naturalmente, tão raros que seria fácil contá-los nos dedos. Mas estudar e secionar suas poesias é mais fácil do que lê-las, e até mais divertido, de modo que nem ele pode lamentar-se quanto a cultores e bibliografia. Mallarmé é o autor ideal para seminários especializados.

Mas o que busca, hoje, o público de literatura? As frustrações são cada vez menos dramáticas, os pesadelos, cada vez mais brandos. Curáveis. Há a televisão. As grandes religiões, especializadas na produção de remorsos, sentimentos de culpa e sublimações, foram liquidadas. E a idéia de revolução, que pretendia ser a sua herdeira rebelde, mas legítima, é uma idéia que se tornou até risível. Produziu infinitos lutos e sacrifícios, antes de retornar como uma sombra no reino das sombras.

Todavia, em qualquer estudioso que não tenha um relacionamento asséptico com a literatura moderna, o ensino e a divulgação de obras modernas deveriam criar algum mal-estar. Há mais de um século, talvez há dois séculos inteiros, nossas literaturas soam como atos de acusação, revelações horripilantes, auto-análises implacáveis e destrutivas. Não contêm muitas instruções razoáveis e úteis para que se viva feliz em comunidades e sociedades bem organizadas. Sociedade industrial e Democracia, Estado social e Estado total raramente tiveram o apoio, a aprovação, a simpatia e o consenso do que tradicionalmente se chamava de Belas Artes, as quais se transformaram em artes infelizes, degeneradas ou estéreis. Antes de entrar no triturador das vanguardas organizadas, dos manifestos técnicos e da estética modernista, antes de se tornar, finalmente, pós-moderna, isto é, ornamental, comestível e insossa, a arte moderna foi intratável. Falou nada menos que da possibilidade real do fim do mundo, ou da necessidade moral de que o curso do mundo se detivesse. Havia até uma especial *Schadenfreude* [alegria nociva] em seu modo de apresentar as coisas. E talvez houvesse ambições, visões e promessas maiores do que hoje estamos dispostos a tolerar.

2

Estamos ainda e mais uma vez no ponto de partida, às voltas com a definição daquela polaridade que alimentou por décadas a alternativa falsificadora e forçada entre cosmopolitismo e provincianismo. A modernidade, especialmente a modernidade poética, nasceu como negação da província, daquele universo orgânico, internamente estruturado, intensamente visível em cada uma de suas partes e fechado que é a província. Fechamento de onde se entrevê ou se sonha um espaço livre e aberto. Província é antes de tudo o limite, a fronteira além da qual deveria existir ou se imagina que exista o Grande Mundo. (E, assim como ocorre em Hölderlin e Leopardi, desse mundo limitado, reconhecível, colorido e fechado também se pode ter a visão completa da Natureza, da santa e mítica Natureza, do Cosmo, do Infinito, além daquela sebe, dentro do fragmento de paisagem sobre o lago.)

A modernidade, no entanto, é laceração, subversão das unidades de medida, do enorme ao minúsculo. É universalidade abstrata e ubiqüidade, mundo que ora existe, é sólido, e ora não existe mais, desmanchou no ar. A Paris de Baudelaire, Paris e Baudelaire se tornaram os paradigmas do moderno. Devido à sua posição dentro da nação francesa e graças ao papel desempenhado pela França na Europa de Luís XIV a Napoleão, Paris é não só a capital do século XIX, como aparece nos estudos de Benjamin, mas também o centro cultural do Ocidente até a Segunda Guerra Mundial. Nessa metrópole-capital é possível estar modernamente só e ferido como nunca, possuídos por quimeras, perseguidos por pesadelos e espectros em pleno dia, nas ruas apinhadas e nas intermináveis periferias. Aqui é possível vislumbrar com clareza o inferno. Mas a Natureza, o Cosmo e o Infinito, todas as entidades sobre as quais se fundava o universalismo pré-burguês e pré-moderno foram canceladas.

O demoníaco moderno inaugura o reino das más infinitudes, o triunfo da desmedida que destrói os limites naturais de todas as coisas, o reino dos infernos e dos paraísos artificiais. A metrópole moderna promete e permite tudo, de tudo: uma variedade, novidade e mistura de experiências que devem ser ilimitadas por princípio. O universal moderno não é mais fundado na unidade perceptível da natureza cósmica. É o universal das mercadorias e das trocas, da produtividade ininterrupta e da unificação dos mercados, da destruição de qualquer localismo variegado e de estreita província. É o fim da cultura aristocrática e da cultura camponesa. Somente com a modernidade burguês-capitalista a província se torna de fato província, isto é, estado pregresso, atraso, inadequação histórica, periferia fora do tempo, cor local, preconceito. O Cosmo é destronado pela Metrópole, que se torna seu sucedâneo.

A capital do século XIX, que na obra de Baudelaire é um lugar bem determinado, uma cidade alegórica, mas também inteiramente realista, no século seguinte se tornará a "terra desolada" de Eliot. Nesse ponto, um processo se completou, e Eliot, como se sabe, sempre tende a ver as coisas com grandiosidade – até demais –, em termos de crise da civilização racionalista e individualista e de retorno a uma reinventada Idade Média cristã. Como verdadeiro americano, tentará reconstruir a cultura européia e ensiná-la de novo aos europeus, elaborando a idéia de classicismo e a idéia de uma sociedade cristã. E, nos *Quartetos*, sairá em busca daqueles lugares fechados e não desolados, daqueles minúsculos mundos bem mais que periféricos, ignorados, sacramentais, mergulhados nos arquétipos da memória individual e coletiva, por meio dos quais tenta recuperar de novo, no aqui-e-agora da contemplação e da prece, os inefáveis momentos de onde ainda pode desencadear-se a eterna sapiência cíclica das grandes religiões e das culturas pré-industriais.

A Paris metrópole e centro da modernidade (que certamente continua como tal pelo menos durante os anos 1930) torna-se, então, a Paris de Breton e dos surrealistas:

> *A luz moderna do insólito – diz Aragon – reina bizarramente nessas espécies de galeria coberta, freqüentes em Paris nos arredores dos grandes bulevares, que se chamam inquietantemente de* passages, *como se nesses corredores subtraídos ao dia não fosse permitido a ninguém parar por mais de um instante. Luminosidade glauca, quase abissal, que evoca o relevo inesperado de uma perna que a saia descobre.*

Nasce uma nova mitologia nas pegadas de Baudelaire. Mas a vitalidade oculta e bizarra dessa nova mitologia é um tanto sepulcral, habita objetos e imagens misturáveis *ad libitum*, que têm, em sua casualidade, uma carga de sugestão débil e efêmera. Como partes de um corpo fetichisticamente desmembrado, seu aspecto é cadavérico e refinado, de cadáveres refinados.

Nos anos 1920 e 1930, Paris é o lugar dos desenraizados em busca de inspiração e de aventuras, a capital da arte e da estética, da boêmia internacional. A descrição que George Orwell fez dela colhe muito bem (apesar do desprezo humorístico que o escritor inglês sempre reserva aos ambientes intelectuais seletos e de ponta) essas características da metrópole cultural. Há uma superpopulação de gente de vanguarda como talvez nunca se tenha visto em nenhum lugar antes (apenas superado, em seguida, pelas grandes aglomerações políticas, poéticas e musicais dos anos 1960 e 1970). Aqui se diria que a perda de relação com a realidade por parte da "massa dos artistas" deveu-se à formação de um ambiente especificamente artístico, mas também muito extenso. Já é chegado o momento em que os movimentos artístico-literários quase não se distinguem de seu público, e, entre grupos artísticos extensos e público restrito, de quase artistas ou pré-artistas, estabeleceu-se uma simbiose especial. Esses inumeráveis cosmopolitas e vanguardistas da arte não seriam, talvez, provincianos patéticos à procura de emoções fictícias e de uma existência "estetizada" de primeira qualidade? Orwell escreve:

> *Durante os anos do* boom *econômico, quando os dólares eram abundantes e o câmbio com o franco era vantajoso, Paris foi invadida por um tal enxame de artistas, escritores, estudantes, diletantes, turistas, debochados e desocupados como provavelmente o mundo jamais vira. Em alguns bairros da cidade, os assim chamados artistas devem ter superado em tal medida os residentes, que se calculou que, no final dos anos 1920, houvesse em Paris algo em torno de 30 mil pintores, muitos dos quais impostores. Assim, a população se habituara aos artistas a tal ponto que as lésbicas de voz rouca e calça à zuava e os rapazolas em roupa grega ou medieval podiam passear pelas ruas sem atrair nenhum olhar. Às margens do Senna, perto de Notre-Dame, era quase impossível abrir espaço em meio a tantas caricaturas.*
>
> *Era a época dos sucessos repentinos e dos gênios incompreendidos. A frase que pendia dos lábios de todos era: "Quand je serai lancé". Visto que isso não se confirmou e que ninguém foi "lançado", a queda assumiu o aspecto*

> *de uma era glacial, a esquadra cosmopolita de artistas se dissolveu e os infindáveis cafés de Montparnasse, que apenas dez anos antes ficavam lotados até altas horas por hordas de barulhentos* poseurs, *se transformaram em desolados cemitérios, nos quais nem mesmo os fantasmas queriam estar.*

Essa mesma cidade, a Paris do surrealismo, dos artistas e, mais tarde, dos intelectuais de esquerda, vista por um autêntico e refratário provinciano da periferia, sem pátria e sem casa, como o peruano César Vallejo, não aparece sequer como estimulante e vertiginoso cemitério de sofisticações estéticas: é só um lugar onde morrer na mais desconfortável penúria e solidão.

> *Me moriré en París con aguacero,*
> *un día del cual tengo ya el recuerdo.*
> *Me moriré en París – y no me corro –*
> *tal vez un jueves, como es hoy, de otoño.*
>
> *Jueves será, porque hoy, jueves, que proso*
> *estos versos, los húmeros me he puesto*
> *a la mala y, jamás como hoy, me he vuelto,*
> *con todo mi camino, a verme solo.*
>
> *César Vallejo ha muerto, le pegaban*
> *todos sin que él les haga nada;*
> *le daban duro con un palo y duro*
>
> *también con una soga; son testigos*
> *los días jueves y los huesos húmeros,*
> *la soledad, la lluvia, los caminos...*[2]

2. "Morrerei em Paris com aguaceiros/ num dia de que já tenho a lembrança./ Morrerei em Paris – daqui não saio –/ numa quinta-feira, como hoje, de outono.// Quinta-feira será, pois hoje, quinta-feira,/ em que estes versos proso, dei os úmeros/ à pouca sorte, e nunca como hoje/ voltei, com todo o meu caminho, a ver-me só.// Morreu César Vallejo, espancavam-no/ todos sem que lhes fizesse nada;/ davam-lhe forte com um pau e forte// com uma corda também; são testemunhos/ as quintas-feiras e os ossos úmeros,/ a solidão, >

Aqui, Paris não é um centro vital de cultura, mas sim uma periferia desolada e fúnebre para imigrantes miseráveis, intelectuais ou quase, que morrem de inanição. Assim ela também parecera a Ungaretti no famoso poema "In memoria":

Si chiamava
Moammed Sceab

Discendente
di emiri di nomadi
suicida
perché non aveva più
Patria

Amò la Francia
e mutò nome

Fu Marcel
ma non era Francese
e non sapeva più vivere
nella tenda dei suoi
dove si ascolta la cantilena
del Corano
gustando un caffè

E non sapeva
sciogliere
il canto
del suo abbandono

> os caminhos, a chuva...". Trad. José Bento, in *Antologia Poética de César Vallejo*. Lisboa: Relógio D'Água, 1992. [N.T.]

L'ho accompagnato
insieme alla padrona dell'albergo
dove abitavamo
a Parigi
dal numero 5 della rue des Carmes
appassito vicolo in discesa

Riposa
nel camposanto d'Ivry
sobborgo che pare
sempre
in una giornata
di una
decomposta fiera

E forse io solo
so ancora
che visse.[3]

Parece de fato que aquela cidade, para a qual todos acorriam, tinha sido por muito tempo um espaço privilegiado, o suporte urbano imprescindível da estética moderna. É ali que a estética dos efeitos de choque se transforma bem depressa, mais rapidamente que em outros lugares, numa atmosfera difusa, a atmosfera das ruas e dos cafés. E é certamente em um local como esse que a arte moderna, por excesso de reconhecimentos, bem acolhida e familiar a si mesma, não podia senão se tornar cada vez menos compromissada.

3. "Chamava-se/ Moammed Sceab// Descendente/ de emires de nômades/ suicida/ porque não tinha mais/ Pátria// Amou a França/ e mudou de nome// Foi Marcel/ mas não era francês/ e não sabia mais viver/ na tenda dos seus/ onde se escuta a cantilena/ do Corão/ tomando um café// E não sabia/ desatar/ o canto/ de seu abandono// Eu o acompanhei/ junto com a dona do albergue/ onde morávamos/ em Paris/ no número 5 da rue des Carmes/ uma viela murcha em declive// Repousa/ no cemitério de Ivry/ subúrbio que lembra/ sempre/ o dia/ de uma/ feira desmanchada// E talvez apenas eu/ sei ainda/ que existiu". Trad. Alberto Martins, in *Folha de S.Paulo*, 20 abril 2003, *Caderno Mais!*. [N.T.]

Para resgatar uma arte moderna tornada tão óbvia e tão pouco engajada, será preciso inventar o engajamento político da arte e dos artistas. Estamos ainda nos anos 1930, Rive Gauche. Trata-se de uma corrente que atinge a maior parte dos países europeus com a política das Frentes populares e do antifascismo. Mas em 1935 o centro está, mais uma vez, em Paris, com o Primeiro Congresso Internacional de Escritores antifascistas pela defesa da cultura, no Palais de la Mutualité. Agora quase ninguém acredita, nem mesmo Breton, que a arte mais ousada, provocadora e inventiva possa de per se ter uma eficácia prática antiburguesa e anticapitalista. A aproximação dos surrealistas aos comunistas remontava à metade dos anos 1920, quando o fulcro da mobilização política dos escritores se concentrava na tríade Gide, Malraux e Ehrenburg. Dos escritores que se empenhavam em revolucionar a linguagem, imaginando abalar os fundamentos conservadores do mundo por meio da linguagem, sobraram bem poucos.

De resto, as vanguardas organizadas já haviam cumprido, como se diz, a sua tarefa histórica. Aplicando à arte os métodos da propaganda política, futuristas e surrealistas haviam sem querer transformado os riscos reais da arte moderna (arte a-social e solitária) em riscos exibicionistas e simulados. Após a propaganda técnica e ideológica dos movimentos de vanguarda, se produzirá cada vez mais uma arte programaticamente moderna: a "escrita automática" surrealista e a livre parolagem dos futuristas eram técnicas muito promissoras do ponto de vista da criatividade e produtividade artística "intencional".

Entretanto esse tipo de arte não tem mais nada a ver com a chamada arte tradicional ou mesmo oitocentista: já não é nem um divertimento confortável do espírito, nem procura da verdade, nem drama individualista ou representação séria da vida cotidiana.

O desenraizamento da arte, sua abstratização por meio de procedimentos "despoticamente" formalistas e absolutizantes, que aniquilam toda possibilidade de determinação espaço-temporal, é obra sobretudo de poetas como Rimbaud e Mallarmé e de pintores como Cézanne. O antinaturalismo e o antiimpressionismo levaram pouco a pouco à solidificação do objeto artístico como realidade em si, que não remete a nada exterior.

O cosmopolitismo poético moderno funda-se exatamente na constituição de um depósito de formas que, num primeiro momento, são estilizadas e abstratizadas de modo ascético e, depois, formalisticamente permutáveis. De fato, toda eficácia produtiva específica necessita de seu ascetismo específico. A eficiência produtiva das vanguardas tinha necessidade de que o ascetismo solitário e sem ressonância de alguns artistas modernos desse antes os seus frutos. Esses frutos serão em seguida anatomizados e propagandeados. Um certo grau de enraizamento em um determinado terreno, em um *onde* preciso, continuava sendo intrinsecamente necessário, mesmo para as obras mais audaciosas da arte moderna. No entanto, foi no cosmopolitismo dos estetas, na veleidade doutrinária e tecnicista das vanguardas, que a arte moderna deu o pior de si.

Para citar dois exemplos eminentes, foram autores sempre em pose e de ampla ressonância, como Gabriele D'Annunzio e Ezra Pound, as vítimas mais notórias do cosmopolitismo estético dos provincianos. Sacerdotes da arte desprovidos de terra sob os pés, partem de suas províncias e vão conquistar o mundo, todo o mundo, como matéria de arte, museu. Vivem *dentro da arte*, dentro de suas idéias paranóicas de arte, eles que foram provavelmente os dois maiores produtores de *kitsch* poético, sempre em meio a magníficas cenografias, preparadas por eles mesmos, para o recital dos tormentos e dos êxtases do poeta, precioso e indefeso ourives da linguagem. São exemplos extremos e quase caricaturais de como é possível viver em nenhum lugar real, mas na própria Arte.

A propósito, muito mais que as equilibradas avaliações que lhes foram dispensadas pela crítica acadêmica posterior (aos olhos da qual todo autor que, por alguma razão, se torne "importante" parece imediatamente merecedor de respeito e de releituras aprofundadas), considero interessantes os julgamentos de contemporâneos como Thomas Mann (sobre D'Annunzio) e Edmund Wilson (sobre Pound):

> *Será possível que um retórico e um demagogo desse quilate nunca fique só e esteja sempre assim, exibindo-se na "ribalta"? Não conhece a solidão, jamais tem dúvidas sobre si mesmo, ignora a preocupação e o tormento da alma e de sua obra, desconhece a ironia em relação à glória, a vergonha diante da*

"veneração". E imaginar que em sua pátria esse artista bufão, esse pretensioso ávido de embriaguez foi, pelo menos por um bom tempo, levado a sério! [...] *Talvez uma atitude tão passiva só fosse possível em um país que permaneceu criança* [...]. *Levaram a sério D'Annunzio, o macaquinho de Wagner, aquele ambicioso mestre de orgias verbais* [...].

O fracasso de Pound como poeta é um curioso fenômeno literário. O ideal estético de Ezra Pound é provavelmente um dos mais altos na poesia contemporânea de língua inglesa. Indiferente à aprovação do público, trabalhou de modo consciencioso e incansável para reduzir a vaga substância das palavras a um nítido e incisivo resíduo de beleza [...]. *E às vezes, em um ou dois versos, Pound conseguiu cristalizar essa beleza* [...] *mas o problema é que todos os versos de Pound são versos isolados. Seus poemas jamais conseguem estar juntos* [...]. *O todo faz pensar num amontoado de fragmentos de uma coleção de objetos de arte: aqui o pé de um ídolo chinês de jade, ali a mão de uma estatueta de Tanagra, acolá a inicial verde, ouro e azul de um livro medieval e uma pálida ametista quase perfeita, com um Apolo renascentista gravado em sua superfície* [...]. *Porque, malgrado todo o aparato cultural e os ares pontifícios que intimidaram os intelectuais americanos mais ingênuos, no fundo Ezra Pound é uma espécie de criança crescida, de provinciano incurável* [...]. *Seus primeiros poemas eram cheios de emoções simples e generosas, mas já pareciam contaminados pela obsessão que o perseguiu durante toda a vida:* [...] *a necessidade de demonstrar na praça da cidadezinha natal que conseguiu arrancá-la de dentro de si. "Olhem para mim!", diz aos seus concidadãos que ficaram na pátria. "Olhem como me tornei culto e cosmopolita desde que deixei a América; vejam quanto sou diferente de vocês!* [...] *Sei ler uma meia dúzia de línguas! Sou amigo de Francis Picabia!"* [...] *Lanço esta hipótese só para tentar explicar as deficiências de Ezra Pound em matéria de experiência e de sentimentos. As suas relações parecem* [...] *limitar-se ao ambiente literário.*

Nessas observações (sobretudo nas de Wilson) estão os elementos mais úteis para uma crítica do cosmopolitismo estético e do assim chamado antiprovincianismo difuso na poesia moderna. De fato o fenômeno não diz respeito apenas ao cosmopolita provinciano Pound, que da América vai para a Europa e, em Paris, quer se instalar a todo custo no centro e no vértice da tradição cultural. O efeito, o resultado final, é que, para escárnio de suas intenções, a obra poundiana conclui-se precisamente com uma ausência de centro, de um princípio de coesão e de uma unidade interna de medida capazes de organizar e manter unida a poeira das emoções (na maior parte fictícias, de segunda mão), dos projetos, das citações. Pound é um caso literário típico, um autor que exerceu uma vasta influência, afetando meio mundo.

Outro grande modelo e motor do cosmopolitismo estético é André Breton. Entre Pound e Breton as afinidades não são poucas: em primeiro lugar, a veemência inovadora e pedagógica que anima esses dois legisladores obcecados pela arte moderna. Como autores, não têm muito a dizer; mas sempre têm algo a dizer, demonstrar e explicar aos outros sobre como se deveria escrever, como se alcança o absoluto da forma e o absoluto da liberdade psíquica. São dois teóricos, artífices e magos da genialidade e da criatividade moderna. Abriram caminho para todo poeta antiprovinciano que quisesse falar sempre de tudo e de nada, exibindo um estilo cosmopolita que soa mais ou menos do mesmo modo em qualquer lugar: um estilo que supera o eu, que cancela ou amplifica a sua voz, liberando-a de entonações características, de qualquer tradição específica ou relação entre língua falada e língua poética. Ensinaram, com gestos de modernos titãs, como se podem explorar incessantemente todos os recursos acumulados e disponíveis do Inconsciente e da Tradição, poços sem fundo onde se está em casa, esquecendo-se de si mesmos, do onde e do assim como, da experiência e da voz indispensáveis a toda poesia que não expresse apenas uma idéia de si mesma.

Como exemplo de um ponto de vista oposto, cito algumas das declarações mais contracorrentes e certamente mais embaraçosas para os adoradores e ideólogos da modernidade cosmopolita e de vanguarda. Palavras realmente escandalosas para um poeta moderno. É o espanhol Antonio Machado que fala:

> [...] *sou pouco sensível à perfeição da forma, à beleza e elegância da linguagem, a tudo o que, em literatura, não vale pelo seu conteúdo. Aquilo que é bem dito só me seduz quando diz algo interessante, e a palavra escrita me cansa*

quando não me recorda a espontaneidade da palavra falada. Amo a natureza, e a arte só me agrada quando a representa ou evoca, e nem sempre encontrei a beleza ali onde ela é literalmente confeccionada.

Sou um homem extraordinariamente sensível ao lugar em que vivo. A geografia, as tradições, os costumes das populações em meio às quais eu vivo me impressionam profundamente e deixam uma marca no meu espírito.

[...] *as metáforas não são nada em si mesmas. Não têm outro valor senão como meio de expressão indireta* [...]. *Se entre o falar e o sentir houvesse uma perfeita comensurabilidade, o uso das metáforas seria não apenas supérfluo, mas também prejudicial à expressão.* [...] *Somente um espírito trivial, uma inteligência limitada ao raio da sensação, pode se divertir ofuscando conceitos com metáforas, criando obscuridade com a supressão dos nexos lógicos, perturbando o pensamento comum a fim de mudar os invólucros sem melhorar o seu conteúdo. Silenciar o nome direto das coisas, quando as coisas têm nomes diretos: que tolice!*

No final das contas, as palavras de Antonio Machado não são extravagâncias de um simplismo provocador. O enraizamento em um onde e até numa "província" qualquer, mais ou menos localizável, lamentada, revista em sonho, continua sendo decisivo também para a literatura moderna considerada menos provinciana. Os autores que, por generalização da crítica, forneceram alguns traços típicos da modernidade escreveram numa linguagem carregada de conotações e determinações "locais". Kierkegaard e Kafka, Proust e Céline, Svevo ou Dylan Thomas, por exemplo. Além disso, os dois escritores norte-americanos mais fiéis às suas províncias, os mais circunstanciais, aqueles que mais contribuíram para a construção da identidade literária norte-americana do século XX – William Faulkner e William Carlos Williams – são mais universais e, enfim, mais genuinamente americanos do que todos os Pound e Stein.

Podemos chamar Kierkegaard e Kafka de cidadãos do mundo? O que seria a obra de Kierkegaard sem a luta obsessiva contra os párocos, prelados e jornalistas de sua Copenhague? E Kafka, o prosador mais desprovido de matizes locais que jamais escreveu, seria volatilizado como puro espírito sem as vielas e os muros de sua Praga. E talvez Joyce piore ou delire (é só uma hipótese) quando perde muito de vista a gente de Dublin e se transforma em um "artista puro", em um arrogante experimentador de técnicas lingüísticas e estruturais. Em Proust, a matéria narrativa não tem nenhuma abstração intercambiável, suas percepções não flutuam sem gravidade, e tudo o que se passa na consciência e impregna paulatinamente os estratos superficiais e profundos não vagueia numa terra de ninguém, onde o sujeito teria entrado em fusão ou se tornado transcendental e vazio como uma categoria kantiana. Admito que definir como "província" o mundo da *Recherche* poderia parecer uma provocação gratuita. Mas, se aquele mundo não era o da província, o fato é que Proust em seu livro o transforma em algo bastante parecido, refaz da Cidade uma Corte, transforma a metrópole num *milieu*, torna-a um lugar em que já não vigora o anonimato da multidão e a permutabilidade abstrata de objetos e símbolos. Em Proust, cada elemento de experiência e cada marca social estão imersos em seu líquido amniótico. Talvez nem mesmo em Balzac se encontre uma descrição tão cabal da organicidade de um ambiente. Aqui tudo se fixa. Não há saltos, misturas aleatórias, choques repentinos. Como bom romancista-ensaísta, Proust torna concreto e narrativamente circunstancial até o simbolismo e o estetismo fim-de-século. Reconstrói com paciência infinita e antimoderna o sistema de relações capilares da experiência. É forçado pelos tempos (tempos da perda da experiência e da memória) a uma minúcia que nenhum romancista do século XIX havia praticado. Antes de arruinar-se, de saltar pelos ares e se tornar o mercado das pulgas e o altar da arte moderna, Paris comparece em Proust como um cosmo, um mundo limitado e fechado em si mesmo, uma metrópole que deve ser lida como província para poder ser objeto de uma experiência narrativa total.

Em Céline, Paris é uma periferia cheia de cicatrizes, uma mistura fervilhante de estratos proletários e ínfimo-burgueses (alguém já disse que a condição de mesquinhez, de aviltamento e de desespero em que o estrato mais baixo da pequena burguesia conseguiu viver não tem paralelo). Desse ponto de observação agressiva e niilisticamente populista, a cultura parisiense das letras, das artes e da esquerda parece aos olhos celinianos de uma detestável artificialidade, de uma estreiteza ridícula. Para Céline, parisiense do *banlieue*, os verdadeiros provincianos são os esnobes ou rebeldes da arte, os eternos colegiais da bela escrita e do engajamento político que entram e saem da Guerra Civil Espanhola mais ou menos como um turista entra e sai de um hotel (como se lê nas *Bagatelle*). É esse ódio pelos cosmopolitas que o faz se tornar uma espécie de fascista e de anti-semita paranóico.

Com tudo o que foi dito até aqui, ainda estou repetindo, por alusões e vias esconsas, o que gostaria de poder demonstrar ou mostrar. Ou seja, que a modernidade de Metrópoles e Cosmópoles produziu falsas duplicatas da arte moderna autêntica, e que afinal o poeta lírico também deve ser e continuar de algum modo "provinciano", se não quiser transformar-se na contrafigura facilmente reproduzível e replicável de si mesmo (se não quiser manifestar apenas o lado pior da situação provinciana, que é a eterna aspiração a se tornar cidadão da capital, cidadão do mundo, que coleciona símbolos de status espiritual e social).

Até mesmo os dois teóricos mais coerentes da pureza, do absoluto ou do não-compromisso da poesia perante o mundo social e histórico – refiro-me a Paul Valéry e a Gottfried Benn (que não são de modo nenhum poetas semelhantes, exceto por algumas de suas idéias sobre a poesia) –, até mesmo esses sacerdotes da poesia absoluta demonstram um apego todo especial, quase supersticioso, a seus lugares de origem. Não são grandes viajantes, ao contrário, se deslocam a contragosto. É a sofreguidão de viajantes mentais que os torna sedentários. Em Valéry, o ser parmenidiano se manifesta nas proximidades do cemitério marinho de sua pequena cidade natal, Sète. Em Benn, a pré-condição das intermitências líricas, da graça imprevista que golpeia e põe em movimento a linguagem, é a vida apartada em bairros anônimos de Berlim:

> *Nas ocasiões mundanas, sucumbia a um terrível fardo cerebral, que não era senão uma autêntica resistência às impressões. Preferia passar as noites sozinho a acompanhado, misturando-se aos clientes habituais da cervejaria vizinha* [...]. *"O mundo é dividido em* monde *e* demimonde*", reafirma no poema "Spät", "e eu sempre estive neste último". Sua existência era tão cinzenta que* [...] *"se alguém me dissesse que fui um*

comerciante de tabaco e que passei a vida inteira atrás do balcão de uma loja, eu mesmo acreditaria".

Seria este um modo de a província exercer a sua revanche sobre os abstracionismos e a aridez niilista da modernidade?

3

"Piove. È mercoledì. Sono a Cesena" [Chove. É quarta-feira. Estou em Cesena]. Um verso como este de Marino Moretti poderia muito bem servir de epígrafe a uma pesquisa sobre a presença e a exclusão da província na poesia italiana do século xx.

Os autores mais freqüentemente citados quando se quer datar o início da modernidade poética na Itália são Guido Gozzano e Giuseppe Ungaretti. Ambos com histórias exemplares e opostas.

A Itália tinha suas capitais culturais e suas províncias, mas também era, em seu conjunto, província de alguma capital externa.

Nos poemas de Gozzano não há dúvida de que nos encontramos em Turim; mais do que, nos poemas de D'Annunzio, podemos nos encontrar em Pescara, Versilia, Roma ou em qualquer outro lugar. E é em Turim que nos encontramos com Gozzano, muito mais do que na Romagna, em Barga ou em Urbino com Pascoli. Sem Turim (por alguns anos capital de um recente reino da Itália, mas também capital periférica em muitos sentidos) a poesia de Gozzano não seria concebível, perderia a nitidez de seu perfil. Turim é, em Gozzano, capital e província ao mesmo tempo. Vista do Canavese,[4] é uma metrópole cínica e árida. Mas, no poema homônimo, Turim é miniaturizada e pintada como um pequeno mundo provinciano, que suscita no escritor intensas descargas de claustrofilia:

Quante volte tra i fiori, in terre gaie,
sul mare, tra il cordame dei velieri,

4. Região do interior do Piemonte. [N.T.]

sognavo le tue nevi, i tigli neri,
le dritte vie corrusche di rotaie,
l'arguta grazia delle tue crestaie,
o città favorevole ai piaceri!

E quante volte già, nelle mie notti
d'esilio, resupino a cielo aperto,
sognavo sere torinesi, certo
ambiente caro a me, certi salotti
beoti assai, pettegoli, bigotti
come ai tempi del buon Re Carlo Alberto...

[...]

S'avanza un Barnabita, lentamente...
stringe la mano alla Contessa amica
siede con gesto di chi benedica...
Ed il poeta, tacito ed assente,
si gode quell'accolita di gente
ch'à la tristezza d'una stampa antica...

Non soffre. Ama quel mondo senza raggio
di bellezza, ove cosa di trastullo
è l'Arte. Ama quei modi e quel linguaggio
e quell'ambiente sconsolato e brullo.
Non soffre. Pensa Giacomo fanciullo
e la "siepe" e il "natìo borgo selvaggio".

[...]

Un po' vecchiotta, provinciale, fresca
tuttavia d'un tal garbo parigino,
in te ritrovo me stesso bambino,
ritrovo la mia grazia fanciullesca

e mi sei cara come la fantesca
che m'ha veduto nascere, o Torino![5]

Caso se queira afirmar que, na Itália, a poesia moderna nasce com Gozzano, a escolha de um início como esse poderá suscitar longas reflexões. Gozzano não foi nem jamais poderá ser interpretado como um "poeta nacional da Unificação", um poeta provinciano de grande formato que toda a Itália unida pudesse assumir, provinciana e nacionalistamente, como pilar pedagógico-nacional. Ele não dispõe de um sistema cultural ou de uma mitologia que seja ou possa parecer "universal". Se Ungaretti e Montale terminaram mais tarde por desempenhar esse papel, graças àquele tanto de heróico e de emblemático que serpenteia na linguagem de ambos, Gozzano, ao contrário, permanece uma *silhouette* elegante e estridente. Fala rigorosamente de si, não universaliza as ocasiões de sua poesia, não transmite nenhum valor, nem sequer de modo alusivo. Para escapar ao embaraço que seus "genitores" literários (pai D'Annunzio e mãe Pascoli, como disse Sanguineti) lhe deram com seus gestos, Gozzano se faz pequeno e entra com o máximo de honestidade em sua própria experiência. É seu autobiografismo irônico que lhe impede todo excesso sentimental e melodramático. Inventa uma linguagem poética coloquial, em que os dois maiores clássicos italianos (pai Dante e mãe Petrarca: desses genitores,

5. "Quantas vezes, em terras prazerosas/ ou no mar, entre as cordas dos veleiros,/ sonhava com suas neves, castanheiros,/ ruas cheias de trilhos, de cartazes,/ e a graça astuta das cabeleireiras,/ ó cidade de cores e de cheiros!// E quantas vezes já, em minhas noites/ de exílio, com a face a céu aberto,/ sonhava as noites de Turim, um certo/ lugar que adoro, certos camarotes/ bem tolos, futriqueiros e carolas/ como nos tempos do Rei Carlo Alberto... //[...] Um Barnabita avança lentamente.../ cumprimenta, sóbrio, a Condessa amiga/ e se acomoda como quem bendiga.../ E o poeta, calado e quase ausente,/ degusta aquele círculo de gente/ que tem um ranço de gravura antiga...// Não sofre. Ama esse mundo sem miragem/ de beleza, onde a Arte é intemperança/ e bricabraque. Ama o jeito e a linguagem/ do ambiente estéril, sem esperança./ Não sofre. Pensa em Giacomo criança/ e na "sebe" de seu "torrão selvagem". //[...] Velhota e provinciana, mas fresca/ e com o charme de Paris, enfim,/ aí me revejo menino a mim/ e em teus braços recobro a graça honesta;/ como se fosses a cara ama-seca/ que me viu nascer, te abraço, ó Turim!" [N.T.]

sim, não se pode ter vergonha!) possam ser citados numa situação comunicativa real, ecos de um hábito escolástico e de um repertório consolidado por séculos de reutilização.

A bem conhecida fórmula montaliana, que define Gozzano como "o primeiro a produzir faíscas pondo em choque o áulico e o prosaico", não significaria muita coisa se só dissesse respeito à mecânica intrínseca de um sistema formal. Em Gozzano, o encontro e o atrito de áulico e de prosaico põem em cena a relação estridente entre a poesia e seu fundo real, entre a personagem-poeta e as situações impoéticas em que se encontra. Essa cenografia é pressuposta e evocada continuamente. Os espaços externos e internos em que ressoa o solo do poeta são descritos em detalhe. As "boas coisas de péssimo gosto" são justamente os sinais da província como material indispensável ao poeta. Gozzano adentra a tal ponto na exploração de objetos e marcas sociais, que o seu livro poético se transforma, em suas mãos, num verdadeiro romance: um romance urbano e provincial, mais próximo da narrativa realista-sentimental da segunda metade do século XIX do que das aventuras irrealistas e desagregadoras da nova lírica. Em escala reduzida, forçadamente reduzida, em autoparódia patética, Gozzano também encena a relação desiludida e destrutiva entre o sofisticado rapaz da cidade e a simples garota de província (vêm em mente os arquétipos *Ievguêni Oniêguin* e *Eugénie Grandet*).

Em Gozzano, é a situação real do poeta lírico na condição de indivíduo, como tipo social e cultural, que se transforma em matéria lírica. Em vez de absolutizar-se ou agigantar-se numa abstração transcendental, o eu lírico se relativiza. E isso não ocorre com muita freqüência na poesia moderna, haja vista o seu desprezo pelos nexos narrativos e por circunstâncias passíveis de descrição.

Sendo o primeiro ou um dos primeiros poetas modernos na Itália (ou talvez por ainda estar na soleira da modernidade e, portanto, ser em parte externo a ela graças à apropriação de uma ótica ironicamente retrodatada, tardo-oitocentista), Gozzano oferece a chave para entender a situação real em que se manifesta o advento da modernidade poética e cultural da Itália. A chave está na rima "camicie"/"Nietzsche" [camisas/Nietzsche], que encontramos em seu poemeto mais famoso, "La signorina Felicita". A linguagem do estudante, do intelectual que destruiu em si os valores da vida comum, convive com a linguagem da criada, da modista, da menina ingênua, provinciana, carente de cultura e de estudos. Portanto não se trata de um estilo niilista, exasperado ou glacial, mas de um estilo da conciliação irônico-patética entre uma cultura que se esvazia de sentido e uma vida cotidiana ainda pitoresca, oitocentista, a vida de um país meio decrépito e meio infantil, descritível em pequenos quadrinhos coloridos, apinhados de objetos familiares e relíquias mortas. O provincianismo não é deixado de lado com o gesto leonino do anarquista (de província) que quer se sentir europeu e cidadão do mundo. A província e sua cor não são canceladas na poesia de Gozzano, mas preservadas, postas em relevo e vivificadas. Uma das melhores maneiras de não sucumbir no cosmopolitismo exacerbado e folcloricamente provinciano das vanguardas (Marinetti, Papini) era reconhecer e mostrar em termos de linguagem e estilo poético que a Itália, como *nação*, era mais província do que jamais havia sido antes, e que a sua tradição, por outro lado, ainda podia ser usada como língua "da tribo". Não para ser purificada, mas posta em música.

Ungaretti é quase o exato oposto. (E aqui uso o nome dele, como de resto o de tantos outros, com uma certa brutalidade exemplificativa: nele se misturam tendências contrastantes ou complementares, Dino Campana e Filippo Marinetti, Renato Serra e Benito Mussolini, e os ingredientes do cosmopolitismo e do nacionalismo dos emigrados, Lucca, Alexandria, Paris.)

Caso se atribua prioridade ao modelo cosmopolita (desenraizamento, fragmentação, primitivismo, aspiração extrema ao essencial ao preço de reduzir catedrais, templos e palácios a pedacinhos minúsculos, migalhas estéticas), então é com Ungaretti que a poesia moderna italiana principia. Como escreveu Luciano Anceschi, a "poesia *in progress*" de Ungaretti "encontra o seu *habitat* natural, seu terreno nutriente, precisamente no coração do movimento literário". Todavia esse pressuposto estético deve ser associado à experiência da Primeira Guerra Mundial e à tabula rasa que ela provocou com o horrível espetáculo, bem visível a milhões de pessoas, do auto-aniquilamento da civilização européia. O primitivismo redutor de Ungaretti nasce dessa percepção do desmoronamento de toda uma tradição cultural. Nasce da necessidade de uma volta às origens. Antes de lançar-se à busca de um absoluto visionário, metafísico, o ato poético em Ungaretti é um nomear as coisas, e nomeá-las é fundar-lhes a existência. A história da civilização se contrai numa série de experiências puntiformes, desconexas, em epifanias da força primordial de iluminação ontológica da língua. Para Ungaretti, a essência mais profunda da língua se manifesta na poesia como nomeação. O poeta é o Orfeu e o Adão da língua, o cantor mítico e o homem que fala antes do pecado original.

Não se pode negar que Ungaretti, independentemente de ser considerado um grande poeta ou não, teve responsabilidades históricas decisivas na invenção da linguagem. Permitiu que o futurismo saísse da simples provocação e do estardalhaço mecânico, fazendo do gestual fragmentário e vanguardista uma técnica poética da silabação e da intensificação anti-sintática. De resto, ele inventou literalmente o hermetismo como petrarquismo e gongorismo liofilizados, reduzidos a emblemas heráldicos, concentrados em potentes metabolismos hipermetafóricos. Salvar literariamente Marinetti, verticalizando e interiorizando o seu procedimento, e traduzir em linguagem poética italiana as experiências francesas de ponta, de Mallarmé a Apollinaire, não foi pouca coisa. E é compreensível que, por isso mesmo, a obra de Ungaretti tenha sido supervalorizada por longo tempo. Ungaretti foi para a Itália o que Apollinaire e Pound foram para as suas respectivas literaturas, e de fato a sua importância internacional não foi muito inferior à deles (teve, por exemplo, tradutores de excepcional valor: em alemão, Paul Celan e Ingeborg Bachmann).

De um poema como "In memoria" a outro como "L'isola",[6] entre os mais famosos do século, Ungaretti diz praticamente tudo em matéria de desenraizamento, cosmopolitismo de país "atrasado", patriotismo abstra-

6. Cf. "In memoria", nota 3, supra. "L'isola": "A una proda ove sera era perenne/ Di anziane selve assorte, scese,/ E s'inoltrò/ E lo richiamò rumore di penne/ Ch'erasi sciolto dallo stridulo/ Batticuore dell'acqua torrida,/ E una larva (languiva/ E rifioriva) vide;/ Ritornato a salire vide/ Ch'era una ninfa e dormiva/ Ritta abbracciata a un olmo.// In sè da simulacro a fiamma vera/ Errando, giunse a un prato ove/ L'ombra negli occhi s'addensava/ Delle vergini come/ Sera appiè degli ulivi;/ Distillavano i rami/ Una pioggia pigra di dardi,/Qua pecore s'erano appisolate/ Sotto il liscio tepore,/ Altre brucavano/ La coltre >

to, técnica da palavra isolada e associação analógica que dissolve a poesia numa forma de poeticismo. Os lugares da memória biográfica flutuam e são arrastados como detritos pela correnteza, até desaparecerem. Falta de raízes, raízes cortadas e busca das raízes: primeiro, na fraternidade com o soldado camponês na guerra; depois, na mais selecionada e sublimada tradição lírica. O provincianismo ideológico é bem mascarado pelos dotes literários de Ungaretti (é impressionante a tralha oratória que atravanca as redações não definitivas de seus poemas).

Ungaretti sonha com uma pátria arquetípica, um lugar da metafísica literária. Uma pátria, elaborada de forma modernista, dos provincianos desenraizados e dos emigrados culturais. A vanguarda da modernidade é constituída predominantemente por autores desse tipo. São eles que criaram aquela *koiné*, ou melhor, aquele esperanto poético que corresponde de modo tão preciso à descrição que Hugo Friedrich fará deles no livro *Estrutura da lírica moderna*. Se existe, como acredito, um kitsch da modernidade (em poesia, nas artes visuais e até na filosofia), uma linguagem facilmente reproduzível graças à sua abstração, que deve sempre demonstrar uma terribilidade niilista ou uma jocosidade liberatória superiores àquelas que cada autor individualmente seria capaz de realizar, a formulação desse kitsch deve quase tudo aos procedimentos de fragmentação, de fetichismo formal, de abstração estrutural, de assintaticismo, de colagem, de recusa à comunicação e à referencialidade. Assim como outros estilos radicais, o radicalismo lírico moderno terminou por revelar uma disposição à reprodutibilidade e à função decorativa particularmente pronunciada e surpreendente. Nas artes visuais, esse processo é ainda mais evidente. A arte aplicada e o desenho

> luminosa;/ Le mani del pastore erano un vetro/ Levigato da fioca febbre." In *Il sentimento del tempo* [1925], *Vita d'uomo – Tutte le poesie*. Milão: Mondadori, 1970, p. 114.
"A uma costa onde a tarde era perene/ De antigas e absortas selvas veio/ E se adentrou/ E um farfalhar de pena o atraiu/ Ao desatar-se da estrídula/ Pulsação das águas tórridas,/ E uma imagem (murchava/ E refloria) viu;/ Voltando para o alto viu/ Que era uma ninfa e dormia/ Erguida, abraçada a um olmo.// Em si, de simulacro a vera chama/ Errando, deu num prado onde/ A sombra nos olhos das virgens/ Se adensava como/ Noite ao pé de oliveiras;/ Destilavam os ramos/ Uma chuva tarda de dardos,/ Ovelhas cochilavam espalhadas/ sob o tênue tepor,/ Outras mordiam/ A alfombra luminosa;/ De vidro temperado em febre fraca/ Eram as mãos do pastor." [N.T.]

industrial seriam impensáveis sem a contribuição da arte abstrata e informal, de Mondrian a Pollock.

Por outro lado, alguns dos maiores poetas do século XX quase não tiveram relações com a *koiné* lírica moderna, suscitando reações de esnobismo e rejeição nos ambientes ligados às vanguardas. Pareciam provincianos, moderados, humanistas, populistas e conteudistas atrasados no tempo. Poetas que, hoje, alguns consideram os maiores do século XX na Espanha e na Itália, como Antonio Machado e Umberto Saba. Tanto um quanto outro parecem habitar ainda uma terra em que Metrópole e Cosmópole não deixaram sinais, não completaram as suas emocionantes e chocantes devastações. Mas certamente não podem ser incluídos entre os restauradores, porque não são particularmente atraídos pelo sentimento do passado e da tradição. Não se regozijam com arqueologias nem freqüentam os museus da arte poética. Se me fosse possível usar uma expressão sem ser imediatamente convocado a prestar contas sobre ela, diria que, neles, a tradição é uma *presença natural*, como uma língua de uso, uma língua materna. São poetas naturalmente não-modernos. Não olham muito para o futuro nem se colocam o problema de como salvar, continuar ou restaurar o passado (diferentes, nesse sentido, de Lukács, Eliot e Benjamin). Para eles o presente, feliz ou infeliz, parece bastar fisiologicamente a si mesmo, pois contém aquela dose de passado e de futuro estritamente necessária para que não seja devorado pelo demônio da consciência histórica e do progressismo estético. É um presente que não se contrai em dobras, desabamentos e muralhas (a serem escaladas ou de onde se cai). O que acontece? Numa terra dada por desolada, a presença de tais poetas é quase incompreensível, escandalosa. Por excesso de clareza, suas obras têm posto em xeque os instrumentos analíticos e interpretativos da crítica mais hábil. Uma clareza que só podia incomodar e desconcertar os teóricos do modernismo. Quando os procedimentos estilísticos não se afastam do repertório tradicional já exaustivamente inventariado, os analistas da inovação não têm muito a descobrir e, por isso, ficam decepcionados.

No entanto Machado e Saba são de fato contemporâneos da lírica moderna. O que isso quer dizer? Que eles são apenas provincianos? Não sabem em que mundo vivem? São ultrapassados? Já o eram na época em que escreviam? Ou, ao contrário, não foram justamente eles que, pelo menos na Espanha e na Itália, melhor souberam em que mundo viviam? Toda a poesia moderna deveria ser lida segundo os mesmos conceitos? A lírica moderna pode realmente ser descrita como um único Sistema ou Estrutura dentro do qual as vozes singulares se perdem ou se tornam simples variantes? Certa vez, Theodor Adorno observou que, se é verdade que não se pode entender uma obra sem que se estude a sua técnica de composição, esta última é, por seu turno, incompreensível sem o entendimento da obra. Porém, os críticos mais empenhados em explicar e em valorizar a modernidade terminaram por reduzi-la primeiramente a dimensões estruturais confortáveis, para depois expurgar como supérfluos, atrasados e no fundo inexplicáveis autores não adaptáveis ao esquema. Há tempos não temos mais a necessidade de legitimar a modernidade contra o tradicionalismo. Há pelo menos duas décadas, o que se vê é que o conservadorismo acadêmico tende a expressar-se como dogma modernista.

Um fenômeno subestimado, mas digno de atenção, é precisamente o das resistências "provinciais" ou da persistência de zonas não assimiladas nem assimiláveis ao modelo cosmopolita da arte de vanguarda. O estudo da obscuridade e de sua técnica como puro artifício acabou produzindo efeitos deformadores na visão geral que temos da poesia moderna. Houve contra-tendências críticas. Trata-se de uma série de análises e de arestas sem as quais a idéia que podemos formular da poesia contemporânea resultaria empobrecida e escolar. Penso, por exemplo, no livro de Edgar Wind sobre *Arte e anarquia*, nos ensaios de Erich Heller e de Edmund Wilson, na leitura que Auerbach fez de Baudelaire,[7] afirmando que os que reagiram com escândalo e repugnância às *Fleurs du mal* entenderam melhor o real conteúdo do livro do que os professores e os estetas que, mais tarde, o trataram como objeto de veneração e de estudo. Há ainda *A tradição do novo*, de Harold

7. Cf. nota 17, p 39.

Rosenberg,[8] alguns ensaios de Hans Magnus Enzensberger e o proveitoso livro de Michael Hamburger, *A verdade da poesia*.

Na Itália, sobretudo Giacomo Debenedetti, Franco Fortini, Pasolini e mais recentemente Pier Vincenzo Mengaldo – com sua antologia e os dois volumes de *La tradizione del Novecento*[9] – submeteram a uma revisão rigorosa a idéia de uma poesia italiana contemporânea dominada pelo progresso da modernidade. Não se trata apenas da importância e da grandeza de Saba ou da redescoberta de Sandro Penna. As obras de Attilio Bertolucci, Giorgio Caproni, Carlo Betocchi, Vittorio Sereni e Giovanni Giudici também lançam uma luz distinta sobre o sentido da "modernização" poética italiana. São poetas capazes de mostrar a província que foi – e que no fundo continua sendo – a Itália, escritores que ajudam a entender essa imensa província que é, necessariamente, a maior parte do mundo: se é verdade que tudo o que não é Metrópole será província, e que a Cosmópole presente e futura só poderá ser a coexistência de "avançado" e "atrasado" (e, em termos literários, coexistência de *koiné* internacional e "dialetos" literários regionais).

Na realidade, excetuando-se alguns episódios mais clamorosos, a linguagem da poesia italiana manifestou uma relutância muito particular em se modernizar e tornar cosmopolita, sobretudo aquela que esteve fora ou às margens de grupos e escolas. Isso pode nos fazer entender melhor porque a poesia italiana dos últimos decênios, graças especialmente a autores mais que maduros, tenha sido com toda a probabilidade a mais importante e a mais viva da Europa; e porque, ao contrário, no país em que a modernidade alcançou precocemente o seu ápice – a França –, a linguagem poética venha dando sinais de esgotamento há algumas décadas.

O crítico habituado a acreditar que a poesia mais importante para a modernidade seja aquela que teve maior circulação internacional, instalando-se "no coração do movimento literário", deveria pelo menos se lembrar dos caprichos e da falta de sincronia do sistema literário (e do mercado livreiro) internacional. Wystan H. Auden disse que um bom poeta deveria ser como um bom produto agrícola, como um determinado queijo ou

8. Ed. bras.: *A tradição do novo*, trad. Cesar Tozzi. São Paulo: Perspectiva, 1974. [N.E.]
9. *A tradição do século XX*. [N.T.]

vinho, típicos de colinas e vales específicos, mas que, justamente por isso, são apreciados em toda parte; portanto, alguma coisa de local ou, se preferirem, de provincial que, mesmo em outros lugares ou em todos os lugares, continua apreciável.

Em termos de mercado, a Itália é há muito tempo um país relativamente marginal, tal como a nossa literatura. Nossos clássicos, que são clássicos europeus, são também na esmagadora maioria pré-modernos, pré-burgueses, pré-nacionais. Não respiraram o ar das metrópoles plasmadas pelo Mercado e pela Multidão. Habitaram pequenas cortes e capitais locais. De resto, ao se tornar nação, a Itália também se transformou numa moderna província, exprimindo uma literatura fortemente "provinciana". Nossos clássicos mais antigos foram por assim dizer provincianizados por nossa burguesia culta da segunda metade do Oitocentos, provincianizados pela mediação levada a cabo por D'Annunzio, Carducci e Pascoli. Leopardi foi praticamente o único que assumiu as tarefas da modernidade poética que, em outros lugares, eram assumidas por numerosos autores de primeira grandeza.

Mas a crise e o crepúsculo da modernidade, sua consolidação em objeto de estudo anatômico e matéria de ensino, nos permite agora ver melhor como funciona e vive a linguagem da poesia italiana do século XX. Permite-nos também, quem sabe, valorizar mais o universalismo espontâneo dos nossos provincianos do que o provincianismo moderno dos nossos cosmopolitas.

Quando nascem os poetas modernos na Itália

Deve ser um palpite, mas estou convencido de que os poetas que efetivamente inventaram a poesia moderna italiana nasceram todos entre 1880 e 1890. Não fiz uma verificação cronológica em outras literaturas, mas, no que diz respeito à Itália, a concentração de autores nascidos nesse decênio é impressionante. Por comodidade, e para a surpresa de vocês, repito aqui a lista: Gozzano e Saba nascidos em 1883; Govoni e Jahier, em 1884; em 1885, Marino Moretti, Palazzeschi, Campana, Onofri, Rebora (Giotti, que escreve em triestino); em 1886, Sergio Corazzini e Delio Tessa (que escreve em dialeto milanês); em 1887 nascem Cardarelli, Diego Valeri, Giovanni Boine; em 1888, Sbarbaro e Ungaretti. Como se vê, é uma bela lista. Tão rica e ampla que, se eu devesse realmente desenvolver um ensaio exaustivo, mantendo-me fiel ao título, estaria metido em sérias dificuldades. Ou seja, deveria apresentar um tratado que, conquanto sucinto, cobrisse cerca de metade de toda a poesia do século XX.

Não posso fazer isso e, portanto, não o farei. A única coisa que posso razoavelmente tentar é refletir um pouco sobre a elaboração inicial de uma idéia e de um estilo de modernidade que os poetas nascidos nos anos 1880 levaram a cabo. Se me for permitido antecipar uma afirmação de caráter geral, trata-se da primeira e última geração de poetas que enfrentaram a modernidade, que se viram diante do problema de como inovar e o que mudar radicalmente na linguagem poética, numa situação que se apresentava decerto transformada em relação a um passado relativamente próximo. Creio, de fato, que todos os poetas modernos italianos nascem nos anos 1880. Montale, que nasceu em 1896 – e que, portanto, chega com cerca de uma década de atraso em relação à primeira modernidade poética –, Montale, que alguns continuam considerando o autor central da poesia italiana do século XX, é, com efeito, o poeta que leva a nova linguagem poética a um máximo de solidez clássica, mas é também um autor que nasce com precursores decisivos e irmãos mais velhos, como se o choque primeiro da modernidade lhe chegasse, em parte, já atenuado e absorvido, ou elaborado em diversas formas por outros.

Seja como for, não é sobre Montale que pretendo concentrar-me. Se assumo a idéia de modernidade para entrar nessa constelação-geração de poetas, é para ter um primeiro critério unificador, notório e provisório, um fio de meada que me permita atravessar vários autores distintos entre si. Mas é também porque espero que a diversidade dos autores nascidos naquela década me ajude a desarticular a própria idéia de modernidade poética, diferenciando dentro dela uma série de modalidades distintas.

Como sabemos, a idéia de modernidade foi inicialmente uma situação vivida por autores isolados, depois, uma bandeira de batalha e de grupo, e, somente no final, uma idéia que *a posteriori* serviu para pôr as coisas no lugar: demasiadamente no lugar, e, com freqüência, muitas coisas não parecem assim tão semelhantes.

Enfim, houve uma modernidade como solidão, quem sabe profética e prenunciadora, que deu lugar a uma poesia que se sentia ameaçada por uma espécie de verticalidade vertiginosa, com todos os riscos do solipsismo: língua lírica tendente ao idioleto, gratuidade lúdica, exagero expressivo, crença órfica, sempre no limite dos códigos comunicativos e retóricos. Ou seja, a sensação de toda uma história cultural ou tradição literária que afunda no sublime insignificante de uma história individual (Leopardi, Emily Dickinson, Rimbaud, Mallarmé, Trakl, Benn, até Paul Celan ou Zanzotto).

Houve uma modernidade do início do século XX, consciente e segura de si, polêmica e ativista, numa palavra, vanguardista. Uma modernidade reivindicativa, em que até a negação mais radical e o niilismo declarado ganharam um tom de otimismo progressista, com a idéia correlata da inovação como libertação. Aqui vemos plenamente operante o dogma do novo, a religião do novo que elimina o velho, porque isso é natural, historicamente necessário, moral e esteticamente justo.

E houve, enfim, uma modernidade construída e reconstruída criticamente: a geral e generalizante moldura interpretativa que, *a posteriori*, deveria fornecer a chave para entender, justificar e valorizar, numa mirada certeira, quase tudo. Eliminando retrospectivamente (com uma historiografia tendenciosa e apologética) a história real dos riscos e dos fracassos que haviam ocorrido na poesia (e na arte moderna em geral).

Esta é uma questão em que costumo insistir com freqüência. Até porque cresci nos anos em que o dogma da modernidade se estabilizava no meio universitário. Anos em que (falo da década de 1960) a idéia de vanguarda – numa forma que eu classificaria de neovanguarda pós-moderna – não só penetrava nas universidades, mas era inteiramente transplantada para aquele meio e vicejava dentro dele. Pier Vincenzo Mengaldo deu uma contribuição decisiva à desmontagem desse dogma. Sua antologia *Poeti italiani del Novecento* [Poetas italianos do século XX], lançada em 1978, assinala um ponto firme na revisão dos esquemas elaborados na década precedente, segundo os quais o sentido na poesia novecentista devia ser buscado numa espécie de marcha triunfal em direção ao Novo: era a ideologia bastante míope, mesmo nos críticos mais aguerridos, da tendência avançada ou dinamicamente central, em que se resumiria todo o curso evolutivo das artes.

O longo ensaio introdutório de Mengaldo apontava em sentido contrário. Em vez de unificar, Mengaldo trabalhava com as diferenças: dentro de uma mesma tendência (crepusculares, herméticos), dentro de um determinado período ou momento (os anos da *Voce*,[1] com poetas diversíssimos entre si) e também em um mesmo autor. Uma modernidade que parecera compacta mostrava-se agora, vista mais de perto e com as lentes da observação estilística, um entrelaçado de afinidades e diferenças insuspeitadas.

É exatamente deste ponto que eu gostaria de partir. Pressuponho Mengaldo e declaro partilhar as mesmas premissas quanto à bibliografia essencial: Debenedetti e sua escolha por Saba, o ensaio de Adorno sobre lírica e sociedade,[2] a crítica à vanguarda (sobretudo às neovanguardas) formulada no

1. Cf. nota 3, p. 23.
2. Cf. nota 13, p. 33.

início dos anos 1960 por Fortini, Enzensberger, Pasolini. Se é verdade, como escrevia Mengaldo, que a "poesia italiana do nosso século [...] faz parte integrante do fenômeno ou categoria 'lírica moderna' ",[3] é também verdade que, na Itália, esse fenômeno ou categoria geral (cuja ilustração mais sistemática e discutível foi dada por Hugo Friedrich) teve uma história própria. Isso ficou cada vez mais claro no decorrer dos últimos vinte anos: não só por causa da crítica, mas também graças à atividade de uma série de poetas italianos de primeira ordem, como Penna, Bertolucci, Sereni, Caproni, Betocchi, até Giudici, que já pertence a uma geração mais jovem, a mesma de Pasolini. E Pasolini, como crítico de poesia, é, na minha opinião, um autor central na segunda metade do século XX: um crítico antimodernista, que contribuiu para o afloramento, de Pascoli a Penna, de toda uma cadeia de fenômenos de resistência da linguagem poética italiana à modernização em chave vanguardista. A antipatia de Pasolini pelos futuristas, especialmente por D'Annunzio, o levou a deixar em segundo plano uma *koiné* específica, a do cosmopolitismo lírico, que agiu tanto nos herméticos quanto nos Novíssimos e pode ser definida como *jargão da modernidade*.

A lírica moderna foi por mais de um século um gênero literário de extraordinário prestígio, em cujo âmbito (pense-se na genialidade e na influência de Baudelaire, Eliot, Valéry, Pound, Montale, Auden etc.) e a partir da qual se formou uma zona essencial da estética contemporânea e da idéia moderna de literatura, de "especificidade literária", de "função poética" e assim por diante. Por isso é tão importante recomeçar pela desarticulação do *gênero* estilístico e histórico chamado Lírica Moderna a fim de discutir alguns princípios de poética e de estética literária. Aguçar os ouvidos para o fato de que a poesia moderna tem mais vozes do que uma única estrutura profunda também implica, penso, colocar em discussão (como de resto já foi feito) hierarquias de valor, atribuições de centralidade e grandeza, bem como a própria noção de literatura moderna comumente aceita, que teve anos atrás uma das formulações teóricas mais afortunadas (e, infelizmente, menos discutidas) em Roman Jakobson.

3. *Poeti italiani del Novecento*, org. P.V. Mengaldo. Milão: Mondadori, 1978, p. XXI.

Quem observou que a idéia jakobsoniana de função poética da linguagem trazia implicitamente de volta a poética da arte pela arte, além da teoria crociana da liricidade pura, não estava muito distante da verdade. Toda a crítica estruturalista, que assumia o princípio de Jakobson como um pressuposto científico, não percebia que estava abraçando uma estética que, por sua vez, envolvia juízos de valor – ou seja, critérios que deviam permitir verificar a presença do *quid* poesia no interior de uma série de autores e de obras. A poesia entendida segundo a teoria de Jakobson, como linguagem auto-referencial, estava decerto presente de modo mais exemplar em autores que tendem ao excesso de figuras retóricas.

Mas agora deixo este terreno, que demandaria um outro tipo de viagem e de exploração. Porém, se acho interessante a geração de poetas nascidos entre 1880 e 1890, é também porque gostaria de mostrar como o arquétipo de poeta moderno na Itália é bastante ambíguo e incerto. A idéia (e a práxis) de modernidade lírica que emerge desses poetas está longe de ser unitária. De autores como Saba e Gozzano, que inovam olhando para o passado, a escritores como Palazzeschi e Ungaretti, que nascem da vanguarda e parecem começar do zero, temos uma gama enorme de possibilidades que, mais cedo ou mais tarde, se mostrarão muito vitais durante todo o arco do século XX. Portanto, para sermos criteriosos, considerando ainda a questão recorrente de "quando" e com que autor a "verdadeira" poesia do século XX começa na Itália (não há história nem antologia que não parta desse problema), agora que o século está terminado, e observando-se o destino de certas tendências privilegiadas anteriormente, já podemos ler os poetas nascidos nos anos de 1880 como igualmente modernos: exemplos de variadas soluções estilísticas para a situação chamada "modernidade".

Talvez não seja por mero acaso que o teórico, crítico e poeta mais sutil, informado e paradoxal da neovanguarda, Edoardo Sanguineti, tenha rapidamente encontrado um meio de conjugar a opção por uma ilimitada liberdade formal (de inspiração múltipla, mas sempre radical: futurismo, Pound, surrealismo) com o gosto por um virtuosismo retórico que retoma, de modo maneirista, estruturas fechadas e temas neocrepusculares. Desde os anos 1950, Sanguineti foi um dos maiores estudiosos e promotores da poesia de Guido Gozzano, que é, com Saba, o poeta mais conservador do início do século XX – no pólo oposto, colocamos Palazzeschi e Ungaretti. Mas a modernidade poética nasce com Gozzano ou com Ungaretti? A questão se tornará ociosa se nos propusermos a fixar prioridades estáveis. Mas o será muito menos se simplesmente pensarmos em dois modos distantes – e talvez opostos – de entrar na modernidade. Como veremos, há muitos outros. Mas antes é preciso lembrar que nos anos 1950, além de um retorno a Pascoli promovido por Pasolini (que justo naquele momento apontava para o poemeto engajado: uma poesia civil, construída a partir de um autobiografismo retoricamente ostensivo), também temos, inclusive no âmbito da neovanguarda – ou seja, num horizonte de reivindicação cosmopolita –, um retorno a Gozzano promovido por Sanguineti (retorno a princípio crítico, mas que depois dará frutos no plano poético). Apenas para acrescentar mais um elemento à lista de fenômenos referentes à resistência da linguagem poética italiana à "modernização" forçada, lembro que o próprio Giovanni Giudici, talvez o autor mais inventivo e multiforme dentre os nascidos nos anos 1920, seria impensável sem Gozzano e Saba, poetas que fazem lírica em estilo teatral e narrativo, nos quais não há canto "solo" sem cenografia. Segundo uma observação de Cesare Garboli, Pascoli queria divertir se lamentando, divertir sem euforia. Entretanto seria possível dizer o mesmo – e talvez com maior razão – de Gozzano e de Saba, bem como de Giudici.

Em suma, há tempos Ungaretti não está mais no centro de nossa geografia poética novecentista. Trata-se de uma relevante mudança de perspectiva, se pensarmos que até Pasolini, no ensaio sobre Ungaretti incluído em *Paixão e ideologia*, escreveu: "A história da poesia de Ungaretti se desenvolve [...] por definição no centro da história da poesia do século XX",[4] Por definição, diz Pasolini. Agora vejamos de que definição se trata. Podemos localizá-la em termos mais precisos na "Nota a 'Un poeta e Dio'", texto que Pasolini não incluiu em *Paixão e ideologia*, talvez porque contivesse

4. P.P. Pasolini, "Un poeta e Dio" [1954], in *Passione e ideologia (1948-1958)*. Turim: Einaudi, 1985, p. 325.

observações estilísticas um tanto arriscadas, mas de grande argúcia. Entre outras coisas, Pasolini afirma:

> *o irracionalismo* [...] *era uma forma tardia e sofisticada de razão, ou pelo menos de cálculo, de operação culta: tal sofisticação preside tanto a obra demolidora do surrealismo quanto a obra formalmente construtiva do hermetismo. Na Itália, Ungaretti é o maior expoente dessa cultura de vanguarda. Seu barroquismo não é senão um raciocínio desracionalizado, de memória rimbaudiana, uma loucura controlada: o excesso de ingenuidade de sua metafísica religiosa é corrigido pelo excesso de complexidade de sua religiosidade estética* [...]. *Aparentemente Ungaretti é um poeta de estrutura paratática; na realidade, ele é o máximo expoente da hipotaxe novecentista. Dos movimentos sintáticos que já pressionam o tecido rarefeito da* Allegria *aos fragmentos sintáticos que bóiam, inchados de causais e temporais, de conjunções subordinativas e gerúndios, nas páginas mais brancas do* Sentimento [...].[5]

Uma hipotaxe semi-submersa, poderíamos dizer: poesia de pináculos que despontam sobre um edifício dado por existente, mas soterrado. Não por acaso, a obscuridade ungarettiana, especialmente a de *Sentimento do tempo*, se explica com a contínua alusão a profundidades inatingíveis: como se a onipresença da totalidade cósmica, dentro e ao redor de cada imagem e de cada fibra que Ungaretti expõe com gesto lírico, fosse externada na forma de sua ausência, ou melhor, estivesse presente como cavidade ressonante da qual emerge, sibilinamente, cada verso e versículo. Tudo isso, eu diria, mais que "encanto fônico" no sentido de "musicalidade", como diz Pasolini. O encanto fônico se deve sobretudo ao caráter alusivo. Causa-nos espanto que, aqui e ali, desponte do indizível uma forma verbal:

> *Alusividade como fundo para o irracional e o inefável. De modo que, se ao reconstruirmos, por exemplo, os espaços em branco entre uma linha e outra do*

5. Idem, "Nota a 'Un poeta e Dio'" [1958], in *Il portico della morte*, org. Cesare Segre. Roma: Associação "Fondo Pier Paolo Pasolini", 1988, pp. 171-72.

Sentimento, vierem à tona sintagmas bastante complexos – uma forma exacerbada de hipotaxe, como dizíamos –, isso não significa que se possa reconstruir uma estrutura lógica. Seja como for, a hipotaxe de Ungaretti permanece ilógica, é a sua força inspiradora e singular no campo estilístico e estético. Sua integração figural é uma idéia da poesia.[6]

Nesta última frase está o âmago de Pasolini. A poesia de Ungaretti se explica não por si mesma, no tecido de sua linguagem, mas pela transcendência de um sentido ou figura ulterior, que é a idéia de poesia. Idéia de poesia e linguagem da poesia são entidades unidas de maneira alusiva por sua intransponível separação. Cada poema de Ungaretti e toda sua obra poética são, pois, fundadas e justificadas pela certeza dessa idéia. Justamente o poeta que parecia partir do grau zero da tradição poética para simplesmente reencontrar a poesia como linguagem de emergência (linguagem de trincheira) só poderia, de fato, tocar esse limite extremo graças a uma fé na poesia como idéia e absoluto – por definição ou por essência –, ao abrigo dos acidentes da história e da biografia.

A poesia de Ungaretti, assim como tanta poesia de vanguarda, sustenta-se não na força de um artesanato estilístico, mas na força da idéia (da ideologia). E, com efeito, ela desbotou e se distanciou de nós com o desbotamento e o distanciamento daquela fé estética (ou religião da arte, ou arte como sucedâneo da religião).

Dito isto, compreende-se quanto Pasolini, que se empenhara em superar o irracionalismo lírico novecentista, misturando poesia e jornalismo, possa ter sentido em Ungaretti um mestre a ser combatido, mas também apreciado. É a idéia de poesia, o pressuposto ontológico do ser poeta, que mantém de pé a massa magmática dos escritos pasolinianos; tal pressuposto não o impede de pôr em funcionamento, às vezes com astúcia retórica extorsiva e meio diabólica, seus poemas-artigo ou artigos em versos, discursos do seu teatro poético-político. Mas muitas vezes, sobretudo antes das melhores soluções estilísticas da fase final (que, na minha opinião, estão nas *Lettere luterane*), foi essa idéia de "ser na poesia" que permitiu que Pasolini

6. Id. ibid., p. 172.

escrevesse poemas tão desleixados. Assim como Ungaretti às vezes abusou daquele "encanto fônico" que era dado pela onipresença, em cada sílaba, de um cosmo infinitamente poético, sempre sagrado em seu mistério. Se sua trincheira podia iluminar-se de imenso, aquele imenso era uma divindade poética, um átomo de luz, uma mínima fibra semântica dilatável ao infinito. É precisamente a descontinuidade do tecido formal de Ungaretti que nos dá a certeza de que, atrás de cada ilha de linguagem, há sempre um mar de significado; ou seja, uma perfeita, ainda que obscura e inefável, continuidade.

Mas não era essa notória e óbvia centralidade de Ungaretti dentro da poesia novecentista (no coração do cosmopolitismo estético sempre encontramos os sem-teto da poesia que moram na poesia: Ungaretti, Pound, Celan, agora Brodsky), não era essa modernidade que mais me interessava nos nossos poetas nascidos na década de 1880. Dos que pareciam os poetas centrais da modernidade é que nasceu o jargão da modernidade. Ao contrário, me parecem mais interessantes os poetas cuja linguagem não conseguia transformar-se em jargão. Poetas que não fizeram escola, cuja linguagem continua presa ao chão, sem se elevar subitamente na vertical para estabelecer-se no céu da lírica ou da vazia transcendência estética. O próprio Campana, com seu mito e seu destino trágico, é um mártir dessa religião da poesia. O "paupérrimo aparelhamento retórico" de Campana, como observou Contini, remete ao domínio da idéia de poesia que funda e precede o texto. Cada poema se apresenta sobretudo como ilustração do fantasma da poesia. E assim se vai, como em Ungaretti, rumo a uma poesia da poesia (gênero cujo expoente é Valéry, talvez o mais conseqüente e consciente representante desse tipo de modernidade lírica).

Ao redor de Campana, formaram-se dois partidos críticos bem delineados e contrapostos: de um lado, aqueles que lhe exaltam o papel histórico, transformando-o numa espécie de Rimbaud italiano – entre estes estão Luciano Anceschi, Carlo Bo, Mario Luzi, Edoardo Sanguineti; do outro, Gianfranco Contini, Franco Fortini e Pier Vincenzo Mengaldo, os quais insistem no excesso decorativo e semanticamente aproximativo do seu léxico (sobretudo a adjetivação), bem como na proximidade ao "vitalismo freqüentemente declamatório das vanguardas do primeiro decênio do século".[7] Na desordem declamatória de Campana, seria mais visível uma continuação ingênua do caráter maldito do século XIX, e não a antecipação de "uma nova figura de poeta (órfico ou vanguardista)".[8] Fortini observa que "seus versos e passagens mais fulminantes alimentaram poetas muito diferentes entre si, como Mario Luzi, Pier Paolo Pasolini ou Andrea Zanzotto". Ambíguo elogio a Campana, que se desdobra como um juízo ideológico que Fortini faz pesar sobre os três poetas citados. Os quais, via Campana, são indiretamente recriminados por duas coisas: "uma idéia de poesia como forma do mágico" ou regressão órfica (Luzi, Zanzotto) e a fé no poeta como herói moral e anárquico, isto é, como "sublime selvagem transgressor" (fórmula em que ressoa a irritação de Fortini diante de Pasolini).

Portanto a modernidade de Campana, que parecera tão exemplar, central e precursora, é também uma modernidade especial e importante só para quem considera o tardo-simbolismo, a poesia pura dos herméticos e a neovanguarda como metas que a linguagem poética italiana deveria alcançar a qualquer custo a fim de ser, como se dizia então, realmente "européia", ou seja, adequadamente moderna (tenho dificuldade de entender o valor comumente atribuído nas artes à palavra "precursor": como se se tratasse de correr o mais rapidamente possível do passado para aquele futuro que é o nosso presente). Mais uma vez, pensa-se em Campana mais em termos de "modernização", a partir de modelos culminantes do cosmopolitismo de ponta, do que de "modernidade", isto é, de situação realmente nova em um determinado lugar e tempo. Só despojado do incômodo papel de estafeta precursor e de quase-Rimbaud tardio é que Campana poderá ser lido de novo, de acordo com aquilo que é e vale.

Mas, como eu dizia no início, não há poeta nascido nos anos 1880 que não tenha oferecido o seu modelo de modernidade poética. Cada um inventou uma linguagem poética da modernidade. E o que hoje mais interessa talvez seja essa coexistência de modos, e não a sua localização alternativa em um

7. F. Fortini, *I poeti del Novecento*. Roma-Bari: Laterza, 1977, p. 29.
8. *Poeti italiani del Novecento*, org. P.V. Mengaldo. Op. cit., p. 279.

suposto “mais à frente” ou “mais atrás”. Acrescentaria ainda que, após essa geração de poetas, o problema da modernidade se torna bem mais equívoco. Torna-se, no mais das vezes, um problema ou um projeto de “política estilística”. Ao passo que, numa série de obras publicadas nos anos 1910, encontramos uma extraordinária honestidade e variedade criativa.

Guido Gozzano antes de todos. Quem hoje ainda duvida de que ele é uma das quatro ou cinco vozes essenciais do século? Creio que Fortini se equivoca ao subestimá-lo em sua história antológica, colocando-o aquém do século XX. Por isso ele passa imediatamente aos transgressores, com um parágrafo dedicado a *Gian Pietro Lucini, o verso livre e os futuristas*: transgressores proverbiais, que antes expressam intenções e gestos ideológicos que textos ou obras, como o próprio Fortini afirma. Mas e então? O certo é que, ao retrodatar-se moral e estilisticamente para conseguir manter-se na própria pele, imitando um Oitocentos nostalgicamente retocado por uma encenação extrema, Gozzano não fez nem podia fazer escola. Montale o respeita e adora, escreve sobre ele coisas essenciais, até para definir-se a si mesmo (é dele a famosa fórmula: “o primeiro a produzir faíscas pondo em choque o áulico e o prosaico”). Sanguineti o estuda a fundo e, a seu modo, se apropria e faz dele um modelo, inclusive para hoje. O mesmo acontece com Giudici, que, porém, não o menciona. (Sanguineti e Giudici sempre ambientam, gozzanianamente, sua poesia em meio aos objetos, aos restos, demolindo e reduzindo criticamente a figura do poeta à estatura de pequeno-burguês e homem médio, patética e monstruosamente normal, ainda que visitado por estranhos pesadelos e sonhos de evasão.)

Assim, depois de termos visto Pasolini, o crítico-poeta menos vanguardista das últimas décadas, ao lado do poeta mais radical do século XX, Ungaretti, agora vemos Sanguineti, o crítico-poeta central da neovanguarda, ao lado de Gozzano, o mais tradicionalista entre os poetas do início do século XX. Ao começar a sua análise sobre Gozzano em um ensaio de 1954, Sanguineti lamentava justamente que se considerasse Gozzano “um ‘clássico’ do nosso século XX”, como se ele fosse um poeta ainda oitocentista, o último dos clássicos barrado na soleira da autêntica modernidade. Sanguineti argumentará, retrospectivamente, não só acerca de um itinerário que leva de D’Annunzio a Gozzano, mas também – o que é mais interessante aqui – de uma via mestra que levaria de Gozzano a Montale, isto é, ao coração da modernidade poética do século:

> *Em todo caso, de Gozzano a Montale pode-se tranqüilamente reconhecer, creio, uma linha de conjugação: linha ondulada, com oscilações e divagações, mas linha legítima e indispensável. Se quisermos segui-la de perto e prestar atenção às datas, será preciso percorrer,* grosso modo, *o coração do século* XX *italiano; e certamente entre o 1911 dos* Colloqui *e o 1939 das* Occasioni, *passando pelos* Ossi di seppia, *de 1925, que ocupam o justo meio com a eqüidistância de um rigor matemático no mínimo curioso, desenha-se do nosso século* XX *uma linha completa, autônoma, operosa e rica de nomes.*[9]

O que mais interessa a Sanguineti desde o início não é, obviamente, o "crepuscularismo" de Gozzano, mas sua inconfundível "'ironia formal' (uma ironia levada tão adiante a ponto de tangenciar uma condição paródica de discurso)".[10] Ironia e tendência paródica que nem mesmo Palazzeschi, tão semelhante em alguns aspectos, entende e aceita em Gozzano, a quem parece preferir Corazzini.[11]

É justamente isso, creio, que faz Gozzano estar em posição bastante incômoda ao lado de Montale, cuja tendência irônica e paródica é bem modesta, o que o impede de constituir uma linha ou espinha dorsal com Gozzano, senão ao preço de uma notável acrobacia. Exceto pelo fato de usar mais livremente o caótico bazar oferecido por D'Annunzio, Montale não pode partir de Gozzano, que neutraliza e desarticula ironicamente D'Annunzio, mas deve prescindir dele. Para Montale, D'Annunzio não é mais temível e, portanto, pode ser utilizado, quando for o caso, como decalque neutro, repertório de formas lexicais e métricas tornadas estranhas não pela ironia, mas por subtração disfórica. Entre Montale e D'Annunzio não está Gozzano, mas principalmente Camillo Sbarbaro. Com o *incipit* dos *Ossi* ("*Godi se*

9. E. Sanguineti, "Da Gozzano a Montale" [1954], in *Tra liberty e crepuscolarismo*. Milão: Mursia, 1961, pp. 23-24.

10. Id. ibid.

11. Cf. A. Palazzeschi, "Prefazione" a F. Donini, *Vita e poesia di Sergio Corazzini*. Turim: De Silva, 1949, pp. XII-XIII.

il vento ch'entra nel pomario/ vi rimena l'ondata della vita"[12]) logo ficamos sabendo que aí encontraremos bem pouca euforia irônica. Ou então se trata de uma ironia atonal que, não obstante as declarações montalianas, não se furta a adornos estilísticos pesados e a um certo luxo sinistro (pense-se em "Arsenio"[13]). Quase um D'Annunzio sem desejos, ou seja, impensável. Um

12. "Goza se o vento que entra no pomar/ volta a bater com a onda da vida". Trad. Renato Xavier, in *Ossos de sépia*. São Paulo: Companhia das Letras, 2002, p. 29. [N.T.]

13. "I turbini sollevano la polvere/ sui tetti, a mulinelli, e sugli spiazzi/ deserti, ove i cavalli incappucciati/ annusano la terra, fermi innanzi/ ai vetri luccicanti degli alberghi./ Sul corso, in faccia al mare, tu discendi/ in questo giorno/ or piovorno ora acceso, in cui par scatti/ a svolgerne l'ore/ uguali, strette in trama, un ritornello/di castagnette.// É il segno di un'altra orbita: tu seguilo./ Discendi all'orizzonte che sovrasta/ una tromba di piombo, alta sui gorghi,/ più d'essi vagabonda: salso nembo/ vorticante, soffiato dal ribelle/ elemento alle nubi; fa che il passo/ su la ghiaia ti scricchioli e t'inciampi/ il viluppo dell'alghe: quell'istante/ è forse, molto atteso, che ti scampi/ dal finire del tuo viaggio, anello d'una/ catena, immoto andare, oh troppo noto/ delirio, Arsenio, d'immobilità...// Ascolta tra i palmizi il getto tremulo/ dei violini, spento quando rotola/ il tuono con un fremer di lamiera/ percossa; la tempesta è dolce quando/ sgorga bianca la stella di Canicola/ nel cielo azzurro e lunge par la sera/ che prossima: se il fulmine la incide/ dirama come un albero prezioso/ entro la luce che s'arrosa: il timpano/ degli tzigani è il rombo silenzioso.// Discendi in mezzo al buio che precipita/ e muta il mezzogiorno in una notte/ di globi accesi, dondolati a riva, – / e fuori, dove un'ombra sola tiene/ mare e cielo, dai gozzi sparsi palpita/ l'acetiene – / finché goccia trepido/ il cielo, fuma il suolo che s'abbevera,/ tutto d'accanto ti sciaborda, sbattono/ le tende molli, un frùscio immenso rade/la terra, giù s'afflosciano stridendo/ le lanterne di carta sulle strade.// Cosi sperso tra i vimini e le stuoie/ grondanti, giunco tu che le radici/ con sé trascina, viscide, non mai/ svelte, tremi di vita e ti protendi/ a un vuoto risonante di lamenti/ soffocati, la tesa ti ringhiotte/ dell'onda antica che ti volge; e ancora/ tutto che ti riprende, strada portico/ mura specchi ti figge in una sola/ ghiacciata moltidudine di morti,/ e se un gesto ti sfiora, una parola/ ti cade accanto, quello è forse, Arsenio, nell'ora che si scioglie, il cenno d'una/ vita strozzata per te sorta, e il vento/ la porta con la cenere degli astri."
"Os redemoinhos levantam a poeira,/ em espirais, sobre os telhados e sobre as praças/ desertas, onde os cavalos encapuzados/ farejam a terra, parados frente/ às vidraças reluzentes dos hotéis./ Pela avenida, em frente ao mar, desce/ neste dia/ ora chuvoso ora claro, no qual parece disparar/ transtornando as horas/ sempre iguais, na sua estreita trama, um refrão/ de castanholas.// É o signo de uma outra órbita: segue-o./ Desce na direção do horizonte onde/ uma tromba de chumbo se ergue sobre a voragem,/ mais que ela errante: salobre nimbo/ vorticoso, soprado pelo rebelde/ elemento às nuvens; faz teus passos/ rangerem no saibro e tropeçarem/ no emaranhado das algas: talvez seja esse/ o tão esperado instante que te dispense/ de findar tua viagem, elo de uma/ cadeia, imóvel caminhar, oh >

D'Annunzio empalidecido, incolor, afônico, ambientado num mísero cemitério, diante de um mar estranho: mais gótico que grego.

Montale teve um modo próprio de neutralizar D'Annunzio, muito diferente daquele adotado por Gozzano, com o qual não se alinha nem mantém continuidade. Isso porque Montale era, já de saída, infenso e refratário a D'Annunzio: não precisava recorrer a tratamentos estilísticos especiais para distanciá-lo e eliminá-lo. Pôde usá-lo com liberdade e, justamente por isso, saquear o seu depósito.

Não vejo, pois, uma espinha dorsal Gozzano-Montale, como queria Sanguineti. Gozzano continua sendo um caso extraordinário e isolado: inaugura uma modernidade dolorida, a meio caminho entre o riso e o pranto. Ele precisa exibir o auto-retrato do poeta como personagem poética, deve declarar a própria vergonha de poeta diante da banal vida burguesa, vida sem abismos nem vértices. Mas também vida verdadeira. Chora a vida perdida depois de a ter escarnecido. O fato de que Gozzano construa situações teatrais e narrativas para ambientar seus monólogos, a fim de criar a acústica exata para a voz do poeta moderno (que não consegue

> tão conhecido/ delírio, Arsênio, de imobilidade...// Escuta entre as palmeiras o jorro trêmulo/ dos violinos, sumido quando reboa/ o trovão com um fremir de folha-de-flandres/ percutida; a tempestade é suave quando/ desponta branca a estrela de Canícula/ no céu azul e parece distante a noite/ já próxima: se o raio a entalha/ desgalha-se como uma árvore preciosa/ na luz que de vermelho se tinge; e o tamborim/ dos ciganos é um murmúrio silencioso.// Desce ao centro dessa escuridão que se espessa/ e muda o meio-dia em uma noite/ de globos acesos, balançando na orla, – e fora, onde uma única sombra confunde/ céu e mar, dos pesqueiros esparsos palpita/ a luz do acetileno –/ até onde o céu goteja trepidante, / fumeia o solo sedento,/ tudo em volta se agita, espadanam/ os toldos molhados, um imenso sussurro varre/ a terra, e amolecem chiando/ as lanternas de papel pelas ruas.// Assim perdido entre as cadeiras de vime e as esteiras/ de palha pingando, tu, junco que as raízes/ consigo arrasta, viscosas, nunca/ arrancadas, fremes de vida e te arrojas/ a um vazio ressonante de lamentos/ sufocados, a crista da onda antiga/ que te enrola novamente te engole; e ainda/ tudo o que te retém, rua pórtico /muro espelho te fixa numa só/ gelada multidão de mortos,/ e se um gesto te roça, uma palavra/ cai perto de ti, é talvez, Arsênio,/ na hora que se esvai, o apelo de uma/ vida sufocada para ti surgida, e o vento/ a leva com a cinza dos astros." Trad. Geraldo Holanda Cavalcanti, in Eugenio Montale, *Poesias*. Rio de Janeiro: Record, 1997, pp. 44-47. [N.T.]

ser ninguém, nem isso nem aquilo, nem velho nem novo, nem puro esteta niilista nem pequeno-burguês sentimental), já significa sair da lírica, sair do lirismo moderno antes mesmo de tê-lo adentrado. Gozzano emoldura, *in limine*, a modernidade poética: mostra o Oitocentos com os olhos do século XX, e o século XX com os olhos do Oitocentos. Sua força crítica e estilística está nessa coexistência que o Novecentos poético perderá e que, por isso mesmo, não fará escola nem estabelecerá uma linha.

Até 1965, ano de publicação de *La vita in versi* [A vida em versos], de Giovanni Giudici, não vejo outros exemplos de estratégia gozzaniana no século XX. Em Gozzano ocorre algo de extraordinário: é o próprio poeta que vem ao nosso encontro como uma personagem realista, no preciso momento em que fala de si. Sua voz não está fora de cena ou de campo. É uma voz em cena, em situação. A personagem-poeta tem os seus tiques, seus hábitos, sua conotação social. Apenas com Giudici ocorre de novo algo semelhante. Em sua poesia (língua comum e humilhada que encontra modulações de canto, rimas, versificação remodelada a partir de velhas normas, discurso cotidiano vestido de discurso poético, alheio a qualquer garantia estética *a priori*, como no entanto ocorre em Pasolini), pela primeira vez o poeta surge como um exemplar não muito anômalo da classe média urbana e trabalhadora da Itália, entre o PCI e a Igreja Católica, entre mulher e amante, entre cidade grande (Roma, Milão) e província (La Spezia).

Com a segunda fase de Sanguineti, dos anos 1970 em diante, reencontramos Gozzano mais uma vez; mas, no caso de Sanguineti, a escolha estilística é diferente. Sanguineti intensifica em cada uma de suas seqüências (blocos rítmicos de origem informe) a presença de artifícios retóricos de todo tipo, com uma tenacidade lúdica, culta e cheia de citações; põe em ordem, com grande dispêndio de artifícios metaliterários, um caos onírico-enciclopédico que se torna obsessão e incrustação rococó. Em relação a Giudici, a ironia paródica de Sanguineti tem esse limite: ela se exaure metaliterariamente, como atividade de desconstrução e laceração de uma retórica engessada que sempre, como num pesadelo, se enrijece ao seu redor. Poesia que se nutre de poesia, ainda que para demolir-lhe a tradição e a idéia. Na réplica paroxística de todos os procedimentos possíveis, Sanguineti cria um jargão metapoético (e apenas nisso, às vezes, ele se aproxima de Zanzotto), inventa o jargão da autocrítica cômica e paródica da poesia. Entre Sanguineti e Gozzano não há somente Eliot e o surrealismo, Brecht e a semiologia paramarxista do primeiro Barthes. Há sobretudo a aquisição universitária, nos anos 1960, da teoria da arte de vanguarda, com o conseqüente e equivocado dever militante de reproduzir *in vitro* as vanguardas históricas, se possível todas juntas, para assegurar-se absolutamente de que escreve na modernidade.

Já Giudici, que quase nunca fala de Gozzano, parece retomá-lo à sua revelia. A poesia deve evitar – escreve Giudici no breve ensaio "La dama non cercata" [A senhora não procurada] – "o excesso de 'intencionalidade'" e deixar-se guiar por uma certa "inocência".[14] Tal texto de Giudici não é secundário, já que dois anos mais tarde ele publicou uma coletânea de ensaios e artigos com esse título. Todo o número da revista *Sigma*, que publicou pela primeira vez esse texto de Giudici, partia de uma provocação polêmica de Gian Luigi Beccaria, na qual o estudioso se declarava favorável àqueles poetas do século XX "que se agarram à instituição-tradição".[15] Beccaria iniciava uma polêmica antimaneirista e antivanguardista a favor de um "Grande estilo" capaz de manter relações com a tradição, com a língua comum e, portanto, com um público de leitores diverso da seita dos iniciados:

> *Não há dúvida de que a crise da comunicação usual, o* nonsense, *significantes que não veiculam significados, mosaico e pastiche, inserções-citação e* collages, *mistura de planos lingüísticos e línguas diversas e antigas, sintaxe alógica, parentética e incidental, astúcias gráfico-visuais etc. etc., enfim, tanta massa de armamentos sofisticados interrompeu um mais amplo circuito da poesia, o circuito da popularidade e do consumo. O leitor, transportado ao labirinto do maneirismo, enredado na exacerbação da técnica, no fetichismo do significante, rendeu-se como diante de uma existência inevitável, um jogo de palavras que já não lhe diz nada. É isso que a vanguarda, em parte por vezo provocatório, queria, porque, como se sabe, a exacerbação da técnica*

14. G. Giudicci, "La dama non cercata", in *Sigma*, XVI, 1983, 2-3, p. 61 (fascículo monográfico da revista dedicado a *Grande stile e poesia del Novecento*).
15. G.L. Beccaria, "'Grande stile' e poesia del Novecento", id. ibid., p. 8.

leva sempre à dissolução da forma: conduz a um efeito não mais "clássico", mas "vanguardista".
Mas a técnica pode também ser não maneirista.[16]

Tem-se a impressão de uma polêmica frontal com Sanguineti e com toda a neovanguarda italiana, cujas predileções formais são aqui descritas resumidamente. Mas também parece, talvez, um distanciamento em relação ao título que o próprio Beccaria deu anos antes a um volume de ensaios, título que podia soar como uma opção literária: *A autonomia do significante.*[17] A atitude de Beccaria parece, enfim, uma defesa antagônica, em pleno século XX, não de uma "tendência poética", mas de certos autores e de um modo de compor e de considerar a construção do texto poético em relação a um modo oposto. Grande estilo, diz Beccaria,

> *não é simplesmente eloqüência, forma elevada* [...]. *Significa organizar o pulular dos detalhes em favor de uma essencialidade* [...]. *"Grande estilo" é, pois, o avesso da audácia exibicionista, do arbítrio gramatical, de experimentalismos.* [...] *Inserção numa continuidade, desconfiança da transgressão e da ruptura* [...]. *De Pavese a Montale a idéia, explicitada e praticada, é que a obra deve conter uma carga de passado, surgir sobre os ombros de uma tradição* [...], *poesia como presença de um centro* [...]. *Não gostaria de ser mal entendido, minha idéia não é conservadora* [...]. *A poesia é resistência ao provisório; resistência ao consumo* [...]. *Um dos aspectos peculiares da poesia mais recente é o abandonar-se a uma escritura "informal", a um significante tornado autônomo em relação ao significado* [...]. *Mas, queira-se ou não, a integridade lingüística comunica, e o grande poeta nunca pagou o preço do esoterismo.*[18]

Assim Beccaria encerrava, quase dez anos atrás, sua peroração. À parte algum excesso nos termos da contraposição (um tanto isento de dúvidas historica-

16. Id. ibid., pp. 8-9.
17. Cf. G.L. Beccaria, *L'autonomia del significante. Figure del ritmo e della sintasse. Dante, Pascoli, D'Annunzio*. Turim: Einaudi, 1975.
18. G.L. Beccaria, "'Grande stile' e poesia del Novecento", op. cit., pp. 12-20.

mente plausíveis), a argumentação de Beccaria parece identificar em autores como Gozzano e Saba, nos anos 1910, os expoentes da melhor modernidade.

Em termos mais contingentes (e aderentes à própria poesia), a questão se reapresenta no texto de Giudici citado antes. Giudici toma distância de horizontes muito vastos, como a relação com a tradição e a comunicabilidade da poesia. O fato de que a poesia comunique ou não alguma coisa a um público não depende apenas da linguagem ou da qualidade da poesia, mas de circunstâncias históricas, isto é, do ordenamento de uma situação cultural.

Naquele ensaio, Giudici desenvolve astuciosamente sua argumentação por meio de anedotas. E apresenta duas que são adequadas ao seu caso, mas também ao de Gozzano – anedotas que eu chamaria de ambientação cômica (ou teatral, ou realista) do áulico, do sublime, do estilo elevado. A musa de Giudici não só é humilde, mas também adora manter unidos – como a de Gozzano – o canto e a comicidade, o herói monologante e a platéia maliciosa:

> *"Ser ou não ser, eis a questão: ser-me-ia mais nobre sofrer na alma pedradas e flechadas do Destino feroz ou pegar-me em armas etc.": a voz se difundia grave e solene, repleta de dor como a face do improvável caubói de cujos lábios aquelas palavras jorravam num* western *de fins dos anos 1940. A cena: uma taverna, um* saloon, *talvez uma sórdida barraca, de modo a tornar completamente inusitadas, entre tantos risos, estrépitos e galhofas, as primeiras frases do Monólogo. Não sei (duvido) se foi habilidade do diretor da dublagem ressuscitar o texto de uma versão com esse "ser-me-ia", evidentemente oitocentista, mas adequado ao efeito de ironia que era, no filme, conferido à interpretação shakespeariana. Entretanto a impressão que tive foi surpreendente, quase como se ouvisse aquelas palavras pela primeira vez: do mais profundo e banal inferno, elas me confortavam na crença de que, bem mais acima, se expandia a nobreza do céu.*
> *Grande estilo? Creio que sim...*[19]

19. G. Giudici, "La dama non cercata", op. cit., pp. 58-59.

Com toda a modéstia e sem jamais trajar as vestes do teórico, Giudici ajusta a pontaria – como se diz – e acrescenta: "Grande Estilo é corolário de autenticidade, portanto, de renúncia à procura consciente do efeito: aceitação do princípio de que toda escrita não sustentada pela paixão é inútil".[20] E assim se chega a Leopardi, que teoriza o oposto do que é dito por Poe na *Filosofia da composição*. Para Leopardi, citado por Giudici, a poesia é o oposto exato do cálculo dos efeitos: "O que apenas cabe ao poeta mostrar é não compreender o efeito que deverão produzir em quem lê as suas imagens, descrições, afetos etc." (*Zibaldone* 225, 25 de agosto de 1820). Giudici conclui por fim com um antimodernismo peremptório:

> *Mas penso, seguindo a minha hipótese do Grande Estilo como um desafio lançado antes de tudo a mim mesmo, naquele milagroso equilíbrio que se dá em alguns autores de poesia entre língua de comunicação e língua poética, uma coincidência fortuita, pura homofonia* [...]. *E, como já falei do áulico, recordarei agora o Grande Estilo que freqüentemente simula a prosa.*[21]

Nesse ponto, Giudici cita os seus numes tutelares: Púchkin, Heine, Baudelaire, Antonio Machado. Mas seria o caso de acrescentar Saba e a sua "intempestividade sublime" (como diz Giudici em outro texto):

> *Saba teve algo* [*da*] *criança agitada e um tanto inconveniente, que eu não chamaria de* enfant terrible *porque, segundo todas as aparências, ele foi durante a sua conturbada carreira um aluno prudente e respeitoso das boas normas, mas também um aluno que só sabia* (*e queria*) *chamar o branco de branco e o negro de negro, nomear "sangue ao sangue" e "pranto ao pranto"; e essa inocência foi sua força, assim como é a força de todo grande poeta.*[22]

20. Id. ibid., p. 61.
21. Id. ibid., p. 65.
22. G. Giudici, "Saba: l'amore e il dolore" [1983], in *La dama non cercata. Poetica e letteratura, 1968-1984*. Milão: Mondadori, 1985, p. 199.

Não sei bem – e cada vez entendo menos – em que consiste ou deveria consistir aquilo que, com uma certa superficialidade, chamamos de discurso crítico. Imergir em um texto, listar os seus procedimentos? Ou voar e sobrevoar, checar a disposição topográfica de uma porção de território histórico? É possível fazer – e esconder – inumeráveis coisas dentro da instituição chamada "discurso crítico". E de fato é isso que ocorre. Mais que um discurso crítico, minha fala é uma conversa apologética. Porque realmente creio que os poetas nascidos nos anos 1880, cujas obras foram, *grosso modo*, publicadas nos anos de 1910, fundam e ao mesmo tempo esgotam a modernidade. 1911 é o ano dos *Colloqui* de Gozzano, mas também das *Resine* de Sbarbaro e das *Poesie* de Saba. De 1910 é *L'incendiario* de Palazzeschi. Em 1913 são lançados os *Frammenti lirici* de Rebora. Em 1914, os *Canti orfici* de Campana e *Pianissimo*, de Sbarbaro. *Coi miei occhi* (isto é, *Trieste e una donna*), de Saba, é de 1912. Entre 1916 e 1923 saem as poesias de Ungaretti, do *Porto sepolto* à segunda edição da *Allegria*, com o prefácio de Mussolini e alguns poemas que depois farão parte de *Sentimento del tempo*. A modernidade novecentista foi toda inventada naqueles anos. Entre 1922 e 1923 saem *Charmes*, de Valéry, e *The waste land*, de Eliot; *Ulisses* e *A consciência de Zeno*; *História e consciência de classe*, de Lukács; as *Elegias de Duíno*, de Rilke (só para ficarmos entre os expoentes, mas há ainda Vallejo, Pasternak, Mandelstam, Pilniak etc.). Entre os *Colloqui* e a segunda edição da *Allegria*, nossa modernidade poética italiana já está toda expressa. Uma modernidade que, em sua primeira e melhor manifestação, durou cerca de dez anos.

Para a poesia italiana, essa é uma década sem igual. Talvez igualada apenas pelos quinze anos que vão de 1957 (ano em que saem *Le ceneri di Gramsci*, de Pasolini) a 1971 (o ano de *Satura*, de Montale): com quase todo o Pasolini não dialetal, o melhor de Andrea Zanzotto, *Gli strumenti umani*, de Vittorio Sereni, o *Viaggio d'inverno*, de Attilio Bertolucci, *Variazioni belliche* e *Serie ospedaliera*, de Amelia Rosselli, os primeiros livros de Elio Pagliarani, Giancarlo Majorino e Sanguineti, *La vita in versi*, de Giudici, *Nel magma*, de Luzi, *Il seme del piangere* e o *Congedo del viaggiatore cerimonioso*, de Giorgio Caproni. E, finalmente, os livros de dois poetas considerados meio anômalos, como Elsa Morante e Franco Fortini.

Desde os anos 1910 não se via tamanha riqueza e variedade de estilos. Por isso, comecei a olhar os anos 1910 a partir dos anos 1960. O nosso século XX poético se revela no confronto à distância entre o início e o fim dessa parábola.

Não parti dos textos, mas gostaria de chegar a eles. Talvez todo esse trabalho também fosse para desimpedir o terreno. Há nos poetas nascidos entre 1880 e 1890 – dos quais estou fazendo a apologia – uma *revelação de realidade*, de realidade não estética, ainda não partícipe da tradição da linguagem poética. E essa revelação ocorre quase em surdina, com algo de inocente e de violento. Às vezes nasce de um desarmado e desolado despudor. Parece vestir os panos da humilde decência cotidiana para apenas mascarar a força do choque, o desvelamento de uma realidade indecente, algo que comumente não se diz ou não se deveria dizer, mesmo que seja comum e notório.

A força desses momentos poéticos tem precisamente a inocência escandalosa de que falava Leopardi: não procura nem calcula os efeitos. O excesso que muitas vezes percebemos não se deve a uma escolha estética, mas sobretudo ao registro de uma realidade material e criatural despojada de toda máscara. Nessas revelações atua um impulso que eu diria a-social, mais que voluntariamente anti-social. Algo é mostrado. E as palavras estão ali para acomodar-se sobre as coisas. A forma poética parece até um pretexto para cometer atos de elementar honestidade cognitiva. Quando isso acontece, a continuidade com a tradição poética explode.

É o que ocorre em Saba, que habitualmente é lido como um poeta da continuidade estilística, e não da laceração cognitiva. O calor doméstico e melódico de Saba, no entanto, é enganoso. Cada gesto poético dele é violação de um silêncio, de um tabu. Poesias que passam por edificantes e ingênuas devem ser lidas como uma homenagem transgressiva à vida nua. Se ele fala a uma cabra ou compara sua mulher a diversos animais, está muito próximo do radicalismo provocador de Palazzeschi ou de Ungaretti. Vai até além, ou mais fundo. Justamente porque a nada se propõe: não trabalha para o público, não calcula os efeitos. Sua limpidez comunicativa não está a serviço da comunicação, mas da realidade a ser desvelada. É o chamado lirismo antilírico, que tem seu ponto de encontro, senão de elaboração, na revista *Voce*; em relação aos expressionistas da *Voce*, Saba está à margem, é diferente, mas ele também faz prosa em versos.

Desde o início, tive em mente três textos extraordinários, todos justamente publicados na *Voce* – textos de uma elementaridade quase indecente. Cito-os só agora, ainda que eles me tenham guiado obscuramente desde o início. Se os tivesse apresentado na abertura, deveria também comentá-los. No entanto, o que eu quis até agora foi simplesmente abrir espaço a eles. Com certeza é possível partir de um texto. Mas também se pode chegar a um texto: usá-lo como fecho, e não como epígrafe. Como já disse, minha intenção é apologética ou puramente indicativa, ostensiva.

O primeiro é um poema de Saba publicado pela *Voce* em novembro de 1912 (o último poeta a ser publicado, em agosto de 1916, será Vincenzo Cardarelli, não por acaso o fundador da *Ronda*[23]). Entre os animais presentes na obra de Saba, o que encontramos aqui é o menos conhecido e citado, o mais distante dos queridos, canoros e aéreos pássaros: "Il maiale" [O porco]. Vejamos o que Saba tem coragem de pôr em decassílabos:

La broda, fior di sudiciume, è pura
solo quanto il suo istinto n'è affamato;
strilla come il bambino sculacciato,
se allontani da lui la sua lordura.

23. *La Ronda* foi uma das revistas literárias mais importantes do século XX na Itália, tendo sido publicada em Roma, de 1919 a 1923. O grupo redacional contava com intelectuais importantes como o poeta Vincenzo Cardarelli, o crítico Emilio Cecchi e tinha como colaboradores externos os pintores Alberto Savinio, Carlo Carrá e Giorgio de Chirico entre outros. Destaca-se em particular pelo programa antiexperimental e antivanguardista proposto por Cardarelli, a partir de 1920. O Futurismo, os futuristas e Marinetti são violentamente atacados, proclamando-se a absoluta independência da arte em relação à política e o retorno à tradição literária italiana, tendo como modelo a prosa de Leopardi, sua poética do fragmento. Por outro lado, *La Ronda* teve grande importância na divulgação da literatura estrangeira, principalmente da anglo-americana, publicando Robert Louis Stevenson, Herman Melville, Chersterton, Belloc, Shaw, Edgar Lee Masters, Hardy. [N.O.]

Certo per lui grande ventura è quello
che per me, per un mio pensiero, è strazio:
che non si chieda perchè lo vuol bello
di pinguedine, e il più pasciuto e sazio,
la massaia che scaccia il poverello;
ch'egli, come ogni vita, ignori a cosa
poi gioverà quando sarà perfetto.
Ma io, se riguardando in lui mi metto,
io sento nelle sue carni il coltello,
sento quell'urlo, quella spaventosa
querela, quando al gruppo un cane abbaia,
e la massaia ride dalla soglia.

Solo in me mette un'impetuosa voglia
di piangere quel suo beato aspetto.[24]

Na edição definitiva do *Canzoniere* (1945) esse poema foi excluído (fazia parte do grupo intitulado posteriormente *Casa e campagna*). Saba também sabia censurar a ousadia de escrever poemas e versos feios. Na *Storia e cronistoria* (1948) ele mesmo se pergunta, sem dar uma resposta clara, por que motivos ele excluiu esse poema. No entanto ele cita (e desse modo recupera) a longa estrofe central, observando que "talvez as outras duas não estivessem à altura desta".

Como logo observou Giacomo Debenedetti em seu primeiro ensaio sobre Saba, "a música tem a função de ressaltar o valor daquilo que foi enunciado em

24. "O caldo, flor de podridão, é puro/ somente enquanto o instinto se contenta;/ grita como menino e se arrebenta/ se dele lhe tiramos o monturo.// Aquilo que para ele é grande sorte,/ para mim, num lampejo, é sofrimento:/ não saber o porque de o querer forte/ e cheio de fartura, corpulento,/ a serva que escorraça o pobrezinho;/ ou que ele, como toda criatura,/ ignore o que será ao ser perfeito./ Mas se nele, ao olhá-lo, me converto,/ eu sinto na sua carne a rasgadura,/ ouço o berro, o grunhido, o burburinho/ assustador, quando o cachorro late,/ e a criada gargalha da soleira.// Só em mim serpenteia essa vontade/ de prantear o seu bendito aspecto." [N.T.]

palavras tão nuas".[25] E há "uma devoção séria e absorta pelos aspectos em que o mundo se revela [...]. Para Saba, o universo existe como dado", e ele "o aceita, nem mais nem menos, na medida dos próprios poderes de percepção".[26]

Essa percepção se torna possível devido a uma espécie de "homofonia" (como diria Giudici) entre língua comum e língua poética, de modo que em Saba ocorre uma coincidência entre *prosa* e *canto*. O ritmo confortante do decassílabo (um decassílabo pobre, quase escolar) se torna o meio para a auto-revelação verbal da realidade, a fim de que os poderes de percepção do dado sejam mantidos em sua medida exata (nem dilatada, nem empobrecida). Debenedetti iniciava esse ensaio sobre Saba com uma aguda descrição do novo e muito diversificado clima poético estabelecido mais tarde, nos anos 1920: "Em nossa época, a poesia mais consciente parece ter sido obrigada a mover-se a partir de um subentendido ou de uma cautela de método; a assunção lírica exclui a continuidade histórica, a série real das circunstâncias que constituem o destino humano do poeta", para chegar "a um heróico e desesperado tecnicismo", a um mundo de "fatos que se tornam mitos (e falamos de mitos metafísicos e abstratos)" e, finalmente, "a uma psicologia [...] estranha a qualquer circunstância empírica e reduzida a matizes da alma cujo sentido de conjunto se perdeu".[27]

Como testemunho complementar, acrescento Pasolini, que define Saba "o mais difícil dos poetas contemporâneos" precisamente por ter sido relegado por tanto tempo às margens, isolado pela predominância da "obscuridade hermética". Além disso, ele considera o "período vociano" o "mais alto da nossa literatura recente".[28]

O segundo texto é de Sbarbaro, "L'attesa" [A espera], publicado na *Voce* em 16 de janeiro de 1913 e incluído em *Pianissimo*, no ano seguinte.

25. G. Debenedetti, "La poesia di Saba", in *Saggi critici. Prima serie* [1929]. Veneza: Marsilio, 1989, p. 105.
26. Id. ibid., pp. 93 e 91.
27. Id. ibid., pp. 79-80.
28. P.P. Pasolini, "Saba: per i suoi settent'anni" [1954], in *Passione e ideologia (1948-1958)*. Op. cit., pp. 331, 335.

Taci, anima mia. Son questi i tristi
giorni in cui senza volontà si vive,
i giorni dell'attesa disperata.
Come l'albero ignudo a mezzo inverno
che s'attrista nella deserta corte,
io non credo di mettere più foglie
e dubito d'averle messe mai.
Andando per la strada così solo
tra la gente che m'urta e non mi vede,
mi pare d'esser da me stesso assente.
E m'accalco ad udire dov'è ressa,
sosto dalle vetrine abbarbagliato
e mi volto al frusciare d'ogni gonna.
Per la voce d'un cantastorie cieco
per l'improvviso lampo d'una nuca
mi sgocciolan dagli occhi sciocche lacrime
mi s'accendon negli occhi cupidigie.
Ché tutta la mia vita è nei miei occhi:
ogni cosa che passa la commuove
come debole vento un'acqua morta.
Io son come uno specchio rassegnato
che riflette ogni cosa per la via:
in me stesso non guardo perché nulla
vi troverei. E venuta la sera, nel mio letto
mi stendo lungo come in una bara.[29]

29. "Cala-te, alma minha. Eis aí os tristes/ dias em que sem vontade se vive,/ os dias da espera e do desespero./ Como o galho despido a meio inverno/ que entristece no pátio desolado,/ não creio que germinem novas folhas/ e duvido jamais ter germinado./ Andando pela rua assim tão só/ entre a gente que passa e não me vê,/ parece que de mim me sinto ausente./ E me aperto escutando onde há tumulto,/ aparvalhado paro nas vitrines/ e me viro ao rufar de qualquer saia./ Pelo timbre de um cego cantador,/ pelo súbito brilho de uma nuca,/ escorrem de meus olhos tolas lágrimas,/ acende-se em meus olhos a cobiça./ Pois toda minha vida está nos olhos:/ cada coisa passageira a comove/ como a brisa que agita a água morta./ Eu sou como um espelho conformado/ que reflete cada ângulo da rua:/ a mim mesmo não miro porque nada/ encontraria. E quando a noite desce à minha cama,/ me estendo, largo, como numa cova." [N.T.]

Trata-se de um poema de precisão clínica. Estamos nos antípodas de Saba. Lá, uma incoercível identificação carnal com o bicho abençoado que ignora seu destino. Aqui, um processo de desmaterialização do sujeito, uma redução do eu a uma entidade incorpórea: paralisia ou volatilização das faculdades vitais ativas. E a identificação é com a árvore ressecada pelo gelo. A dissociação das manifestações de emotividade faz que a avidez e as lágrimas não pertençam mais a quem as exprime, estranho ao mundo e a si mesmo.

De novo, a mesma coragem desarmada e uma espécie de canhestro despudor. A métrica se distende até desaparecer num ritmo que embala o puro enunciado (decassílabos como "*i giorni dell'attesa disperata*", "*andando per la strada così solo*" etc. despem a poesia da idéia de poesia). Como se Sbarbaro desatasse ainda mais o ritmo do decassílabo solto, empurrando Leopardi mais para frente, em direção à atonia e ao incolor. A verdade que se revela é desolada transparência e insubsistência lutuosa do eu. Mas com o subentendido de que a verdade se manifesta na extinção do eu, na sua redução a vidro ou espelho, a uma cavidade perfeitamente acolhedora ("*in me stesso non guardo perché nulla/ vi troverei*"). A reversibilidade ou o espelhamento entre verdade e tênue horror, revelação da vida e diminuição da vida, fazem dos poemas de *Pianissimo* uma espécie de "grau zero" da linguagem poética novecentista: estilo realmente estéril, sobre o qual teria sido impossível construir uma tendência.

O terceiro texto, publicado pela *Voce* em 12 de junho de 1913, é de Rebora. Mais um exemplo de estilo da percepção intensificada até a revelação. O *incipit* parece mais tradicional, é um vocativo. Mas a escritura de Rebora é construída a partir de contínuas hipertensões e fraturas, repuxos e choques sonoros e semânticos. Se Sbarbaro pode evocar certos momentos de assombrosa passividade de Trakl, Rebora está mais próximo ao expressionismo de Heym: "caos em fermentação" e "forma concisa", como já foi notado, além de estridores e asperezas:

O carro vuoto sul binario morto,
ecco per te la merce rude d'urti
e tonfi. Gravido ora pesi
sui telai tesi;

ma nei ràntoli gonfi
si crolla fumida e viene
annusando con fascino orribile
la macchina ad aggiogarti.
Via dal tuo spazio assorto
all'aspro rullare d'acciaio
al trabalzante stridere dei freni,
incatenato nel gregge
per l'immutabile legge
del continuo aperto cammino:
e trascinato tramandi
e irrigidito rattieni
le chiuse forze inespresse
su ruote vicine e rotaie
incongiungibili e oppresse,
sotto il ciel che balzàno
nel labirinto dei giorni
nel bivio delle stagioni
contro la noia sguinzaglia l'eterno,
verso l'amore pertugia l'esteso,
e non muore e vorrebbe, e non vive e vorrebbe,
mentre la terra gli chiede il suo verbo
e appassionata nel volere acerbo
paga col sangue, sola, la sua fede.[30]

30. "Ó vagão vazio sobre o trilho morto,/ eis a mercadoria de entrechoques/ e baques. Cheio agora pesas/ sobre traves tensas;/ mas em roucos arranques/ desloca-se fumegante e vem/ farejando com tétrico brilho/ a máquina a subjugar-te./ Partes de teu ponto absorto/ e vais no áspero rolar do aço/ sacolejando ao atrito dos freios,/ encadeado ao rebanho/ por uma lei sem tamanho/ que mantém aberto o caminho:/ e arrastado transportas/ e enrijecido não soltas/ as forças inexprimidas/ nas rodas parelhas e linhas/ inconjugáveis e oprimidas/ sob o céu que extravagante/ no labirinto dos dias/ no oscilar das estações/ contra o tédio desata a eternidade,/ rumo ao amor perfura o espaço extenso,/ e não morre e queria, e não vive e queria,/ enquanto a terra lhe pede o seu verbo/ e apaixonada no querer acerbo/ paga com sangue, sozinha, sua crença." [N.T.]

Rebora congestiona expressionisticamente: violentas rimas emparelhadas que martelam, repentinas inflexões do verso que se torna de uma eloqüência alucinada e dramática (dois decassílabos no início e uma série cerrada no final, apenas interrompida por um angustiante senário duplo: "*E non muore e vorrebbe, e non vive e vorrebbe*"). Ele tenta animar com alegorias morais a matéria inanimada, lotando a poesia de formas verbais incomuns e muito dinâmicas. A modernidade se revela como inquietude da matéria, luta entre matéria e espírito, drama onipresente da encarnação, como se nos encontrássemos sempre num estado pré-natal ou pré-agônico, segundo a idéia de uma contínua proximidade entre morte e renascimento. Se em Sbarbaro a condição de revelação da verdade está na inércia da *noluntas*, em Rebora a verdade só pode desencadear-se por uma tensão extrema de "cerradas forças não expressas", a ponto de explodir. O destino humano é alegorizado no "*carro vuoto sul binario morto*", engatado na impiedosa locomotiva, e depois, quase inadvertidamente, na relação entre um "*cielo balzàno*" (imprevisível, caprichoso) e uma terra que "*paga col sangue, sola, la sua fede*". Aqui o estilo da modernidade é dado como vórtice ideológico (alimentado por neo-idealismo, moralismo, socialismo) e vórtice material (realidade urbana e industrial). Também nesse caso, a revelação da realidade se apresenta como irredutível a termos estéticos. O trauma não parece absorvível nem traduzível em um programa meramente literário.

Talvez seja inútil repeti-lo. Mas é impossível não o fazer. Nos anos 1920, Sbarbaro e Rebora saem de cena e entram definitivamente na sombra. Rebora se converte à fé católica, apaga o seu passado e, em 1936, se ordena sacerdote. Sbarbaro vive recluso, dando aulas de grego e se dedicando ao estudo dos liquens.

Por sua vez, a vitalidade e a longevidade criativa de Saba atravessam toda a primeira metade do século. Sua capacidade de identificação com todos os aspectos da vida vivida e a sua piedade criatural talvez já fossem um prenúncio disso. Um poema como "Il maiale" (se acreditássemos em poder profético ou em um comportamento alegórico do inconsciente que se manifesta na poesia) poderia fazer pensar nos massacres aos quais a Europa estava se preparando com a Primeira Guerra Mundial. Ao passo que o estado de espera desalentado ou tenso que lemos em Sbarbaro e Rebora vê apenas indivíduos mutilados pela própria solidão, ou então ímpetos coletivos de integração moral no mundo moderno, os quais, no entanto, estão fadados ao fracasso, depois de terem pagado o preço inútil do sangue.

Quis aqui celebrar os poetas dos anos 80 do século XIX. Mas, ao recordá-los, não posso omitir o que eles nos disseram, ou seja, que o advento da Modernidade, em pelo menos um de seus numerosos episódios, mais que uma festa libertária, foi um luto.

Quatro tipos de obscuridade

Logo após minha formatura, uns vinte anos atrás, ensinei língua italiana a um grupo de empregados e funcionários da Câmara de Comércio da Alemanha Oriental, em Roma. Certa manhã, para quebrar um pouco a monotonia, propus a eles um brevíssimo poema de Brecht. A proposta era ler o texto alemão e tentar traduzi-lo para o italiano, confrontando em seguida as diversas traduções com uma tradução italiana do autor, a de Fortini. Como exercício, a operação era didaticamente duvidosa, mas eu estava curioso a respeito das reações à leitura, queria saber quanto eles conheciam de Brecht, o que pensavam dele. No fundo, ao propor aqueles poucos versos, achava que estava sendo simpático por me mostrar empenhado e envolvido numa parte relevante da cultura literária e marxista de seu país. Na condição de comunista coerente, Brecht optou por viver na República Democrática Alemã depois da guerra, em Berlim oriental. Não escolhera o ocidente capitalista, preferira trabalhar com o Berliner Ensemble em terra de comunistas, onde, pelo menos em teoria, o proletariado e o materialismo dialético estavam no poder. Grande parte de sua obra – não só teatral, mas também poética – fora escrita para os de baixo, para "libertar os oprimidos" das mentiras, inclusive estéticas, propagandeadas pelos opressores. E o método materialista e dialético se tornara a bandeira de Brecht, um método que havia modelado seu estilo.

Assim, sem perceber imprudentemente uma série de episódios que tinham tornado difíceis as relações de Brecht com Walter Ulbricht e a burocracia do partido, submeti àqueles funcionários alemães-orientais um poemeto do famoso poeta comunista. Porém, "na escola não se faz política", e eu não queria ser indiscreto propondo versos de assunto declaradamente político ou ideológico. Então escolhi um daqueles microidílios dialéticos em que Brecht faz o papel do sábio chinês e tenta ensinar que "a verdade é concreta" (princípio hegeliano-marxista ao qual eu era muito afeiçoado). Mas não tinha sido uma escolha calculada. Precisava sobretudo de um brevíssimo texto que servisse de teste e que fosse claro, de compreensão imediata:

Das kleine Haus unter Bäume am See
von Dach steigt Rauch.
Fehlte er
wie trostlos dann wären
Haus, Bäume und See.

(*"Der Rauch"*)[1]

No fundo, um quadrinho edificante. Usando um expediente mínimo de reticência alusiva, o autor declara o próprio apego ou até amor pelo gênero humano: a afeição física e moral pela presença dos moradores da casinha, presença indicada inequivocamente pelo fio de fumaça que sobe do telhado.

Os cinco funcionários e empregados, três homens e duas mulheres, alguns já velhos, outros ainda jovens, leram esses versos e se mostraram bastante perplexos. Não entendiam. Reli os versos. Faces impenetráveis, meio entediadas, meio irritadas. Eu não podia começar a *explicar* o que o poema *queria dizer*. Tornar a mensagem mais explícita do que aquela simples imagem, uma mensagem tão clara e até banal, seria quase ofensivo. No entanto era evidente que eles não entendiam. Depois de um tempo, o mais velho e confiante do grupo se decidiu: "Não entendo. Não se entende o que quer dizer. Nunca se entende com clareza o que Brecht quer dizer. É um poeta. Os poetas são difíceis de entender...".

Os outros estavam de acordo e aprovaram o diagnóstico, sem acrescentar outras explicações. Para mim foi um duro golpe. Compreendi que nada

1. *B. Brecht. Poesie e canzoni*, org. R. Leiser e F. Fortini. Turim: Einaudi, 1959. ["A fumaça": "A pequena casa entre árvores no lago./ Do telhado sobe fumaça/ Sem ela/ Quão tristes seriam/ Casa, árvores e lago." In *Bertolt Brecht. Poemas (1913-1956)*, trad. Paulo César de Souza. São Paulo: 34, 2000, p. 330. [N.T.]

é bastante claro diante da desconfiança. O ato de entender demanda uma aceitação implícita: se esta não existe, nenhuma clareza será suficientemente clara. Como explicou Cesare Cases, a estética teatral de Brecht era vista com desconfiança, na medida em que se apresentava como continuação e desenvolvimento, talvez polêmico, da arte vanguardista e experimental dos anos 1920; com os expurgos dos anos 1930, Stalin havia decapitado não só o partido bolchevique, mas também toda a cultura artística que fora simpatizante da revolução ou que se engajara nela. Brecht não era bem aceito pelo regime de Ulbricht. Isso era sabido até nas Câmaras de Comércio.

São notórios os desesperados esforços que Maiakóvski fez nos últimos anos de vida para ser aceito – antes que ser entendido – pelo público da revolução. Em um texto de 1928, ou seja, dois anos antes do suicídio, Maiakóvski precisou lançar mão de todo o seu sarcasmo, gritando:

> *Eu nunca vi alguém vangloriar-se assim:*
> *"Como sou inteligente – não compreendo a aritmética, nem o francês, nem a gramática!"*
> *Mas o grito alegre:*
> *"Eu não compreendo os futuristas" – ressoa há quinze anos, extingue-se para em seguida crescer novamente, mais excitado e jubiloso do que nunca. Com este grito, houve gente que fez carreira, recolheu fundos e assumiu a liderança de correntes literárias.*
> *Se toda a assim chamada arte de esquerda se construísse com o simples cálculo de não ser compreensível a ninguém (exorcismos, números etc.), não seria difícil compreendê-la e colocá-la no devido lugar histórico e literário.* [...]
> *O que se vê é demagogia e especulação com o que não se compreendeu.* [...]
> *Será que o caráter de massa que tinha outrora o "Padre Nosso" justifica o seu direito à existência?*
> *O caráter de massa deve ser o coroamento de nossa luta, e não a camisa com a qual nascem os felizes livros de algum gênio literário.*
> *É preciso saber organizar a compreensibilidade de um livro.* [...]
> *Os primeiros leitores de Púchkin diziam:*
> *"Não se pode ler esse Púchkin, ele faz doer as maçãs do rosto".*

A compreensibilidade geral de Púchkin seria o coroamento de uma repetição de cor, durante cem anos.[2]

Brecht e Maiakóvski, que foram os mais originais, coerentes e combativos poetas simultaneamente marxistas e vanguardistas, eram modernizadores da linguagem poética. Para eles (como também para os bolcheviques), a revolução era modernização libertária, modernização de esquerda, em favor das massas oprimidas. Sua linguagem poética pretendia, por um lado, interromper e sabotar a tradição lírica, por outro, olhar de frente um público e um destinatário novos: levar em conta sua situação, sua exigência de luta, seu ponto de vista específico, suas necessidades culturais. Eles queriam fazer uma arte de vanguarda, mas também uma arte crítica das vanguardas irracionalistas, individualistas, burguesas. Brecht entende os textos poéticos como utensílios, armas a serem empunhadas. Maiakóvski, cubofuturista e marxista, compara a poesia a uma indústria, diz que ela é a seu modo uma indústria, com processos produtivos e finalidades sociais (ele elabora a idéia de "mandato social": em cada momento particular, depois de ter acumulado matéria-prima e obtido os meios de produção, o poeta deve identificar o problema social para cuja formulação e solução a obra de arte é necessária ou útil).

No entanto, apesar disso e malgrado os seus esforços de modernização e de clareza – e embora se sirvam da linguagem poética como de um instrumento funcional, apto a produzir sobretudo atos comunicativos –, o seu êxito, como se vê especialmente no caso de Maiakóvski, foi parcial. Eles não tinham nada a ver com o filisteísmo burguês, com o tradicionalismo acadêmico e bem-comportado, segundo os quais a arte é um processo já concluído no passado, e o presente de toda arte é supérfluo: deviam lutar contra a "nova classe" revolucionária no poder, contra a pequena burguesia de empregados do Estado, de funcionários do partido e burocratas da

2. V. Maiakóvski, "Gli operai e i contadini non vi comprendono" [1928], in *Come far versi*. Roma: Riuniti, 1961, pp. 69, 72 e 73 [Trad. Boris Schnaiderman, "Operários e camponeses não compreendem o que você diz", in Boris Schnaiderman, *A poética de Maiakóvski*. São Paulo: Perspectiva, 1971, pp. 229-32.].

economia magistralmente descritos por Joseph Roth já em 1926, em seus artigos enviados da Rússia para o *Frankfurter Zeitung*: "Das ruínas do capitalismo derrotado está surgindo o novo burguês, o homem da NEP [...] O novo burguês é um burguês revolucionário [...] *até mais revolucionário do que o operário* – porque tem a mais a sede de vingança".[3]

Em suma, a moral da história é justamente esta: clareza e obscuridade são conceitos relativos. Só se é claro ou obscuro para alguém, para um público determinado, com suas competências literárias e expectativas, como diriam os teóricos da recepção. Quanto às características exclusivamente textuais, clareza e obscuridade não têm muita consistência. Não são qualidades intrinsecamente estáveis. A obscuridade de que a arte moderna – poesia, pintura, música e às vezes até o cinema e o romance mais experimentais – foi acusada por décadas, até pouco tempo atrás, não era tanto uma característica de textos e obras, mas uma qualidade indiferenciada e atribuída de fora, um julgamento globalmente negativo do público burguês e da crítica dita acadêmica. Os artistas com sua linguagem e os poetas com seus sonhos e verdades não se comunicavam mais ou já não se comunicavam o suficiente com a maior parte de sua própria classe. Nem sequer com os sonhos e as verdades do setor intelectual de que faziam parte (de modo conflituoso e infeliz) e do qual procediam. A obscuridade era o resultado de uma comunicação interrompida ou perturbada. Isolamento, secessão, extravagância e provocação por parte dos artistas. Desconfiança e recusa por parte de um público que começara a considerar a arte do presente como um corpo estranho.

Esse fenômeno é o resultado de uma história bastante longa e complicada. Para passá-la em revista ainda que rapidamente, seria necessário escrever um livro, e não poucas páginas. Ou talvez vários livros. Porque, se é verdade que podemos considerar a experiência da poesia moderna como um processo unitário, com suas fases, seu percurso, suas etapas, seus arranques sem volta, sua ânsia típica de auto-superação progressiva em direção a um futuro devorador do presente, também é verdade que o processo da poesia moderna não é uma rua de mão única. Foram sobretudo as vanguardas

3. J. Roth, *Viaggio in Russia* [1926-1928]. Milão: Adelphi, 1981, pp. 51-53.

organizadas, de grupo, que elaboraram e radicalizaram de modo combativo uma idéia ascética e progressista da arte e da literatura modernas.

Não existe apenas uma linguagem planetária e cosmopolita da poesia moderna. Existem ainda os diversos "dialetos" e as línguas locais. Toda literatura nacional foi isso também, com seus episódios de adequação sem reservas aos imperativos da modernidade (quaisquer que sejam as chamadas pontas de lança da pesquisa internacional: simbolismo ou futurismo ou surrealismo e, nos países de língua inglesa, Pound, Eliot e sucessores. Ou, para a poesia engajada e política, Neruda e Brecht, por exemplo, em diferentes áreas de influência). Mas ao lado desse fenômeno de cosmopolitismo das tendências "avançadas", houve resistências e reações locais. Tradicionalismos e neoclassicismos, ou mistura de inovação e tradição: quase em toda parte, mas especialmente na Espanha e na América Latina (Lorca, Vallejo), na Rússia, Hungria etc. Isso é ainda mais evidente quando se pensa em outras artes, como pintura e música: com Igor Stravinski e Béla Bártok ou Manuel de Falla, Sergei Prokofiev, Picasso, Marc Chagall, Juan Miró. No século XX, o substrato nacional gerou freqüentemente uma espécie de bilingüismo estético.

Por isso, enfrentar o problema da obscuridade implicaria, em geral, reexaminar os inumeráveis territórios e casos da arte moderna. O empreendimento mais afortunado nesse sentido foi o de Hugo Friedrich, há cerca de trinta anos, ao tentar reconstruir sob as diversas variedades uma mais profunda "estrutura da lírica moderna". Não por acaso, a generalidade de sua abordagem identificava a obscuridade como um dado de evidência imediata: "A lírica européia do século XX não é facilmente acessível. Fala por meio de enigmas e obscuridades". E mais adiante:

> *Trata-se de uma obscuridade de princípio. Já Baudelaire escrevia: "Há uma certa glória em não ser compreendido". Para Benn, poetar significa "elevar as coisas fundamentais à linguagem do incompreensível, dedicar-se a coisas que merecem estar aquém do entendimento de todos". Em tom extático, Saint-John Perse dirige-se ao poeta: "Bilíngüe entre coisas duplamente agudas, tu mesmo uma luta entre tudo aquilo que luta, fala na ambigüidade como alguém que se perdeu na batalha entre asas e espi-*

nhos!". E Montale, mais seco: "Ninguém escreveria versos se o problema da poesia fosse fazer-se entender".[4]

A essa série de verdadeiras epígrafes a seu estudo, Friedrich acrescenta alguns enunciados que já contêm o sentido do livro:

Para quem tem boa vontade, não se pode aconselhar outra coisa senão habituar o olhar a essa obscuridade que recobre a lírica moderna. Em toda parte observamos, nela, uma tendência a manter-se o mais distante possível da comunicação de conteúdos unívocos. A poesia quer ser um todo auto-suficiente. [...] *Quando a poesia moderna se aproxima de realidades – coisas ou homens –, não as trata de modo descritivo, nem com o calor da familiaridade do ver e do ouvir; transporta-as para a esfera do não-familiar, do estranho, da deformidade. A poesia já não quer ser medida por aquilo que comumente se chama realidade, ainda que – como base de lançamento para a sua liberdade – assuma em si alguns resíduos desta. A realidade é desvinculada da ordem espacial, temporal, objetiva e espiritual.* [...] *Dos três comportamentos possíveis da lírica – sentir, observar, transfigurar –, é este último que predomina na poesia moderna, tanto na visão do mundo quanto na linguagem. Segundo uma definição haurida da poesia romântica (e erroneamente generalizada), a lírica é considerada muitas vezes a língua do sentimento, da alma individual. O conceito de sentimento implica a idéia de uma distensão mediante a entrada em um ambiente espiritual que até o mais solitário dos homens compartilha com todos aqueles que sabem sentir. É precisamente essa "facilidade" comunicativa que é deixada de lado pela poesia moderna. Ela prescinde da humanidade no sentido tradicional, assim como da "experiência vivida", do sentimento e muitas vezes até do Eu pessoal do poeta. Este não participa de sua representação como indivíduo privado, mas como inteligência poetante, como "operador" da linguagem, como artista que*

4. H. Friedrich, *La struttura della lirica moderna* [1966]. Milão: Garzanti, 1983, p. 14 [ed. bras.: *Estrutura da lírica moderna – Da metade do século XIX a meados do século XX*, trad. Marise M. Curioni. São Paulo: Duas Cidades, 1991].

exercita os atos metamorfoseadores de sua fantasia imperiosa – ou do seu irreal modo de ver – sobre uma matéria qualquer, pobre de significado inerente. [...] *"Sentimento? – Não tenho nenhum sentimento", confessa Gottfried Benn.*[5]

Seria o caso de reler essa página de Friedrich. Em sua clareza e, às vezes, simplificação digna de um manual, o livro de Friedrich é o ponto final de uma lenta aquisição e sistematização do princípio da modernidade. Mais ainda que em outros livros que o precederam, talvez mais geniais (como os de Edmund Wilson, Albert Béguin ou Marcel Raymond), no de Friedrich a explicação da obscuridade moderna se torna conciliação. O conflito é sanado. O escândalo, superado. A modernidade, definida como obscuridade e ingovernável polivalência semântica, se transforma, desde então, em selo de qualidade, garantia formal e jargão da modernidade. Se a poesia moderna nos oferece um exemplo de linguagem totalmente fechada em si mesma, cuja mensagem não é comparável a nenhum dado da experiência empírica nem do autor nem do leitor, então essa linguagem não é apenas sintoma ou denúncia de um estado de estranhamento individual e histórico que não cabe aos autores resolver. A impenetrabilidade e a intraduzibilidade da mônada "lírica moderna", sua natureza, por assim dizer, meteórica, desumana (extra-humana ou super-humana), torna-se, ao contrário, um resultado positivo. Os procedimentos de estilização abstrata se constituem em mecanismos para produzir e reproduzir objetos textuais que se legitimam graças à própria impenetrabilidade.

O máximo de abstração e de esvaziamento semântico do texto chegará a ser interpretado (como fará Umberto Eco em sua *Obra aberta*) como o máximo de liberdade concedida ao leitor, o ápice de participação criativa do assim chamado receptor. Nada a objetar: quando um texto literário busca a originalidade no vazio, ele só pode aspirar a ser preenchido pela imaginação (por assim dizer criativa) de quem o lê. No entanto, chegados a este ponto, o próprio conceito de literatura se anula. O resultado é óbvio: ao máximo de criatividade solicitada aos leitores corresponderá um mínimo de criatividade

5. Id. ibid., pp. 14-15.

dos autores. Ali onde o leitor é tudo, o autor desaparece, e a própria obra, mais que aberta, pode ser definida como supérflua. Ler um texto que se autocancela não é uma aventura ascética e chocante, mas impossível ou inútil.

Esse modo de apresentar as coisas pode parecer excessivo, mas só para quem nunca tenha topado com "obras abertas" e textos de poesia ou de prosa informal produzidos na França, Itália e Alemanha entre o final dos anos 1950 e os primeiros anos da década de 1960. (Os Novíssimos na Itália, os poetas da *Tel Quel* na França, Helmut Heissenbüttel e seus seguidores na área alemã). Uma antologia notável e prestigiosa da poesia italiana do século XX, publicada em 1969 – refiro-me à de Edoardo Sanguineti[6] –, terminava com textos de autores que deveriam representar o vértice das pesquisas formais de todo um século e que assumiam o princípio da obscuridade como dogma a ser aplicado de modo escolástico com uma sistematicidade sinistra ou eufórica.

As novas vanguardas trabalhavam na consolidação teórica da estética da modernidade. O risco de pesquisa e experimentação era apenas aparente, visto que em sua maioria os textos literários queriam ser a tradução de teorias estéticas já formuladas. Justamente por ser obscuro, o escritor experimental e de vanguarda tinha a certeza de mover-se no bojo da modernidade. Críticos e teóricos já estavam preparados para explicar que o inexplicável, isto é, a inesgotável polivalência do texto, era tudo o que se devia esperar de um texto literário moderno. E o aparato interpretativo se desenvolvia sem limites justamente para justificar a desaparição de enunciados interpretáveis nos textos.

É a partir desse ponto final da parábola que podemos reconsiderar as diversas razões e vicissitudes da obscuridade. Seguirei apenas alguns fios da trama. Não posso fingir que possuo as competências de um comparatista, as quais seriam desejáveis. Por isso mencionarei de passagem poetas e obras muito conhecidos, diria até proverbiais. Mas tentarei sobretudo arriscar algumas hipóteses gerais.

Sobre a obscuridade, tenho em mente duas hipóteses. A primeira, muito realista e honesta, mas também bastante incômoda, é que cada poeta é obscuro (e claro) a seu modo, segundo a própria história criativa e o êxito com

6. Cf. *Poesia italiana del Novecento*, org. Edoardo Sanguineti. Turim: Einaudi, 1969.

os leitores – o que, conseqüentemente, resultaria em tantos tipos de obscuridade quantos são os autores. Por enquanto, sou forçado a deixar essa tese de lado. Ela implica uma estética pluralista, a ser resolvida em monografias.

A segunda hipótese é menos totalizadora e unificante do que a de Friedrich, mais ramificada. Em relação à precedente, é com certeza mais esquemática e arbitrária. Ainda precisa ser demonstrada, mas não me parece desinteressante. É a hipótese de *quatro tipos de obscuridade*: em parte, presentes sincronicamente (dizem respeito a autores contemporâneos entre si, mas que percorrem caminhos distintos), em parte dispostos em sucessão diacrônica, até delinear ou sugerir uma progressão histórica ou, mais precisamente, atingir o crescimento involutivo da obscuridade sobre si mesma, tal como expus a propósito das neovanguardas.

Do ponto de vista de qualquer estética idealista que faça coincidir idéia e realidade, racionalidade e história, a arte obscura é um contra-senso, porque, se é obscura, logo não é arte, e o problema da obscuridade é um falso problema. A obscuridade, desse ponto de vista, é apenas contingência e aparência momentânea, destinada a resolver-se à luz da progressiva comunicação universal entre todos.

A poesia moderna nasce, porém, justamente da recusa do otimismo idealista e histórico, da fratura em relação a todo iluminismo, diante do qual encarna uma instância dialética: é um dos episódios em que o iluminismo tropeça e mostra sua parcialidade, sua impotência. Não só as luzes da razão não governam a realidade, mas tampouco dominam ou iluminam inteiramente a própria razão. Nesse sentido, esconder-se em um ambiente velado pela obscuridade (ou seja, a não universalidade imediata da poesia) representaria aquilo que, na razão, escapa à racionalização.

De fato, salvo exceções micro e macroscópicas (por exemplo, Walt Whitman), a poesia moderna se apresenta como poesia "sentimental", reflexiva, arte crítica, que contém em si o princípio da própria autoconsciência histórica: uma arte que refuta e mina o otimismo histórico da razão iluminista e do universalismo burguês. Desenvolve-se no momento em que a burguesia em ascensão se torna burguesia no poder, perdendo qualquer característica heróica, e no momento em que, por isso mesmo, o universalismo idealista se torna oratória, oficialidade, fanfarra, hipocrisia. Entre todas as artes e gêneros literários, é sobretudo a poesia que reivindica experiências de *singularidade* e *solidão*. Opõe o *mistério* e a *profundidade* insondável à racionalidade superficial dos fatos (ou aos fatos racionalizados). Tende a *provocar* polemicamente no público burguês, leitor hipócrita, efeitos de choque não só estético, mas também moral, assim como reações de desgosto e rejeição. Elabora, enfim, uma língua especial, privilegiada ou intencionalmente doentia, que se distancia da língua instrumental e comunicativa: uma língua mais pura, narcisicamente introvertida, fria e definitiva como uma lápide tumular, ou impenetrável como um *jargão* esotérico.

Aí estão, pois, os quatro tipos de obscuridade – ou as quatro vias de uma obscuridade cada vez mais presente – que caracterizam a poesia moderna. Não se trata mais, como no passado, de uma obscuridade acidental e sumária, como aquela mencionada por Horácio na *Epístola aos Pisões* ("*brevis esse laboro/ obscurus fio*": tento ser breve/ e me torno incompreensível); nem da densidade doutrinal de Dante, que, especialmente no *Paraíso*, tenta tornar sensível e racionalmente perceptível o mundo dos anjos e dos abençoados, o motor imóvel e a trindade divina. Não se trata sequer, não obstante algumas retomadas explícitas por parte de poetas novecentistas, da agudeza metafórica de Góngora ou da argúcia intelectualista-sensorial de John Donne. Todos esses autores se tornarão modelos e profetas do funambulismo e do maneirismo estilístico do século XX. Pound, Eliot, Montale, Mandelstam e Auden se inspiram em Dante. O próprio Auden e Brecht apontam Horácio como modelo. Lorca escreveu sobre a atualidade de dom Luís de Góngora um de seus ensaios mais ambiciosos, e Leo Spitzer falou de "conceptismo interior" a respeito da lírica de Pedro Salinas. Finalmente, os metafísicos ingleses são a maior referência de Eliot, a meio caminho entre Dante e o simbolismo francês. Mas todos esses poetas novecentistas apresentam tipos de obscuridade que oscilam entre a obscuridade mais tradicional e a mais tipicamente moderna.

Nas formas da obscuridade moderna há algo de irredutível: um dissídio que se reapresenta continuamente e que força a linguagem poética sempre para aquém ou além da comunicação social predominante, rumo à utopia ou ao silêncio, à afasia ou ao idioleto. Além disso, as várias tentativas de estabilizar a instabilidade por meio de poéticas, programas, manifestos técnicos e procedimentos de composição (palavras em liberdade, montagem de materiais, livre associação, escrita automática, técnicas de estranhamento etc.) fizeram a linguagem poética oscilar de um extremo de total liberdade, aleatoriedade e *hasard* a um voluntarismo construtivista e à utopia de um controle absoluto do processo criativo e dos efeitos sobre o leitor (veja-se a famosa *Filosofia da composição* de Edgar Allan Poe, protótipo teórico da racionalização total do processo compositivo).

Desse modo, o espaço artístico se divide entre o território da regressão mágica e o da modernização tecnológica. Os poetas tendem a se apresentar como magos ou engenheiros. Videntes, sacerdotes e herdeiros de uma tradição oculta, ou filhos de um presente irrefreável, voltado para o futuro. Freqüentemente essas duas figuras contrapostas se sobrepõem ou se alternam em um mesmo autor. E isso também ocorre, como já afirmei, em relação aos quatro tipos – ou aos quatro caminhos – de obscuridade: solidão, mistério, provocação, jargão.

1. *Solidão e singularidade* – Nesta primeira categoria ainda estamos, por assim dizer, no limiar da obscuridade. A situação da *solidão*, o aprofundamento na *singularidade* da própria experiência, pode ter diversos efeitos sobre a linguagem. O eu não é abolido, mas está só diante de si mesmo. Mesmo na lírica clássica (basta pensar em Petrarca), singularidade e solidão estão em primeiro plano. Em sua *Estética*, Hegel define a poesia lírica como o gênero de poesia cujo conteúdo pertence ao "sujeito singular", em quem se manifesta "a alma com seus julgamentos subjetivos, suas alegrias, seu espanto, sua dor". E toda a lírica ocidental, a partir da grega, tem essas características. Portanto, o gênero traz implícito um "princípio de particularização, particularidade e singularidade".[7]

Até sobre o fundo de uma teoria da arte como momento do espírito absoluto, a poesia se especifica na singularidade. Se não é de todo inefável,

7. G.W.F. Hegel, *Estética* [1836-1838], edição de N. Merker. Milão: Feltrinelli, 1963, p. 1475 [ed. bras.: *Cursos de estética*, trad. Marco Aurélio Werle e Oliver Tolle. 4 v. São Paulo: Edusp, 2001-2005].

a experiência do indivíduo solitário e segregado em si mesmo só poderá ter uma relação difícil com a linguagem e as experiências da comunidade – sobretudo porque prescinde dela. O *Cancioneiro* de Petrarca, que é a obra canônica da lírica européia até o barroco e depois, até as vésperas do romantismo, nasce de uma experiência de solidão insuperável, de sofrimento inconfessável. Trata-se de uma obra clandestina, apartada dos valores aceitos pela comunidade e pela própria consciência cultural e moral do autor. É possível dizer que, com Petrarca, a poesia lírica encontra o seu cânone paradoxal na inconfessabilidade, na vergonha de uma obsessão erótica inteiramente interiorizada, contemplativa, e mesmo assim culpável.

Não obstante a limpidez da linguagem petrarquiana, é a situação mesma em que a poesia nasce que a expõe ao perigo da obscuridade. Aquilo que Eliot chamou de "primeira voz" da poesia é a voz do poeta "que fala a si mesmo, ou seja, a ninguém".[8] E falar a ninguém quer dizer usar a linguagem sem nenhuma intenção comunicativa. Na linguagem do monólogo, a comunicação é secundária. O tipo de leitor idealmente subentendido é uma espécie de duplo do autor, um indivíduo a par dos pressupostos necessários para decifrar até a mais cifrada das mensagens. O leitor é uma testemunha imaginária, uma imagem especular do eu, um ideal do eu que permite a autovalorização estética e moral do monólogo como exame de consciência, confissão, momento de verdade.

Nesse caso, a obscuridade lírica nasce ou pode nascer da situação monológica, da singularidade. Aqui a obscuridade não é um programa estilístico, uma opção estética, mas apenas a outra face de uma autenticidade expressiva próxima à sinceridade do diário, perseguida em solidão, na distância objetiva do público e na recusa intencional de um público presente.

Assim, aquela arte "anacoreta" que, segundo Gottfried Benn, é a poesia lírica se torna obscura mesmo sem querer. Em Benn, a linguagem aspira ao essencial, à expressão concentrada e densa, a uma forma fechada que a preserve da contaminação (da ilusão) comunicativa. De fato, a linguagem lírica é, para Benn, guardiã daquilo que não pode ser comunicado ou que,

8. T.S. Eliot, "Le tre voci della poesia" [1953], in *Sulla poesia e sui poeti*. Milão: Bompiani, 1960, p. 97.

do ponto de vista da comunicação, não apresenta interesse. O discurso se torna puntiforme: frases nominais, imagens que não se diluem numa organicidade semântica, mas se mantêm irredutíveis e singulares.

Essa é a situação de Hamlet, oscilante, instável e destruidora de todo vínculo com o ambiente (de um lado, fala a si mesmo, de outro, fala por provocação, fingindo-se de louco). O movimento em direção à obscuridade nasce com o estabelecimento de uma situação que poderíamos definir hamletiana e misantrópica da linguagem. Trata-se do aprofundamento da solidão e da singularidade individual. O solitário, diz Kierkegaard em seu *Diário*, é como uma "bomba de sucção" sem a qual não se alcança a transcendência. E é a passagem estreita que permite a separação do mundo em nome da autenticidade interiorizada.

Em poetas como Hölderlin, Leopardi e Baudelaire, solidão e singularidade não chegam a produzir uma linguagem poética obscura em si mesma (exceto acidentalmente). Neles, a descoberta lingüística da solidão ainda ocorre, por assim dizer, à sombra de uma tradição que parece interromper-se justamente naquele momento, no instante em que escrevem, mas na qual eles cresceram. Diante deles se escancara pela primeira vez a insensatez das próprias experiências e surge o absurdo (ou a loucura) de uma transcendência de valores sem um conteúdo e um fim socialmente reconhecíveis. A ressaca do passado abandonou-os como destroços. Mas eles são ainda personagens de teatro clássico que, sozinhos em cena, parecem recitar pela última vez seu monólogo antes de se precipitar no Maelström da obscuridade. O sentido de suas visões, apesar de claramente descritas, estava destinado a resultar incompreensível ou socialmente inaceitável.

2. *Profundidade e mistério* – Somente o indivíduo singular em sua solidão pode dirigir-se intencionalmente para a profundidade ou nela se precipitar acidentalmente, mergulhar no abismo, "no fundo do ignoto, para encontrar algo novo" (Baudelaire). Como epígrafe a seu livro sobre Kierkegaard, Adorno pôs uma citação da "Descida ao Maelström", de E.A. Poe. A "bomba de sucção" de que falava Kierkegaard, voltada para a transcendência, torna-se, em Poe, uma espantosa voragem marinha que a tudo devora. De fato, Poe sabe que "Os caminhos de Deus, tanto na Natureza quanto na

Providência, não são os nossos caminhos, nem os modelos que nós concebemos podem de algum modo medir-se com a vastidão, a profundidade e a incompreensibilidade de Suas obras [...]" (epígrafe ao conto).

Desse momento em diante, pode-se dizer que a superfície dos fenômenos deve necessariamente se tornar cada vez mais insignificante para os poetas. O que todos vêem e conhecem não vale mais a pena ser dito. A poesia foge ao notório para proceder à exploração do ignoto. A Natureza se anima de "correspondências", cada aparência imediata remete a um além, a uma *substantia* que a *sottise* e a *bêtise* do burguês não intuem ou desprezam. Simbolismo e hermetismo nascem da emigração dos poetas para as terras do mistério. Na origem desse tipo de obscuridade estão o primeiro dos "Hinos à noite" de Novalis e o "Kublai Khan" de Coleridge. No escuro se reencontra o sagrado e se renega a sociedade. Nas viagens mentais, sob o efeito do ópio, vêem-se mundos de selvagem e paradisíaco esplendor, que deleitam e provocam arrepios.

Disso resulta que o universo visível não parece mais auto-suficiente. Agora ele é o reino do impoético. Pode às vezes se tornar o trampolim para o mergulho no ignoto. Mas, para falar do ignoto e do invisível, é necessária uma linguagem diversa em relação à usual, da comunicação, ou à linguagem tradicional da poesia.

Se os objetos singulares sensíveis comparecem, é para remeter a outra coisa, à profundidade e ao mistério que se abrem às suas costas, criando efeitos de vertigem. Os objetos se tornam símbolos, epifanias, manifestações momentâneas, inesperadas e radiantes de uma realidade que está além, atrás ou mais adiante. As imagens emergem da totalidade ou da infinidade sem fundo de uma Natureza em vários aspectos divina (e isso já ocorre em Hölderlin e em Leopardi). O que aparece está prestes a desaparecer no escuro (no segundo dos "Quartetos" de Eliot há uma invocação ao escuro que tudo engole: "*O dark, dark, dark...*"). A "fúria do desaparecimento" torna instáveis as aparências do mundo, mina-lhe e corrói a consistência. O esplendor com que pode brilhar um ângulo de paisagem se deve à iminência da profundidade (Totalidade ou Nada, pouco importa) em que cada singularidade existente pode perder-se e perder os seus contornos.

É a esse tipo que também pertence a obscuridade de Ungaretti (que, pouco a pouco, com *O sentimento do tempo*, torna-se a fonte e o modelo do jargão hermético). E a esse tipo pertence, pelo menos em parte, a inquietante ambigüidade irônica e zombeteira dos objetos surrealistas, das imagens fora de contexto, das aproximações aleatórias e provocadoras que irrompem das profundezas do inconsciente e tombam no nosso mundo como mensagens desconcertantes do além, da soberana Supra-realidade que a realidade socialmente estabelecida não consegue prever nem dominar.

3. *Provocação* – A categoria da provocação pareceria remeter sobretudo ao modo de ser e ao comportamento do poeta (*bohémien*, *maudit*, escandaloso, ultrajante ou simplesmente incompreendido, rebelde e, mais tarde, revolucionário). Entretanto, comportamento e modo de ser do poeta passam rapidamente a fazer parte da linguagem poética já com Baudelaire. A estética do feio e o fascínio da corrupção, da deterioração, do horror, do vício, dos estados alterados e patológicos de consciência não criam, com Baudelaire, apenas a personagem do poeta como *dandy*, mas também determinam inteiramente o cenário e a linguagem das *Fleurs du mal*.

A primeira provocação já está nos títulos escolhidos: flores do mal, paraísos artificiais. É a provocação como abordagem mais ou menos blasfema do inabordável. Mais que uma obscuridade devida à profundidade e ao mistério, às bizarrias criminosas do inconsciente, em Baudelaire há um impulso para o escândalo, para a blasfêmia. Gosto pelo demoníaco e pelo incomum, pela inversão dos valores. Toda a estética de Baudelaire se funda no ódio pela burguesia que está no poder, constituindo uma série bem organizada e coerente de provocações contra as idéias burguesas do bem e do belo. O demonismo e o próprio cristianismo paradoxal de Baudelaire são antes de tudo provocações antileigas, antiliberais, antiprogressistas. O progresso não nos limpará do pecado original, não nos levará à libertação e à reintegração da inocência originária perdida. Ao contrário, o progresso é uma arte do demônio, que promete o *melhor* depreciando o *bem*.

É com essas provocações que Baudelaire pretende tornar-se inaceitável, incompreensível. Até o surgimento do surrealismo, que retomará metodicamente esse aspecto, Baudelaire não é apenas o mestre da perfeição formal, mas sobretudo um mestre da provocação: do ponto de vista estilístico, o que faz escola são os choques estético-morais que ele inflige ao leitor hipócrita. Quanto a outros aspectos – construção retórica, andamento cerebral do discurso, regularidade clássica da sintaxe e das estruturas métricas, teatralidade das cenografias e até um forte realismo (nos "Tableaux parisiens") –, Baudelaire quase não deixou seguidores ou continuadores diretos.

No século XX, a linguagem e o comportamento de vanguarda se fundam sobretudo na provocação. Quando Marinetti, Tzara e Breton escrevem seus manifestos e suas receitas sobre como escrever um poema, eles estão pondo em prática gestos provocatórios, de sabotadores da Arte, e não propriamente prescrevendo ou ensinando alguma coisa. Numa declaração coletiva de 1925, os surrealistas dizem não ter nada a ver com a literatura, porque a utilizam apenas como um meio. Para fazer o quê? Libertar o inconsciente, subverter e escandalizar.

Até mesmo a busca do novo e da inovação constante é, antes de ser pesquisa e exploração cognitiva por meio da linguagem, negação sistemática do senso comum, ofensa ao bom senso e à ponderação, rechaço das idéias herdadas e da própria comunicação. Depois de Baudelaire e antes das vanguardas, o maior provocador (inclusive no sentido de provocar a linguagem a desvelar-se até o fundo, a vomitar a si mesma, a explodir) foi Rimbaud. Mas o foi de um modo tão desesperado e coerente que o forçou a sair de cena rapidamente, renunciando a escrever, afastando-se de todo ambiente cultural e burguês suscetível ao escândalo.

No caso da provocação, a obscuridade toma a forma da linguagem inaceitável, do insulto ao público, da agressão e recusa da sociedade presente – e, quem sabe, da profecia ameaçadora de uma outra sociedade por vir. Para preparar o advento dessa sociedade, serão necessárias transformações sociais catastróficas, redefinições daquilo que é o humano, interrupções do curso histórico.

A "subversão do inconsciente" promovida pelos surrealistas quer provocar um choque ao mesmo tempo destrutivo e libertador (todas as vanguardas associam radicalmente criação livre e alegre destruição): *épater les bourgeois*, adotar "modos agressivos, ofensivos e excêntricos" (como diz Charles

Russell em seu livro sobre a poesia moderna),[9] continua sendo fundamental até para Maiakóvski, que quer ser a todo custo marxista e político. Mesmo aspirando a obter o consenso dos sovietes e do partido, Maiakóvski não separa jamais a revolução da provocação. A incompreensão que o novo público pós-revolucionário e o partido comunista lhe dedicarão tornará cada vez mais penosas, frustrantes e enfim dramáticas as suas voluntariosas *tournées* poéticas.

4. *Jargão* – Quando a obscuridade, como característica geral, genérica e abstrata da poesia moderna, se torna jargão, isto é, língua especial e especializada, aceita enquanto tal no pluralismo das especializações culturais, então o radicalismo estético moderno está acabado: já não surpreende nem escandaliza nem oferece um acréscimo de conhecimento, e o choque é assimilado.

Ao falar de jargão, não me refiro aqui ao estilo alusivo, elíptico e semiprivado que freqüentemente encontramos em poetas como Montale e Auden (num divertido poema póstumo, em que Dylan Thomas finge explicar à sua tia o modo de escrever dos poetas, o estilo de Auden, então bastante em voga, é definido como "bate-papo em código", "*coded chatter*"). Esse tipo de jargão obscuro me parece mais ligado à adoção de sistemas culturais de referência usados para conferir alguma consistência objetiva à linguagem da livre imaginação: mitologias e filosofias reinterpretadas ou desencavadas aqui e acolá, combinadas de forma sincrética. É o que ocorre sobretudo em Eliot. Mas nesses casos já há um impulso definível como antimoderno, um empuxo para a reconstrução de uma Tradição para além do moderno, uma intenção clássica ou neoclássica.

O jargão de que falo é, porém, o de uma modernidade não cansada de si mesma, isenta de autocrítica e ainda inteiramente confiante no progresso ininterrupto da inovação. No entanto, para explicar as raízes desse fenômeno, é preciso remontar ao momento em que a idéia da busca pelo novo se separa da cultura burguesa, agora transformada pela primeira vez em cultura dominante.

Vários autores de meados do século XIX falam insistentemente, obsessivamente, do dissídio entre arte e burguesia, entre autenticidade e vida

9. Cf. C. Russell, *Poeti, profeti e rivoluzionari. Da Rimbaud ai postmoderni* [1985]. Turim: Einaudi, 1989.

burguesa. Não só Baudelaire e Flaubert, sobre cuja indignação e melancolia antiburguesa se constrói a nova consciência do poeta e do narrador moderno. Mas, já antes deles, escritores políticos, moralistas e poetas como Herzen, Kierkegaard e Heine lamentaram e constataram a fratura e a distância que em poucos anos se abriu – após o fim da era napoleônica – entre uma idéia da cultura e da arte mais heróica e aristocrática e a nova mediocridade burguesa que reduz a si e aos próprios gostos, usa e falsifica a religião, a arte e a filosofia.

A essa altura, não só a inovação e a criatividade, mas também a própria tradição cultural se torna um corpo estranho, objeto de museu ou mercadoria. Assim a linguagem das artes deve necessariamente se tornar, per se, estrangeira no novo mundo em que predomina o novo modelo de humanidade: o burguês. A arte autêntica sente a necessidade de escapar numa linguagem separatista, semiclandestina, de seita, para iniciados. Nasce a língua com que se fala de coisas que a norma burguesa ignora, teme, despreza ou condena. Os poetas falam entre si, ou para um círculo diminuto. A linguagem da busca pelo absoluto produz, em Mallarmé, um absoluto da linguagem, uma linguagem-fortaleza, linguagem-prisão, uma *turris eburnea*. A língua da poesia se especializa. Cria um antimundo. Funciona como uma máquina, procedendo a uma meticulosa abrasão de todo conceito, imagem e valor herdados. O ato poético passa a ser culto e apologia de si mesmo. Desses pressupostos nasce uma obscuridade que poderíamos definir de "Sublime niilismo".

Na escola de Mallarmé – ou seja, de Valéry até o hermetismo italiano, a poesia pura espanhola (Jorge Guillén, Pedro Salinas) e outros –, cada composição poética deve pôr em cena momentos extremos, ápices de negação e de pureza, uma tensão ascética orientada para o cancelamento daquilo que é conhecido e dado.

A influência dessa poética, dilatando-se teoricamente, chega até a Nouvelle Critique, a Barthes e ao grupo de *Tel Quel*. Até o informal e as neovanguardas (que já podem ser definidas pós-modernas), a intensificação da engenharia formal, o alto grau de opacidade do *medium* lingüístico, que remete apenas a si mesmo, produz objetos ou entidades textuais semanticamente esvaziadas, em que os princípios ativos da negação e da purificação devem demonstrar ter atingido até o âmago, radicalmente, sua obra de cancelamento do sujeito, do objeto, do tema, do contexto e de qualquer função da linguagem que não seja, para dizer com Jakobson, a função poética, a auto-referência.

A arte poética tende a se tornar uma arte sem leitores, uma arte literária apenas para escritores (e essa teoria da linguagem poética e da "literariedade" também afetou amplamente, pelo menos na Europa, o romance e o anti-romance). Trata-se substancialmente de um exercício de ascetismo anticomunicativo e anti-realista, no curso do qual (como escreveu Susan Sontag) "o artista se purifica de si mesmo e, em última instância, da própria arte".[10]

Assim, essa crítica artística da ideologia burguesa da arte leva à eliminação da idéia de obra, de arte e de obra de arte. Nesse ponto, a arte moderna se transforma em um jargão de puro especialismo estético, em que, por princípio e de acordo com princípios teóricos, não se pode falar de nada. A linguagem não é veículo, mas objeto obscuro, inquietante, misterioso e, finalmente, ornamental: decoração do habitat cultural pós-moderno. Esse jargão torna cada nova obra incomparável, por definição, a qualquer modelo da arte ocidental precedente, tradicional; e, desse modo, obtém a vantagem fundamental de desarmar a crítica, vetando-lhe a possibilidade de qualquer confronto com obras do passado, às quais se atribuíam qualidade e valor.

Por outro lado, graças à mediação explicativa e legitimadora de uma nova crítica que é, simultaneamente, acadêmica e de vanguarda, a elaboração dessa linguagem poética transformada em jargão levou, com o passar do tempo, mas sobretudo depois da metade do século XX, à formação de um público de arte e de poesia modernas. Nasceu, então, um público novo.

Nasceu o leitor que aceita a obscuridade, o leitor adestrado não só a não interpretar aquilo que lê, lutando com níveis diversos de obscuridade e clareza sempre presentes no texto, mas também um leitor adestrado, em certo sentido, a não ler, e sim a contemplar o objeto-linguagem, o texto obscuro ("aberto" a todas as interpretações), como um dado da natureza – daquela "segunda natureza" cultural e onipresente, não importa se inexplicável, em cujo invólucro fomos amestrados a viver.

10. S. Sontag, "L'estetica del silenzio", in *Interpretazioni tendenziose. Dodici temi culturali* [1969]. Turim: Einaudi, 1975, p. 7.

Cidades visíveis na poesia moderna

Convém evocar de pronto, por diligência didática e intenção propiciatória, os dois heróis lendários e fundadores da poesia moderna, Charles Baudelaire e Walt Whitman. Não é apenas por convenção e comodidade simbólico-cronológica que suas obras poéticas são ritualmente citadas: eles dão, de fato, a idéia imediata da coisa de que se fala e assinalam a fronteira não só de uma época, mas também de um gênero.

A partir da metade do século XIX, a poesia moderna é certamente a época de um gênero: o gênero lírico. Mas é também um gênero literário autônomo. Uma lírica que radicaliza e especializa o gênero lírico precedente, forçando o monólogo e a audácia metafórica para as terras inóspitas de um solipsismo demoníaco, rumo à *hybris* de uma linguagem absoluta, tendencialmente avessa a qualquer fluência comunicativa. Mas, por outro lado, sem querer aqui discutir a relação entre uma "estrutura" ou *koiné* da poesia moderna e os muitos autores que deram voz, cada qual a seu modo, a uma situação comum, a poesia moderna também é confutação, dilatação e redefinição radical dos limites de um gênero. Em parte, a linguagem poética da modernidade parece escapar a toda contaminação, parece excluir a prosa, a épica, a sátira, o dialogismo, o tecido lógico e a reflexão, confeccionando enigmas textuais perfeitamente estruturados por esvaziamento semântico. Mas, por outra parte, apesar das típicas guinadas em sentido contrário, a lírica moderna freqüentemente é antilírica: elimina o sujeito monologante e o distribui numa pluralidade de vozes, "descentra" o eu, engloba a prosa e todo tipo de material inerte, joga com o heterogêneo e o desafia.

O fato é que essas acelerações centrífugas ou centrípetas da linguagem poética têm transformado a poesia moderna em um gênero especial, espécie de alegoria condensada da literatura em crise e da literatura que critica a si mesma. Dinamismos vertiginosos e inércias contemplativas são outra polaridade bem conhecida, que opõe famílias de poetas, tendências militantes e até momentos distintos no interior de uma mesma obra. Os dois nomes que evoquei há pouco poderiam surgir como as duas faces opostas e complementares, as duas almas de um mesmo gênero literário, no Velho e no Novo Mundo, nos dois continentes que compõem o Ocidente moderno. A primeira edição das *Leaves of grass*, de Whitman, é de 1855; *Les Fleurs du mal*, de Baudelaire, são lançadas dois anos depois, em 1857. Obras escandalosas e revolucionárias, como se costuma dizer, mas que não poderiam ser mais diferentes. Mas pelos menos com um traço em comum: ambas são obras únicas e globais. Para os dois autores, o livro poético de uma vida, com a ambição, irrefreavelmente isenta de preconceitos, de oferecer a imagem verdadeira da nova realidade.

Percebe-se num relance de olhos quanto poderia ser divertida e inesgotável uma descrição comparativa desses dois santos diabólicos da poesia moderna. Métrica, sensualidade, relação com a Natureza, formas de confissão, trânsito com a multidão e a comunidade, filosofia moral, idéias sobre a modernidade e sobre o progresso, sensibilidade religiosa, gosto estético: para cada um desses pontos se poderiam elaborar longas listas de definições contrastantes, carregando nas oposições (talvez nem a partida entre Tolstói e Dostoiévski rendesse tanto).

Para entrar logo no sistema Baudelaire e no sistema Whitman, o que há de melhor do que suas cidades, Paris e Nova York? O filtro da imaginação e do estilo poético é, em ambos, fortemente transfigurador, mas também vigorosamente realista. A visibilidade da cidade e da metrópole moderna na poesia moderna é um fenômeno especial e relevante. Estabeleceram-se e estudaram-se formas de equivalência ou de homologia estrutural entre a nova sensibilidade artística, o estilo da modernidade e a experiência urbana. É difícil encontrar em poetas posteriores momentos tão exemplares de revelação da cidade.

O melhor guia à exploração Paris-Baudelaire continua sendo Walter Benjamin, que fez desse nexo o coração da própria obra de crítico-escritor, de teólogo e rabdomante da vida urbana. Poeta urbano como nunca houve antes dele (seria preciso voltar a Horácio e aos satíricos latinos), Baudelaire é, como todos sabemos, o poeta da "Paris capital do século XIX", ou seja, segundo a visão de Benjamin, o poeta da cidade moderna, do centro urbano do mundo ocidental nos anos do pleno triunfo burguês. O próprio Benjamin observa que "a predileção de Baudelaire por Juvenal poderia ser a atração por um dos primeiros poetas urbanos".[1] Além disso, Baudelaire queria subverter Rousseau: não só seu otimismo quanto à positividade e perfectibilidade da natureza humana, mas também a teoria da imaginação, fantasias do *promeneur solitaire* em meio à Natureza. Em Baudelaire subsiste o *promeneur* (que se torna *flanêur*), mas agora a solidão necessita banhar-se na multidão para perceber a si mesma e, assim, em lugar da mãe Natureza, temos a mãe Cidade, uma mãe prostituta, cuja beleza é sinistra e fria, a beleza de uma viúva desconhecida, cujo Eros carregado de promessas narcóticas só pode reluzir numa rua apinhada e barulhenta.

No soneto "A une passante", que o comentário de Benjamin tornou célebre, a cidade é protagonista absoluta e invisível, que só comparece acusticamente no primeiro verso ("*La rue assourdissante autour de moi hurlait*"). Mas, sem *aquele* lugar, aquele encontro – e o choque violento, extático e histérico que ele provoca –, isso seria impossível. A própria cidade é um lugar de estranhamento ("para o *flanêur*, sua cidade – ainda que ele tenha nascido nela, como Baudelaire – não é mais a sua pátria"[2]): é o lugar da melancolia, da perda contínua, da passagem e da "irremediável caducidade".[3] O *flanêur* não tem mais nada em comum com a figura tradicional "do filósofo que passeia", mas "adquire os traços do licantropo inquieto na selva social",[4] como no "Homem da multidão" de Edgar A. Poe.

Entretanto, não quero entrar no labirinto Baudelaire-Paris-Benjamin senão para lembrar alguns pressupostos daquilo que, mais tarde, ocorrerá com as imagens de cidades na poesia moderna. Antes de tudo, deve-se notar o caráter

1. W. Benjamin, *Parigi capitale del secolo XIX*. Turim: Einaudi, 1986, p. 236 [ed. bras.: "Paris, a capital do século XIX", in *Passagens*, org. Willi Bolle. Belo Horizonte/São Paulo: Editora da UFMG/Imprensa Oficial do Estado de São Paulo, 2006].

2. Id. ibid., p. 450.

3. Id. ibid., p. 456.

4. Id. ibid., p. 545.

ao mesmo tempo realista (ausência de aura) e espectral da cidade em Baudelaire. Nos "Tableaux parisiens", encontramos continuamente relatos e alegorias. A visibilidade domina: trata-se, com efeito, de *tableaux*. Baudelaire sente a necessidade de figurar, retratar, desenhar, pintar a cidade e suas ruas. Mas fixar o que escorre, retratar a "beleza fugidia", conferir uma face ao fantasma que o assalta *en plein jour* requer meios artísticos adequados. Dois extremos:

1. A forma da visão de conjunto e do alto, a visão sonhadora e meditativa de quem olha o panorama da cidade atarefada de cima da própria mansarda, do seu retiro de poeta: coisa que ocorre sobretudo no poema de abertura, "Paysage", onde a cidade é um fundo confortável, que não perturba, não aflige quem escreve e medita suas "castas éclogas", seu "idílio infantil". Justamente aqui a cidade ainda pode ser transfigurada em "paisagem", posto que é uma cidade vista muito do alto, que confina com o céu: cidade de chaminés e campanários, em cujo céu as quatro estações ainda são soberanas.
2. No outro extremo, na modalidade representativa oposta, poderia estar o soneto "A une passante", que nasce não de uma visão panorâmica, mas de um choque, de um encontro que arrasta quem escreve, protagonista passivo de uma invasão externa que o abala em cada fibra. Entre *visão* e *encontro*, entre o baque, a sacudida dos exclamativos e a descrição-relato cheia de observações do real, se constrói a maior parte dos poemas dos "Tableaux", a começar por aqueles mais conhecidos.

Em "Rêve parisien", desde o primeiro verso, vemos de novo uma paisagem; mas agora se trata de uma "*terrible paysage*", um pesadelo da manhã. Paris não é vista nesse pesadelo, e no entanto se vê que o pesadelo ocorre em Paris, trata-se de um "*rêve parisien*": o sonho era uma "*Babel d'escaliers et d'arcades*", um "capricho" em que se combinam todas as imagens baudelairianas de felicidade, até a exaustão. O pesadelo, porém, surge ao despertar: na queda de um mundo de maravilhosas fantasias para o horror daquela toca em que o poeta habita.

Em "Le cygne", "Les sept vieillards" e "Les petites vieilles", encontros e visões convivem, necessitam sobrepor-se, impregnar-se reciprocamente. Típicos são os dois versos "*Et lorsque j'entrevois um fantôme débile/*

traversant de Paris le fourmillant tableau": trata-se de uma das tantas velhinhas que ninguém vê, mas cuja visão hipnotiza o olho de Baudelaire. Neste caso, "*fantôme*" e "*tableau*" estão ambos presentes; a precisão descritiva e visual do *quadro* é galvanizada, alegorizada e dotada de qualidades alucinatórias provenientes do *espectro* que a atravessa.

Em comparação, Whitman parece um herdeiro positivo, um continuador, um filho entusiasta de Rousseau que Baudelaire, ao contrário, acusava e combatia. Em Whitman, a modernidade e seu órgão social e técnico, a cidade, são um desenvolvimento da Natureza e a coroação de sua obra. A filantropia de Whitman é ilimitada. O bardo da Democracia adora a multidão, multiplica o seu eu por mil, acolhe cada um em si mesmo. O banho na multidão faz dele um titã imenso, uma subjetividade polimórfica. Seu êxtase é pluralista, necessita daquela forma específica de salmodia moderna chamada por Leo Spitzer de "enumeração caótica" (que não por acaso abre com uma citação de Whitman o seu ensaio sobre esse procedimento estilístico).[5]

Progresso e mística, devoção a toda a realidade e louvor à ciência moderna: os pressupostos da visão urbana em Whitman são tão marcantes que dissolvem a própria cidade numa ilimitada circularidade cósmica ("*Endless unfolding of words of ages!/ And mine a word of the modern... the word En-Masse...*", seção "Song of Myself", 23).[6]

Toda a estética de Whitman se funda na exaltação do otimismo moral e social. É quase impossível imaginar Whitman como um indivíduo de contornos definidos, que atravessa uma rua de Manhattan ou do Brooklyn e encontra outros indivíduos singulares. Pode-se dizer que, antes de encontrar cada membro específico dessa multidão (americana e universal, citadina e camponesa: dá no mesmo), antes de encontrá-lo realmente numa rua, Whitman já o tenha encontrado naquele Antes e naquele Depois sem fronteiras de espaço e tempo que é o seu Eu absoluto. O eu humilde, que é

5. Cf. L. Spitzer, "L'enumerazione caotica nella poesia moderna" [1961], in *L'asino d'oro*, 3, 1991, pp. 93-94.

6. "Infinito desabrochar de eras e palavras!/ E a minha é uma palavra moderna... a palavra Massa". Trad. Rodrigo Garcia Lopes, in Walt Whitman, *Folhas de Relva*. São Paulo: Iluminuras, 2005, p. 75. [N.E.]

cidadão como todos os outros, que é alma imortal e componente singular de uma comunidade livre e soberana, é também um eu titânico: o fundamento da sociedade. Contém em si, moral e até fisicamente, a sociedade de fato e a sociedade como princípio, presente, passada e futura:

> [...]
> *This is the city .... and I am one of the citizens;*
> *Whatever interests the rest interests me .... politics, churches, news-papers, schools,*
> *Benevolent societies, improvements, banks, tariffs, steamships, factories, markets,*
> *Stocks and stores and real estate and personal estate.*
>
> *They who piddleand patter here in collars and tailed coats .... I am [aware who they are .... and that they are not worms or fleas,*
> *I acknowledge the duplicates of myself under all the scrape-lipped and [pipe-legged concealments.*
>
> *The weakest and shallowest is deathless with me,*
> *What I do and say the same waits for them,*
> *Every thought that flounders in me the same flounders in them.*
>
> *I know perfectly well my own egotism,*
> *And now my omniverous words, and cannot say any less,*
> *And would fetch you whoever you are flush with myself.* [...][7]
>
> (*"Song of Myself"*, *42*)

7. "Esta é a cidade .... eu um de seus cidadãos;/ O que interessa aos demais me interessa .... política, igrejas, jornais, escolas/ Associações beneficentes, melhorias, bancos, tarifas, barcos a vapor, fábricas, mercados,/ Estoques e lojas e os imóveis e seus bens pessoais.// Esses que tapeiam e papeiam com seus colarinhos e fraques .... Sei muito bem quem são .... com certeza não são vermes nem pulgas,/ Reconheço as duplicatas de mim mesmo disfarçados com suas caras-raspadas e pernas-de-pito.// O mais fraco e superficial comigo vira imortal,/ O que faço e o que digo o mesmo os espera,/ Cada pensamento que se debate em mim se debate neles também.// Conheço muito bem meu egoísmo,/ Conheço minhas palavras onívoras, e não posso dizer usando menos,/ E vou buscar você onde estiver e te enxertar em mim." Trad. Rodrigo Garcia Lopes, in Walt Whitman, *Folhas de Relva*. São Paulo: Iluminuras, 2005, p. 113. [N.T.]

Baudelaire: o *dandy* e o asceta da arte, o demonólogo que indaga e experimenta a modernidade urbana como inferno ou paraíso artificial, guiado por um sistema infalível de idiossincrasias hiper-seletivas. O ódio de Baudelaire pela burguesia se exprime no culto e na paixão pela beleza terrível, beleza "sinistra e fria", que ao burguês parece feia e o assusta. Paris materializa esses infernos e paraísos da burguesia, dos quais, porém, ela é inconsciente e indigna, incapaz de piedade e discernimento moral justamente porque não sabe distinguir a beleza verdadeira da falsa. Paris se torna o teatro de uma luta entre o bem e o mal sob as máscaras de um combate entre o belo e o feio. Mesmo sentindo as *presenças* e sentindo-se atacado por fantasmas, pesadelos e espectros em pleno dia, Baudelaire não deixa de ser pintor e observador.

Já Whitman torna a realidade urbana invisível, dissolvendo-a na realidade planetária (as inumeráveis e diligentemente enumeradas origens raciais, nacionais e regionais da humanidade americana e nova-iorquina) e cósmica. A enumeração, ou melhor, o louvor do inumerável como apaixonante aparência de uma substância unitária comum, leva Whitman a englobar a cidade, a incorporá-la no Eu do seu egotismo infinitamente acolhedor. Acolhida nesse Eu, a cidade desaparece, porque não contém o eu, mas é contida por ele como uma modalidade moderna e de massa do único Deus-Homem, do inumerável Homem-Natureza.

Se, depois de Baudelaire e Whitman, lemos um poema como "Zone", de Apollinaire, em *Alcools* (1913), nota-se imediatamente que o estilo poético moderno já é um fato, uma aquisição histórica, produto natural do progresso humano no campo específico da arte. Com fluência e naturalidade, Apollinaire aproveita-se tanto de Whitman quanto de Baudelaire. Quando ele publicou *Alcools*, Marinetti já havia lançado seus manifestos, com toda a idolatria combativa da modernidade. A arte moderna é um fenômeno de grupo em toda a Europa, especialmente visível em Paris, e a crença comum das seitas é de que não há barreira que não possa (e, portanto, não deva) ser superada. Em um texto literário (as vanguardas ignoram radicalmente os gêneros literários e tratam a prosa como se fosse poesia), tempo e espaço são jogados livremente, a fim de que se torne perceptível o fato novo (e tipicamente urbano) de que o *hic et nunc*, o aqui e agora que tanto fascinará (até Benjamin e depois) os teóricos da revolução, rompe os limites de espaço e de tempo. Revolução e arte moderna são habitáveis apenas no *hic et nunc* de um espaço urbano. Marx extraía o modelo de revolução moderna da tradição francesa: a idéia (deusa) revolucionária tem a substância de Paris (Paris em 1789, em 1848, em 1870). Em Paris, tudo é *aqui* e tudo é *agora*. Espaço e tempo podem, pois, ser apreendidos em conjunto. Toda a história das lutas de classe é espacializada, incorporada na cidade capital, e só aí ela pode alcançar o seu ponto culminante e apreender seu momento decisivo.

Em "Zone", de Apollinaire, Paris é vista do alto: um "rebanho de pontes" vigiado e custodiado por aquela espécie de pastora ou pastorinha que é a torre Eiffel. A maravilha tecnológica da torre protege e guia o rebanho da cidade. Mas algo já aconteceu à cidade, lida agora em termos de poesia pastoril (depois da torre Eiffel "*bergère*", mais adiante, em meio à multidão parisiense, os ônibus comparecem como "*troupeaux* [...] *mugissants*", rebanhos mugindo). Em Apollinaire, a miscelânea de imagens é jocosamente sentimental e *naïve*. Porém, apesar do material elegíaco muitas vezes adocicado, o que conta nesse poema-container é a organização, isto é, o acúmulo do heterogêneo em torno de um momento de melancolia evocativa. Paris é o centro ao redor do qual muitas outras cidades orbitam, algumas só nomeadas ou pouco mais que isso, e toda uma variada e vasta geografia sentimental do autor: postais ilustrados da interioridade e da memória. Apollinaire se diverte com um romantismo de literatura popular ou de cartaz publicitário. Mas a organização do poemeto segue a lógica, mais whitmaniana que baudelairiana, do afrouxamento dos nexos lógicos e representativos. Predominam a lista, a enumeração anafórica e a parataxe de colagem:

Te voici à Marseille au milieu de pastèques
Te voici à Coblence à l'hôtel du Géant
Te voici à Rome assis sous un néflier du Japon
Te voici à Amsterdam avec une jeune fille que tu trouves belle et qui est laide.[8]

8. "Eis que estás em Marselha em meio a melancias/ Eis que estás em Coblence no hotel do Gigante/ Eis que estás em Roma sentado sob uma nespeira do Japão/ Eis que estás em >

Diversos espaços e diversos tempos. Mas o centro é o aqui e agora parisiense. A colagem urbana não poderia ser mais exaustiva. Há algo de gracioso, familiar e íntimo. Mesmo sendo o ambiente invadido por sons estrídulos e música dissonante, ainda assim ele é gracioso e amável:

Tu lis les prospectus les catalogues les affiches qui chantent tout haut
Voilà la poésie ce matin et pour la prose il y a les journaux
Il y a les livraisons à vingt-cinq centimes pleines d'aventures policières
Portraits des grands hommes et mille titres divers

J'ai vu ce matin une jolie rue dont j'ai oublié le nom
Neuve et propre du soleil elle était le clarion
Les directeurs les ouvriers et les belles sténo-dactylographes
Du lundi matin au samedi soir quatre fois par jour y passent
Le matin par trois fois la sirène y gémit
Une cloche rageuse y aboie vers midi
Les inscriptions des enseignes et des murailles
Les plaques les avis à la façon des perroquets criaillent
J'aime la grâce de cette rue industrielle
Située à Paris entre la rue Aumont-Thiéville et l'avenue des Ternes.[9]

Para Apollinaire, Paris é um excelente lugar de passagem, o lugar onde tudo escorre mais facilmente e com mais fluidez do que em qualquer outro. Um espaço onde é fácil entrar, mas também sair. Onde o heterogêneo se concentra e a evasão é mais fácil. Paris provoca uma grande hemorragia de percep-

> Amsterdã com uma mocinha a quem achas bonita e que é feia". Trad. Mário Laranjeira, in *Folha de S. Paulo*, 29 jun. 2003, *Caderno Mais!*. [N.T.]

9. "Lês prospectos catálogos cartazes cantando alto seus versos/ Eis a poesia da manhã e para a prosa há os jornais/ Os folhetins baratos cheios de aventuras policiais/ Retratos de figurões e mil fatos diversos// A rua cujo nome esqueço e donde vim/ Esta manhã nova e limpa de sol era um clarim/ Operários patrões estenógrafas belas/ De segunda a sexta passam quatro vezes por ela/ Toda manhã por três vezes uma sirene brada/ Um sino raivoso ao meio-dia ladra/ As inscrições das tabuletas e dos muros/ As placas os avisos parecem araras em apuros/ Amo a graça desta rua industrial, no cerne/ De Paris entre a Aumont-Thièville e a Avenue de Ternes". Trad. Ivo Barroso, in *Folha de S. Paulo*, 29 jun. 2003, *Caderno Mais!*. [N.T.]

ções, lembranças, nostalgias. Enfim, até voltar para a própria casa é ir sonhar com outros continentes:

Et tu bois cet alcool brûlant comme ta vie
Ta vie que tu bois comme une eau-de-vie

Tu marches vers Auteuil tu veux aller chez toi à pied
Dormir parmi tes fétiches d'Océanie et de Guinée
Ils sont des Christs d'une autre forme et d'une autre croyance
Ce sont les Christs inférieurs des obscures espérances

Adieu Adieu

Soleil cou coupé.[10]

"Zone" é um poema de hemorragia emotiva e moral, um poema de adeus a Paris: o primeiro verso, as primeiras palavras já traziam o tom da conclusão. O poemeto nasce quando algo terminou, nasce da náusea e do cansaço. A cidade moderna é também a encarnação final de um velho mundo a ser abandonado em nome de um retorno a casa: volta à sempre-viva religião da infância, e a uma infância da religião, aos ídolos da Oceania e da Guiné. Até Paris – o lugar onde, em Baudelaire, tudo comparecia para desaparecer em seguida –, toda a Paris, em "Zone", é vista do alto apenas por um momento, antes de desaparecer:

À la fin tu es las de ce monde ancien
Bergère ô tour Eiffel le troupeau des ponts bêle ce matin
Tu en as assez de vivre dans l'antiquité grecque et romaine
Ici même les automobiles ont l'air d'etre anciennes.[11]

10. "O álcool que bebes é tua vida e arde igualmente/ Bebes tua vida feito uma aguardente// Caminhas rumo a Auteil vais para casa a pé/ dormir entre fetiches da Oceania e da Guiné/ que são os Cristos de outras formas dos credos alheios/ os Cristos inferiores de enigmáticos anseios// Adeus Adeus// Sol pescoço sem cabeça". Trad. Nelson Ascher, in *Folha de S. Paulo*, 29 jun. 2003, *Caderno Mais!*. [N.T.]

11. "Te cansaste afinal desta vida anciã/ Pastora ó torre Eiffel teu rebanho de pontes bale >

Na Europa, a única coisa que não parece antiga a Apollinaire é o cristianismo, religião que pode remeter a outras religiões remotas, que estão fora do tempo do qual fazem parte: tanto o tempo da antigüidade clássica quanto o da modernidade.

Desse modo, em Apollinaire a cidade moderna não é mais moderna: já é antiga.

É curioso que a mesma atmosfera envolvente de velhice ou mesmo de decrepitude, contemplada com olhar sádico-afetuoso, se encontre na cidade de Palazzeschi. O qual teve o dom de mirar pelo avesso a hiperexcitada "modernolatria" futurista, transmutando-a numa contemplação impiedosa e pacata da perda de um presente confiante em um passado patético, num depósito de quinquilharias, num catálogo de disparates.

Justamente nisso Palazzeschi é futurista: sob o olhar dele, o mundo moderno já terminou há um bom tempo, é uma cantilena bufa e meio sinistra de tudo o que vive na atmosfera da própria morte. Palazzeschi capta um aspecto essencial e bizarro da cidade: a melancolia do objeto, dos objetos, ou melhor, o *pathos* crepuscular da objetivação, da transformação de toda experiência possível do homem urbano em fórmula, sinalização de trânsito, manchete de jornal, cartaz publicitário e, enfim, necrológio involuntário que o presente, ao se autodefinir, recita a si mesmo.

Num poema de Palazzeschi como "La passeggiata" [O passeio], o olho que chora ou que poderia chorar essa desaparição contínua e inexorável do presente é um olho completamente enxuto, ou melhor, um olho que ri. A melancolia de Palazzeschi sorri. A cidade é, em sua irremediável tristeza, um lugar *clownesco*, um teatrinho, um circo; como na breve parábola de Kafka "Na galeria", em que uma horrível injustiça é cometida em forma de espetáculo ameno, e o espectador, que poderia rebelar-se com a injustiça, continua a fixar num estado semi-hipnótico a jovem cavaleira

> esta manhã/ Já viveste demais na antigüidade dos gregos e romanos/ Aqui até os automóveis têm um ar de muitos anos". Trad. Ivo Barroso, in *Folha de S. Paulo*, 29 jun. 2003, *Caderno Mais!*. [N.T.]

tísica que gira ao redor da pista até o esgotamento total – e o espectador, diz Kafka, "*weint er, ohne zu wissen*" (chora sem o saber).

A crueldade de Palazzeschi é tamanha, sua discrição ao representar o papel do *clown* é tão perfeita, que cada nova situação melancólica da vida nessa cidade burguesa é já eterna, é para sempre: faz rir como se pode rir quando se está além de toda miséria, ou melhor, dentro de sua fábula jocosa e cantilena fúnebre:

– Andiamo?
– Andiamo pure
All'arte del ricamo,
fabbrica di passamanerie,
ordinazioni, forniture.
Sorelle Purtarè
Alla città di Parigi,
Modes, nouveautés.
Benedetto Paradiso
successore di Michele Salvato,
gabinetto fondato nell'anno 1843.
Avviso importante alle signore!
La beltà del viso,
seno d' avorio
pelle di velluto.
Grandi tumulti a Montecitorio.
Il presidente pronunciò fiere parole,
tumulto a sinistra, tumulto a destra.
Il gran Sultano di Turchia aspetta.
La pasticca del Re Sole.
Si getta dalla finestra per amore.
Insuperabile sapone alla violetta.
Orologeria di precisione.
93
Lotteria del milione.
Antica trattoria "La pace",
con giardino,

fiaschetteria,
mescita di vino.
Loffredo e Rondinella
primaria casa di stoffe,
panni, lana e flanella.
Oggetti d'arte,
quadri, antichità,
26
26 A.
Corso Napoleone Bonaparte.
Cartoleria del progresso.
Si cercano abili lavoranti sarte.
Anemia!
Fallimento!
Grande liquidazione!
Ribassi del 90%
libero ingresso.
Hotel Risorgimento
e d'Ungheria.
Lastrucci e Garfagnoni,
impianti moderni di riscaldamento:
caloriferi, termosifoni.
Via Fratelli Bandiera
già via del Crocifisso.
Saldo
fine stagione,
prezzo fisso.
[...]
Assunta Chiodaroli
levatrice,
Parisina Sudori
rammendatrice.
L'arte di non far figlioli.
Gabriele Pagnotta

strumenti musicali.
Narciso Gonfalone
tessuti di seta e di cotone.
Ulderigo Bizzarro
fabbricante di confetti per nozze.
Giacinto Pupi,
tinozze e semicupi.
Pasquale Bottega fu Pietro,
calzature....
– Torniamo indietro?
– Torniamo pure.[12]

Quem passeia pela cidade (numa cidade moderadamente modernizada como Florença) não é nem sequer um indivíduo em solidão, em cuja mente ressoam memórias, esperas ou o que for. Aqui se passeia a dois. O eu desapareceu, reduzido a olho que registra, e a cidade é uma fita em que se inscreve a continuidade (e contigüidade) do heterogêneo. O acaso e os objetos têm uma subjetividade animista, criam ilusões, sarcasmos sem intenção, rimas cômicas. O descontínuo cria um efeito de continuidade, o inorgânico encontra uma uni-

12. "– Vamos?/ Então vamos./ Na arte do bordado,/ fábrica de passamanarias,/ mercadorias, tudo encomendado./ Irmãs Purtarè./ Na cidade de Paris/ *Modes*, *nouveautés*./ Benedetto Paradiso/ sucessor de Michele Salvato,/ estabelecimento fundado em 1843./ Aviso importante às senhoras!/ A beleza do sorriso,/ seio marmóreo/ pele de veludo./ Grandes tumultos em Montecitorio./ O presidente falou palavras de prol,/ tumulto à esquerda, tumulto à direita./ O grande Sultão da Turquia espera./ A pastilha do Rei Sol./ Se joga da janela por amor./ Insuperável sabão violeta./ Relojoaria de precisão./ 93/ Loteria do milhão./ Antiga trattoria "La pace",/ com jardim,/ cantina/ vinho em barril./ Loffredo e Rondinella/ seleta casa de tecidos,/ panos, lã, flanela./ Objetos de arte,/ quadros, antiquários,/ 26/ 26 A./ Avenida Napoleão Bonaparte./ Papelaria do progresso./ Aceitam-se costureiras de toda parte./ Anemia!/ Falimento!/ Grande liquidação!/ Queima de 90%/ livre acesso./ Hotel Risorgimento/ e hotel de Hungria./ Lastrucci e Garfagnoni,/ modernas instalações de aquecimento:/ estufas, termossifões./ Rua Irmãos Bandeira/ outrora do Crucifixo/ Saldo/ fim de estação,/ preço fixo./ [...] Assunta Chiodaroli/ parteira/ Parisina Sudori/ costureira./ A arte de não gerar prole./ Gabrielle Pagnotta/ instrumentos musicais./ Narciso Gonfalão/ artigos de seda e algodão./ Ulderico Bizzarro/ fabricante de adornos nupciais./ Giacinto Pupi,/ bacias não se preocupe/ Pasquale Bottega ex Pietro,/ sapataria.../ – Voltamos direto?/ Eu voltaria." [N.T.]

dade puramente efetiva. Eis a cidade de Palazzeschi: enumeração galhofeira que se torna cantilena. A cidade modifica a literatura, rompe os limites entre prosa e verso, muda as relações entre sujeito e objeto, transforma a contemplação e a observação em registro. Mesmo o aglomerado humano típico da cidade, a multidão, está ausente. Ou melhor: é supérflua. Os indivíduos que aparecem com nome e sobrenome nas tabuletas são emoldurados em seu inexorável destino onomástico e comercial. A publicidade se transforma em necrológio. Nesse animado e populoso deserto urbano é possível andar indiferentemente, bem à vontade, para frente e para trás. O passante, o *promeneur*, não sente nem pensa em nada, é transparente, sem espessura, homem de fumaça, fantasma. Não há nem mesmo necessidade de evasão, como em Apollinaire. Na condição de habitante da cidade, já se é ausente, porque supérfluo.

Leiamos Georg Heym, o poeta de Berlim, em alguns sonetos cuidadosamente sintéticos, sinóticos, em que a violência centrífuga das imagens e o dinamismo das imagens urbanas são violentamente constrangidos pela moldura férrea do soneto. A violência representativa, que espreme de modo expressionista os dados realistas, ainda que os trabalhe pictoricamente, assume em Heym a forma da contemplação. Parece que lemos um Andreas Gryphius da cidade. Há uma música fúnebre e solene (proposital) nos sonetos descritivos de Heym. Sua meditação sobre a inutilidade e a destruição é neobarroca. Tudo está assustadoramente parado em Heym. Aquilo que em cada cidade escorre e escapa, aqui é imóvel:

Der hohe Straßenrand, auf dem wir lagen,
war weiß von Staub. Wir sahen in der Enge
unzählig: Menschenströme und Gedränge,
und sahn die Weltstadt fern im Abend ragen.

("*Berlin II*")[13]

13. "A margem alta da estrada, onde estávamos,/ era branca de poeira. Vimos no estreito/ inúmeras pessoas: fluxo de gente e multidão,/ e ao longe a metrópole erguer-se na noite." ("Berlin II") Trad. literal Marco Aurélio Werle.

A visão nasce de um distanciamento ainda mais acentuado que no próprio Baudelaire (modelo de Heym). O observador está distante, isto é, ausente do quadro:

Die vollen Kremser fuhren durch die Menge,
papierne Fähnchen waren drangeschlagen.
Die Omnibusse, voll Verdeck und Wagen.
Automobile, Rauch und Huppenklänge.

Dem Riesensteinmeer zu. Doch westlich sahn
wir an der langen Straße Baum an Baum,
der Blätterlosen Kronen Filigran.

Der Sonnenball hing groß am Himmelssaum.
Und rote Strahlen schoß des Abends Bahn.
Auf allen Köpfen lag des Lichtes Traum.[14]

A distância é multiplicada no final: é a distância do sol, divindade imóvel, que lança sobre o inferno da cidade uma luz apocalíptica. O mundo que se concentra nessas imagens de cidade está a ponto de sucumbir, preparado para a destruição (e a máquina da cidade é destruição em ato: destruição desejável seria aquela capaz de libertar os seus habitantes dessa cidade-prisão). A cidade é, nesses sonetos, agitada por uma atividade incessante, de onde exalam fumaças infernais, asfixiantes, que a tornam inabitável: não se vê nenhuma presença humana. A cidade-máquina tornou invisíveis seus habitantes. Vê-se o produto, vê-se a produção que ocupa todo o espaço visível. O que não se vê são os produtores:

14. "Cheias charabãs passavam pela massa/ pendiam delas bandeiras de papel./ Ônibus com capotas e carros./ Automóveis, fumaça e buzinas.// Rumo ao imenso mar de concreto. Mas a oeste/ vimos, na longa estrada, árvore ao lado de árvore,/ a filigrana das copas sem folhas.// O sol pendia grande no horizonte celestial./ E raios vermelhos abriam o caminho da noite./ E sobre todas as cabeças, um sonho de luz." ("Berlin II") Trad. literal Marco Aurélio Werle.

Beteerte Fässer rollten von den Schwellen
der dunklen Speicher auf die hohen Kähne.
Die Schlepper zogen an. Des Rauches Mähne
hing rußig nieder auf die öligen Wellen.

Zwei Dampfer kamen mit Musikkapellen.
Den Schornstein kappten sie am Brückenbogen.
Rauch, Ruß, Gestank lag auf den schmutzigen Wogen
der Gerbereien mit den braunen Fellen.

In allen Brücken, drunter uns die Zille
hindurchgebracht, ertönten die Signale
Gleichwie in Trommeln wachsend in der Stille.

Wir ließen los und trieben im Kanale
an Gärten langsam hin. In dem Idylle
sahn wir der Riesenschlote Nachtfanale.

("*Berlin I*")[15]

Estamos na tradição dos "Tableaux" baudelairianos, embora com uma dureza mais elementar, com uma espécie de iracunda precisão descritiva que finalmente libera de modo mais explícito sua carga visionária nos cinco quartetos, sempre muito bem ritmados, de "Der Gott der Stadt" [O deus da cidade]. Trata-se de um poema escrito por volta de 1910 (Heym morre em 1912), e nele o anúncio de eventos destrutivos é mais evidente. O prin-

15. "Barris alcatroados rolavam das saídas/ de depósitos escuros para os altos batelões./ Os rebocadores puxavam. A bruma da fumaça/ caía fuliginosa sobre as ondas oleosas.// Dois vapores, com banda de música, vinham./ Baixaram chaminés sob o arco da ponte./ Havia fumo, fuligem e fedor sobre as vagas/ imundas dos curtumes das peles marrons.// Em todas as pontes, sob as quais nos conduzia/ a barcaça, ressoavam os sinais,/ como um retumbar crescendo no silêncio.// Deixamo-nos levar e entramos no canal/ chegando lentamente aos jardins. No idílio/ víamos os fanais noturnos de enormes chaminés." Trad. literal Marco Aurélio Werle.

cípio (ou a divindade) que preside o destino da vida urbana é um princípio demoníaco. O deus da cidade pode devorar a qualquer momento aquilo que criou. Sua gigantesca figura é tirânica e esmagadora:

Auf einem Häuserblocke sitzt er breit.
Die Winde lagern schwarz um seine Stirn.
Er schaut voll Wut, wo fern in Einsamkeit
die letzten Häuser in das Land verirrn.

Vom Abend glänzt der rote Bauch dem Baal,
die großen Städte knieen um ihn her.
Der Kirchenglocken ungeheure Zahl
wogt auf zu ihm aus schwarzer Türme Meer.

Wie Korybanten-Tanz dröhnt die Musik
der Millionen durch die Straßen laut.
Der Schlote Rauch, die Wolken der Fabrik
ziehn auf zu ihm, wie Duft von Weihrauch blaut.

Das Wetter schwelt in seinen Augenbrauen.
Der dunkle Abend wird in Nacht betäubt.
Die Stürme flattern, die wie Geier schauen
von seinem Haupthaar, das im Zorne sträubt.

Er streckt ins Dunkel seine Fleischerfaust.
Er schüttelt sie. Ein Meer von Feuer jagt
durch eine Straße. Und der Glutqualm braust
Und frißt sie auf, bis spät der Morgen tagt.[16]

16. "Escarrapachado sobre um quarteirão,/ À sua volta acampam negros ventos./ Ele olha irado, ao longe, a solidão/ De últimas casas em campos nevoentos.// Baal ao pôr do sol, pança luzindo,/ À volta ajoelham as grandes cidades./ De um mar de negras torres vem subindo/ O eco monstruoso das trindades.// Na rua, a multidão música entoa,/ Em dança coribântica exaltada./ Das chaminés fabris o incenso escoa/ E sobe até ele, em fragrância azulada.// No seu sobrolho crepitam temporais./ Narcotiza-se em noite o escuro dia./ >

Aqui a multidão é um bando de obsessos, de "coribantes". E, na falta de algo humano, nessa cidade, acima dela, só se pode erguer um monstruoso gigante. A própria cidade, dentro da qual Heym dá a impressão de jamais poder entrar, não é senão um monstruoso gigante. Intimamente estranha a si mesma, inimiga de si, inabitável, a cidade de Heym não promete prazeres, variedade e leveza de sensações, nem excitantes espetáculos pirotécnicos de estilo futurista: ela é sobretudo o cenário sombrio de uma tragédia iminente. Uma cidade pronta para o apocalipse, que ignora até aquele sentimento de desmantelo vital presente nos subúrbios de Aleksándr Blok ou a energia delirante que encontramos em certos poemas de Maiakóvski:

Janelas espatifaram o infernaço urbano
em mini-inferninhos que, nas luzes, mamavam.
Buzinando nas próprias orelhas de abano,
diabos ruivos nas ruas, carros empinavam.

[...]

Nos furos dos prédios, onde ardia o minério
e o ferro dos trens o caminho tolhia,
um avião gritou e caiu lá do espaço aéreo
onde o olho do sol ferido escorria.

(*"O inferno da cidade"*, 1913)[17]

Contrariamente à de Maiakóvski, a cidade de Heym não põe a imaginação em movimento, mas a bloqueia numa visão de angústia atônita.

> Como os abutres, esvoaçam vendavais/ Em cabeleira irada, que arrepia.// Estende no escuro a mão de carniceiro./ Um mar de fogo varre, num estremecer,/ Toda uma rua, que acaba num braseiro,/ Até que o dia tarde a amanhecer." Trad. João Barrento, in *Expressionismo alemão – Antologia poética*. Lisboa: Ática Sarl, s.d., p. 137.

17. Trad. do russo por Rubens Figueiredo.

Mesmo o maior exemplo italiano de estilo poético expressionista, Clemente Rebora, segue em direção oposta: a desesperada imobilidade descritiva de Heym, carregada de tensões contidas e aprisionadas, não encontra analogias em Rebora, cuja violência deformadora, segundo uma conhecida observação de Contini, se concentra no verbo, ao passo que, nos expressionistas alemães, predomina a tendência ao "estilo nominal" (como em Trakl e em Benn). Rebora tende "à representação da ação, mais que à descrição".[18] Suas imagens de cidade são igualmente investidas de uma carga apocalíptica, mas são dramaticamente dinâmicas, em nada contemplativas e visuais:

Scienza vince natura:
è gloria. Immane ferve
e di macchine suona e di monete
l'uman contrasto,
mentre in disparte l'umiltà dei vinti
geme o s'invischia, e vana
la melodia silvana
inascoltata giace.
Oh per le vie dell'alba fulmineo ridestarsi,
quando
uccelli dei nidi cittadini
per l'aria dai camini
volano le sirene
negl'incensi del fumo
chiamando al buon lavoro!
E via si lancia il giorno
d'ora in ora al meriggio,
e giù per la sua china
a foggiar cose e pensieri
con intrecciate vicende
con risonanti movenze,

18. G. Contini, "Due poeti degli anni vociani, I: Clemente Rebora" [1937], in *Esercizi di lettura sopra autori contemporanei con un'appendice su testi non contemporanei*. Turim, Einaudi, 1974, p. 7.

fin che la sera il gran pàlpito accoglie
e ne respira le voglie
fra il rincasar tumultuoso
che ai sobborghi nereggia negli echi
dell'ultime officine,
ora il brulicar delle forme
che s'indugian più scaltre
nel tinnir luminoso dei corsi.

("Frammenti lirici, XXXIV", 1913)[19]

A imersão no dinamismo físico e moral da vida urbana, que é mistura de enganos e de violentas "gesticulações" idealistas (como diz Mengaldo[20]), é tão decidida, voluntarista e carregada de imperativos de participação, que mal se vê a cidade. A cidade de Rebora não é um espetáculo a ser contemplado, mas um processo humano, uma luta entre o bem e o mal, um incessante "tornar-se" no interior do qual é preciso lançar-se com um ímpeto quase cego ao sacrifício de si. Acima de tudo, uma advertência preliminar ou didascália sarcástica: "Ciência vence natureza:/ é glória". A cidade de Rebora surge como expressão de um pervertido idealismo ativista, cujo desafio moral é, no fim das contas, aceito.

Aqui também a multidão é sem rosto, anônima, porque não permite que nenhum rosto venha à tona. Fala-se dos "vencidos", ou melhor, de sua "humildade", que "geme ou se atola". Fala-se de "moldar coisas e pensa-

19. "Ciência vence natureza:/ é glória. Imensamente ferve/ de máquinas ressoa e de moedas/ o atrito humano,/ enquanto, à parte, o coro dos vencidos/ geme ou submerge, e sem sentido/ a melodia da floresta/ jaz sem ser ouvida./ Ó, nas ruas da aurora um despertar de fogo,/ quando/ pássaros de ninhos urbanos/ por entre chaminés e canos/ revoam altas as sirenes/ em meio a incensos de fumaça/ chamando para o bom trabalho!/ E assim se desata a jornada/ de hora em hora, até o meio-dia/ e daí descendo pela encosta/ a forjar coisas, pensamentos,/ nas sucessões entrelaçadas/ nos movimentos martelados,/ até que a noite acolhe o peito que arde/ aspirando sua força e sua vontade/ na dura volta para casa/ que nos subúrbios escurece entre os ecos/ das mais tardias oficinas,/ e agora o tremular das formas/ que se demoram, precavidas,/ no tinir luminoso de alamedas." ("Fragmentos líricos, XXXIV", 1913). [N.T.]
20. *Poeti italiani del Novecento*, org. P.V. Mengaldo. Milão: Mondadori, 1978, p. 252.

mentos" em cada processo produtivo, material, mental. Vê-se uma "volta à casa tumultuada" que "nos subúrbios se escurece". A cidade é um imperativo moral de participação, além de ser uma necessidade de fato, que atrai e impede, que torna inconcebível o olhar e o julgamento externo. Nesse cruzamento urbano de idealismo e ativismo industrial parece que já lemos o drama e o mistério da encarnação do espírito: o símbolo da cruz, assumido por Rebora mais tarde, com a conversão em 1929. Dentro da voragem da cidade, o indivíduo não só desaparece, mas tem o dever de negar-se e oferecer-se ao "universal anônimo" em que se encarna a humanidade moderna, ou seja, a humanidade urbana.

Em 1922, quando surge "The Waste Land" de Eliot, muitas outras coisas aconteceram. A modernidade urbana não dispõe apenas de um presente vertiginoso e de um futuro apocalíptico ou radioso, como dez anos antes. A Primeira Guerra Mundial cavou fundo, abriu abismos na memória histórica européia. A modernidade já tem um passado, recentíssimo: produziu um apocalipse real, produziu ruínas e fez vacilar toda uma tradição. A belíssima nave do progresso já afundou (o naufrágio do *Titanic* antecede a guerra, é de 1912). Agora são visíveis os destroços, encontram-se pelas ruas os náufragos e sobreviventes. E eles parecem os náufragos e os sobreviventes de todos os naufrágios e guerras. Se caminharmos em certas horas por uma de suas ruas silenciosamente apinhadas, a cidade se dissipa na névoa do irreal. Estamos em Londres, com todas as indicações de espaço e tempo. Mas estamos realmente apenas ali e naquele instante? O *aqui e agora* é habitado por muitos *alhures* e inumeráveis *quando*, que atacam o passante assim que ele se distrai ou tão logo sua atenção estranhada se faz mais clarividente:

Unreal City,
under the brown fog of a winter dawn,
a crowd flowed over London Bridge, so many,
I had not thought death had undone so many.
Sighs, short and infrequent, were exhaled,
and each man fixed his eyes before his feet.
Flowed up the hill and down King William Street,

to where Saint Mary Woolnoth kept the hours
with a dead sound on the final stroke of nine.
There I saw one I knew, and stopped him, crying: "Stetson!
You who were with me in the ships at Mylae!
That corpse you planted last year in your garden,
has it begun to sprout? Will it bloom this year?
Or has the sudden frost disturbed its bed?
Oh keep the Dog far hence, that's friend to men,
or with his nails he'll dig it up again!
You! hypocrite lecteur! – mon semblable, – mon frère!"[21]

Trata-se da última parte da primeira seção de "The Waste Land", cujo título e tema é "a sepultura dos mortos". É um texto famoso (talvez o mais conhecido de toda a poesia do século XX). A cidade aparece de modo explícito, solenemente definida como "irreal" desde o primeiro verso. Mas as características do todo o poema são as mesmas que caracterizaram, desde o início, quase todas as figurações literárias do ambiente urbano:

1. Presença do heterogêneo e fluir do heterogêneo.
2. Condensações e saltos temporais.
3. O que aparece, logo em seguida desaparece.
4. A concretude dos detalhes objetivos é intensa a ponto de tocar a abstração ou a alucinação.
5. O universo parece reunido em um espaço único.
6. Todas as épocas se concentram e convivem no presente.

21. "Cidade irreal,/ sob a fulva neblina de uma aurora de inverno,/ fluía a multidão pela Ponte de Londres, eram tantos,/ jamais pensei que a morte a tantos destruíra./ Breves e entrecortados, os suspiros exalavam,/ e cada homem fincava o olhar adiante de seus pés./ Galgava a colina e percorria a King William Street,/ até onde Saint Mary Woolnoth marcava as horas/ com um dobre surdo ao fim da nona badalada./ Vi alguém que conhecia e o fiz parar, aos gritos: "Stetson,/ Tu que estiveste comigo nas galeras de Mylae!/ O cadáver que plantaste no ano passado em teu jardim/ já começou a brotar? Dará flores este ano?/ Ou foi a imprevista geada que o perturbou em seu leito?/ Conserva o Cão à distância, esse amigo do homem,/ ou ele virá com suas unhas outra vez desenterrá-lo!/ Tu! Hypocrite lecteur! – mon semblable –, mon frère!". Trad. Ivan Junqueira, in *Poesia*. Nova Fronteira: Rio de Janeiro, 1981, p. 91. [N.T.]

Mais uma vez, o liame social é modificado pela multidão. E é da multidão que podem despontar os indivíduos mais inesperados, criando o choque do encontro. Eliot já faz aqui, como de resto em toda a sua obra, a história do tema escolhido. Nesse caso, ele cria uma profundidade de perspectiva vertiginosa, que chega literalmente a Dante e a Baudelaire, especialistas do mal, do vício, do pecado (Baudelaire, analista do pior dos pecados modernos: a ignávia, *l'ennui*), e historicamente alcança as guerras púnicas, a batalha de Milazzo, tomada como exemplo de uma das tantas batalhas, todas iguais no curso dos séculos. Nas notas traduzidas pelo próprio Eliot (em que a consistência histórica e literária, a marchetaria do heterogêneo, se torna transparente), no verso 60 ("*Unreal City*"), o autor cita os dois versos que abrem "Les Sept Veillards" de Baudelaire: "*Fourmillante cité, cité pleine de rêves, / Où le spectre en plein jour raccroche le passant*".[22] E, no verso 63, remete em nota aos versos 55-57 do canto III do "Inferno": "*...sì lunga tratta/ di gente, ch'io non avrei mai creduto/ che morte tanta n'avesse disfatta*".[23]

Estamos na City, em meio a uma multidão de empregados (o próprio Eliot, como funcionário de banco, fazia parte dela), mas também estamos às portas do inferno. Além disso, um desses anônimos empregados da City é também um sobrevivente, um velho companheiro de armas (o *stetson*, ao que parece, era um tipo de chapéu usado no exército australiano e neozelandês). E mais: no verso 74, Eliot anota que, dessa vez, a referência é ao *Diabo branco* de John Webster: "Mas mantém longe daqui o lobo, que é inimigo dos homens, porque com suas garras os exumará". O velho combatente deve ter cometido um delito e ocultado um cadáver no jardim; por isso, precisa ficar atento para que sua culpa não venha à luz. A culpa e os cadáveres escondidos são o substrato da cidade. Também você, leitor, sabe alguma coisa sobre isso – ainda que seja apenas aquela culpa de que fala Baudelaire em seu prólogo "Au lecteur", uma culpa delicada e monstruosa, a acídia.

22. "Cidade a fervilhar, cheia de sonhos, onde/ O espectro, em pleno dia, agarra-se ao passante!". Trad. Ivan Junqueira, in *As flores do mal*. Nova Fronteira: Rio de Janeiro, 1985, p. 331. [N.T.]

23. "Atrás enorme multidão surgia,/ tantos que eu não podia imaginar/ tivesse a morte aniquilado um dia." Trad. Cristiano Martins, in *A divina comédia*. Belo Horizonte: Itatiaia, 1979, p. 122, verso 1. [N.T.]

A indiferença moral, o pecado inconsciente das massas urbanas, Eliot é forçado a revelá-los recorrendo a todo tipo de expediente estilístico. Especialmente pela aproximação de categorias alegóricas e morais hauridas de Dante e Baudelaire à banalidade onipresente daquilo que escorre pelas ruas apinhadas de Londres. A cidade é multiplicação de planos espaciais e temporais, uma cena em que dialogam vozes heterogêneas. Mas isso não tem o propósito de celebrar esteticamente a fantasmagoria do heterogêneo. A pluralidade de vozes e de citações converge em um ponto: como poeta, talvez sobretudo por sua linguagem e pela representação da vida urbana, Eliot é um crítico da civilização. Ele desarticula a estrutura da civilização ocidental em busca de passagens e frestas que levem a um tempo não-histórico. O desfecho de "The Waste Land" é uma fórmula ritual tirada dos *Upanixades*: "*Shantih shantih shantih*", isto é, paz inefável, paz invocada na visão da queda de todas as cidades capitais do mundo antigo e moderno. Na mesma seção final, lê-se: "*Falling towers/ Jerusalem Athens Alexandria/ Vienna London/ unreal*".[24] Todas cidades irreais, cujas torres desmoronam. E, pouco antes do fim do poema, a pequena canção: "*London bridge is falling down falling down falling down...*".[25]

De 1929 (publicado postumamente em 1940) é um violentíssimo *reportage* poético da capital do século XX, Nova York. Estamos no ano do *crash* financeiro de Wall Street. Nesse caso, a crítica da civilização é formulada por um poeta que parecia bastante alheio ao estilo da denúncia e da crítica social: Federico García Lorca. No entanto, com *Poeta en Nueva York*, Lorca escreve talvez a obra-prima poética do surrealismo, um poema surrealista de denúncia, representação crítico-visionária acurada de Nova York como centro da civilização moderna e do capitalismo avançado.

Seu guia nessa "Nova York de lama,/ Nova York de arame e de morte" é o "belo velho" Walt Whitman. Mas a paisagem e o panorama (há

24. "Torres cadentes/ Jerusalém Atenas Alexandria/ Viena Londres/ Irreais". Trad. Ivan Junqueira, in *Poesia*. Rio de Janeiro: Nova Fronteira, 1981, p. 103. [N.T.]
25. "A Ponte de Londres está caindo caindo caindo". Id. ibid., p. 105. [N.T.]

vários e horripilantes, a começar pelo "Paisaje de la multitud que vomita") são demoníacos. Sobretudo o comércio, o mundo do cálculo econômico e a indústria alimentícia são mostrados enumerativamente como um inferno. Tudo dito por negação, correção e antítese: "*No es el infierno, es la calle./ No es la muerte, es la tienda de frutas*". No poema "New York. Oficina y denuncia", lemos:

Debajo de las multiplicaciones
hay una gota de sangre de pato;
debajo de las divisiones
hay una gota de sangre de marinero;
debajo de las sumas, un río de sangre tierna.
Un río que viene cantando
por los dormitorios de los arrabales,
y es plata, cemento o brisa
en el alba mentida de New York.
Existen las montañas. Lo sé.
Y los anteojos para la sabiduría.
Lo sé. Pero yo no he venido a ver el cielo.
Yo he venido para ver la turbia sangre.
La sangre que lleva las máquinas a las cataratas
y el espíritu a la lengua de la cobra.
Todos los días se matan en New York
cuatro millones de patos,
cinco millones de cerdos,
dos mil palomas para el gusto de los agonizantes,
un millón de vacas,
un millón de corderos
y dos millones de gallos,
que dejan los cielos hechos añicos.
Más vale sollozar afilando la navaja
o asesinar a los perros en las alucinantes cacerías
que resistir en la madrugada
los interminables trenes de leche,

los interminables trenes de sangre
y los trenes de rosas maniatadas
por los comerciantes de perfumes.
Los patos y las palomas,
y los cerdos y los corderos
ponen sus gotas de sangre
debajo de las multiplicaciones,
y los terribles alaridos de las vacas estrujadas
llenan de dolor el valle
donde el Hudson se emborracha con aceite.
Yo denuncio a toda la gente
que ignora la otra mitad,
la mitad irredimible
que levanta sus montes de cemento
donde laten los corazones
de los animalitos que se olvidan
y donde caeremos todos
en la última fiesta de los taladros.
Os escupo en la cara.
La otra mitad me escucha
devorando, orinando, volando en su pureza
como los niños en las porterías
que llevan frágiles palitos
a los huecos donde se oxidan
las antenas de los insectos.
No es el infierno, es la calle.
No es la muerte, es la tienda de frutas.
Hay un mundo de ríos quebrados y distancias inasibles
en la patita de ese gato quebrada por el automóvil
[...]
No, no, no, no; yo denuncio,
Yo denuncio la conjura
de estas desiertas oficinas
que no radian las agonías,

que borran los programas de la selva,
y me ofrezco a ser comido por las vacas estrujadas
cuando sus gritos llenan el valle donde el Hudson se emborracha con aceite.[26]

Quando o poeta surrealista nascido na Andaluzia, apaixonado por canções de ninar e folclore, Góngora e Lope de Vega, chega ao centro do mundo industrializado, o choque só pode ser violento. Lorca faz um relato que é também um manifesto sumário de tudo o que o surrealismo poderia ter dito de Nova York em matéria de revolta e de denúncia. O estilo não-estilo do surrealismo é usado por Lorca na forma de manifesto-discurso. Mesmo afirmando que se trata de "observação [...] lírica", Lorca aproximou, numa entrevista de 1933, sua descrição "do interior" às inumeráveis descrições "do exterior" que então circulavam tanto sobre Nova York

26. "Debaixo das multiplicações/ há uma gota de sangue de pato;/ debaixo das divisões/ há uma gota de sangue de marinheiro;/ debaixo das somas, um rio de sangue terno./ Um rio que vem cantando/ pelos dormitórios dos arrabaldes,/ e é prata, cimento ou brisa/ na aurora mentida de Nova York./ Existem as montanhas. Eu o sei./ E os antolhos para sabedoria./ Eu o sei. Mas eu não vim para ver o céu./ Eu vim para ver o turvo do sangue./ O sangue que leva as máquinas às cataratas/ e o espírito à língua de cobra./ Todos os dias se matam em Nova York/ quatro milhões de patos,/ cinco milhões de porcos,/ duas mil pombas para os agonizantes,/ um milhão de vacas,/ um milhão de cordeiros/ e dois milhões de galos,/ que deixam os céus em pedaços./ Mais vale soluçar afiando a navalha/ ou assassinar os cães nas alucinantes caçadas,/ que resistir na madrugada/ aos intermináveis trens de leite,/ aos intermináveis trens de sangue/ e aos trens de rosas manietadas/ pelos comerciantes de perfumes./ Os patos e as pombas/ e os porcos e os cordeiros/ põem suas gotas de sangue/ debaixo das multiplicações,/ e os terríveis alaridos das vacas espremidas/ enchem de dor o vale/ onde o Hudson se embriaga com azeite./ Eu denuncio a toda gente/ que ignora a outra metade,/ a metade irredimível/ que levanta seus montes de cimento/ onde palpitam os corações/ dos animaizinhos que se olvidam/ e onde cairemos todos/ na última festa dos trados./ Cuspo-vos na cara./ A outra metade me escuta/ devorando, urinando, voando em sua pureza,/ como os meninos das portarias/ que levam frágeis palitos/ aos ocos onde se oxidam/ as antenas dos insetos./ Não é o inferno, é a rua./ Não é a morte, é a frutaria./ Há um mundo de rios quebrados e distâncias inatingíveis/ na patinha desse gato quebrada pelo automóvel/ [...] Não, não, não, não; eu denuncio./ Eu denuncio a conjura/ destes desertos escritórios/ que não irradiam as agonias,/ que apagam os programas da selva,/ e ofereço-me para ser comido pelas vacas espremidas/ quando seus gritos enchem o vale/ onde o Hudson se embriaga com azeite." Trad. William Agel de Mello, in Federico Garcia Lorca, *Obra Poética Completa*. São Paulo: Martins Fontes, 2002, pp. 477-80. [N.T.]

quanto sobre Moscou. Mas sua descrição é isenta de qualquer excitação estética. Não há lugar para o caleidoscópio das puras percepções. Ao contrário: "Arquitetura extra-humana e ritmo furioso, geometria e angústia. Seja como for, aí não existe alegria, malgrado o ritmo. Homem e máquina vivem a escravidão do momento".[27] Como assassínio sistemático da Natureza, inclusive da natureza humana, a cidade não é mais adequada ao *flanêur*: é pura angústia.

Em poesia, essa talvez seja a última revelação da realidade urbana. Desde então, a cidade e suas imagens provocarão cada vez menos escândalo. No entanto será um problema nomear formas de paisagem extra-urbana (seria interessante, por exemplo, ver de perto a lebre que invade a paisagem bucólica e a psique bucólica, a província agrícola, de um poeta como Zanzotto). Nos poetas "engajados" dos anos 1930, de Brecht a Auden, a cidade já está em toda parte: agiu em profundidade, dissecou e privou de aura a própria língua da poesia.

Em Wystan Hugh Auden, paisagem mental e paisagem urbana se interpenetram. A cidade é onipresente. A "*City without walls*" de Auden é a cidade sem muros e sem limites de que fala Lewis Mumford no início dos anos 1960: uma megalópole invisível, uma rede de funções comunicativas, aparato tecnológico que concentra e distribui informações e imagens num espaço extra-urbano que não pode, apesar de tudo, ser definido não-urbano, porque também ele é impregnado de cultura urbana. No poema sobre a morte de William Butler Yeats, de 1939, ano da invasão nazista da Polônia, a presença póstuma do grande poeta irlandês é descrita por Auden em seu desmembramento "em cem cidades". O corpo do poeta, como uma cidade, tem subúrbios; e sua mente, como uma cidade, tem praças. A poesia não importa e não faz nada acontecer, diz Auden. Ela encontra cada vez menos espaço de existência na balbúrdia urbana do amanhã:

The provinces of his body revolted,
the squares of his mind were empty,

27. Apud G. Caravaggi, *Invito alla lettura di García Lorca*. Milão: Mursia, 1980, p. 72.

silence invaded the suburbs,
the current of his feeling failed: he became his admirers.

Now he is scattered among a hundred cities
and wholly given over to unfamiliar affections
[...]
The words of a dead man
are modified in the guts of the living.

("In Memory of W.B. Yeats")[28]

A acusação continua. Mas a cidade já não é mais representável nem visível como conjunto e enquanto tal. Não há espectador que possa enxergá-la. Não há espelho que possa restituir-lhe a imagem unitária. Talvez a cidade, convertida em Megalópole Invisível, ressurja num sentido sarcasticamente perturbado em cidade-alma, como era a Trieste de Saba e a Alexandria de Kavafis. Dessa presença da cidade-alma também falara Jorge Luis Borges, no início dos anos 1920:

Las calles de Buenos Aires
ya son la entraña de mi alma.
No las calles enérgicas
molestadas de prisas y ajetreos,
sino la dulce calle de arrabal
enternecida de árboles y ocaso
y aquellas más afuera
ájenas de piadosos arbolados

28. "As províncias do seu corpo revoltaram-se,/ vazias ficaram as praças da sua mente,/ os subúrbios foram invadidos por silêncio./ A corrente do seu sentir cessou: ele tornou-se em admiradores seus.// Agora jaz espalhado por uma centena de cidades/ e de todo entregue a afetos não-familiares/ [...] As palavras de um homem que morreu/ modificam-se nas entranhas dos vivos." Trad. José Paulo Paes, in W.H. Auden, *Poemas*. São Paulo: Companhia das Letras, 1986, p. 75. [N.T.]

donde austeras casitas apenas se aventuran
hostilizadas por inmortales distancias.

("Las calles", 1923)[29]

Mas já então se percebe (pela melancolia e nostalgia meta-histórica do poeta) que um mundo havia terminado. As periferias de que fala Borges são eternas como idéias platônicas.

29. "As ruas de Buenos Aires/ já são as entranhas de minha alma./ Não as ruas enérgicas,/ perturbadas por pressa e agitação,/ mas a suave rua de subúrbio/ enternecida de árvores e ocaso/ e aquelas mais remotas/ desprovidas de castos arvoredos/ onde austeras casinhas apenas se aventuram/ hostilizadas por distâncias imortais" ("As ruas", 1923). [N.T.]

Poesia e gênero lírico: vicissitudes pós-modernas

Não estou convencido se sei o que podemos entender essencialmente por poesia. Mesmo porque definir "essencialmente" algo requer uma fé nas "essências" que eu não tenho. Quando falamos de poesia, entendemos um espaço que se define continuamente no interior do sistema dos gêneros literários. Assim, parafraseando e invertendo um dito de Pasolini (segundo o qual "a prosa é a poesia que a poesia não é"), eu poderia dizer que a poesia é também aquele tipo de prosa que a prosa não consegue ser. As fronteiras da poesia como gênero literário se dilatam e se restringem de acordo com a atitude de cada autor (nas diversas situações ou contingências históricas), que inclui ou exclui da linguagem poética aquilo que também pode ser dito (e é dito) em outros gêneros literários.

Por isso, desde o título desta comunicação, a poesia se distingue do gênero lírico. Na modernidade, as fronteiras da poesia se restringiram notavelmente, talvez como nunca antes, até o ponto de coincidir com o território da lírica. Pense-se na poética de Novalis, de Leopardi, de Edgar Allan Poe e, finalmente, de Mallarmé. Mas também as poéticas abrangentes e inclusivas como as de Whitman e Rimbaud, antiintelectualistas e vitalistas (e, nesse caso, nos antípodas de Baudelaire), abriram as portas para a enumeração caótica e a escrita automática, ou seja, para aquelas formas de radicalismo antidiscursivo que terminaram por consolidar uma separação nítida, ontológica e de princípio (portanto, também sancionada no plano teórico) entre poesia e prosa, entre um uso "essencial" da linguagem e um uso "instrumental" ou "relacional", o que levou à definição formalista e jakobsoniana de uma função poética da linguagem distinta de todas as demais funções. Um modo essencialista, ainda que aparentemente lingüístico, de definir a poesia de uma vez por todas.

A um certo ponto, sobretudo a partir dos balanços históricos e teóricos dos anos 1930 (com Béguin, Raymond, Anceschi; em direção oposta vai Edmund Wilson, com *O castelo de Axel*), até chegar ao "informal formalista" das novas vanguardas ou vanguardas pós-modernas dos anos 1950-1960, a modernidade é canonizada e teorizada, em geral, como negação, grau zero e fusão magmática, subversora dos gêneros (mais que "mistura de estilos": a mistura de fato requer que existam elementos heterogêneos a serem misturados, isto é, gêneros suficientemente distinguíveis). E em poesia a modernidade definiu-se como anti-realismo, "fantasia ditatorial", auto-referencialismo, pura textualidade, evasão da semântica, automatismo psicolingüístico, antipoesia hiperpoética: antes, poesia da poesia; depois, poesia da idéia da função poética ou poesia da teoria. Na França, entre Paul Valéry e *Tel Quel* houve, nesse sentido, uma continuidade. Embora Valéry apostasse no esvaziamento ou na imprecisão semântica posta em alexandrinos com rimas emparelhadas, ao passo que o formalismo informal de *Tel Quel* (Jean-Pierre Faye, Macelyn Pleynet, Denis Roche) excluía inteiramente os instrumentos métricos tradicionais. Entretanto, com seus alexandrinos neoclássicos, Valéry era também um crítico conservador da modernidade, e não só um inovador audacioso, ao passo que, nos anos 1960, muitas razões e muitos espaços inovadores da vanguarda do início do século estavam exauridos: quase todas as inovações técnicas foram inventadas antes de 1950; após 1945 começaram os *revivals* e as redescobertas, as aplicações e as réplicas. De resto, em Valéry havia um atrito entre hiperformalização e esvaziamento, enquanto na teoria da *obra aberta* a dialética entre grau zero formal e grau zero semântico produz um belo vazio; ou seja, à força de escrever frases reciprocamente imprevisíveis em obediência à teoria da informação, deu-se uma peculiar *estetização do vazio*, entendido como o máximo de contestação lingüística dos procedimentos literários tradicionais.

Assim, muitíssimas coisas que, não digo até o *Settecento* (Pope, Voltaire), mas até Foscolo, Púchkin ou mesmo Baudelaire, podiam ser ditas em versos, a partir do simbolismo da segunda metade do século XIX até as últimas vanguardas passaram a ser excluídas: falar em poesia se tornara exceção (e pode-se lembrar que Baudelaire, fundador da Modernidade poética, ainda escreve ensaios em versos: freqüentemente há mais energia prosaica, descritiva e discursiva nas *Fleurs du mal* do que nos *Petits poèmes en prose*).

Essa "lírica moderna" fundamentalmente antidiscursiva e auto-referencial foi, porém, muito mais uma lenda ideológica, mais um mito teórico-polêmico que uma realidade: até um "lírico absoluto" como Gottfried Benn alterna os rigores do estilo nominal e do monologar abstrato com os poemas-retrato, poemas cotidianos e de intervenção. No entanto a idéia ou ideologia dominante da poesia foi essa – e se tornou nas últimas décadas a base do ensino universitário e da divulgação pedagógica.

Enfim: as "vicissitudes pós-modernas" indicadas no título apontam para uma virada fundamental no modo de considerar e de herdar a Modernidade, uma virada que ocorreu, creio, antes do que normalmente se pensa. O Pós-moderno começa já nos anos 1940, durante e sobretudo após o fim da Segunda Guerra Mundial, quando a centralidade européia declina e o "século americano" sai definitivamente do estado de latência e explode nas formas mais evidentes em todos os campos: política, estilo de vida, cultura de massa e cultura das elites. Desde então a Europa "se aliena", vê-se cada vez mais a si mesma com os olhos da América, do ponto de vista dos Estados Unidos, considerados o ponto culminante e mais avançado do desenvolvimento ocidental. Contrariamente ao que tantas vezes se repete, a esquerda européia não cometeu o pecado do contra-americanismo, ao contrário: o mito da América (mais forte do que o da Rússia) habita estavelmente as vísceras da cultura européia, especialmente da cultura de esquerda, desde os anos 1930. Mas essa é uma longa história. Queria apenas acenar rapidamente ao nascimento da Pós-modernidade como Modernidade européia "transferida" para a outra margem, a margem americana, em um mundo agora dominado pelo modelo norte-americano. Uma Modernidade desarticulada, transformada em arquivo e museu, exaurida como experiência e relida, reapresentada e reutilizada como patrimônio cultural acumulado. Uma Modernidade historicizada, ensinada nas universidades, absorvida pelas instituições como busca ininterrupta e obrigatória do "novo", arquivada (é a tese de George Steiner) nas coleções americanas. Dos anos 1950 em diante, começa aquele *envelhecimento da modernidade e da van-*

guarda tratado por Adorno em seu ensaio sobre música. A continuidade se rompera. Não era possível acreditar na continuação de experiências do início do século. Seja como for, elas seriam transplantadas e reutilizadas de modo pós-moderno, em um contexto mudado, no qual o "público burguês" clássico, escandalizado e ultrajado pelas vanguardas históricas, fora adestrado pela crítica e se transformara em público neoburguês avançado e condescendente, que considerava a transgressão vanguardista o primeiro mandamento cultural. A vanguarda era ensinada nas academias. E isso determinou, nos anos 1960, o nascimento daquela pós-modernidade madura, que transferia o choque moderno para um futuro pacificado.

De qualquer modo, a pós-modernidade é uma época. Uma situação da arte e da cultura que não pode ser resumida numa só poética e em um único estilo. A Pós-modernidade é ainda a crise do monismo historicista de que nasciam seja a ideologia da vanguarda, seja a do engajamento, segundo a qual, dada uma certa consciência da situação histórica e política da arte, não se podia senão *deduzir um modo e apenas um* de fazer arte à altura dos tempos. As tendências artísticas militantes organizavam e interpretavam a si mesmas segundo o modelo do partido político, mais ou menos revolucionário: um grupo, um manifesto técnico-político, uma práxis artística deduzida de certos princípios e defendida em grupo.

Naturalmente é difícil encontrar esse esquema tipológico em estado puro. Mas ele está presente e age em numerosas experiências. O grupo pode ser pouco homogêneo, o manifesto pode ser disseminado em várias intervenções críticas. O que conta é a dedução da forma artística mais *historicamente legitimada* (ou a única justificada historicamente) por uma análise ou teoria do exato momento da História (história como processo unilinear) em que se encontra. (Relevo aqui o fato de que grupos e tendências organizadas, ou "partidos políticos da arte", têm também uma função autopromocional: dão segurança, força, garantias, proteção aos artistas individualmente, em sua luta por concorrência no mercado. Em suma, os partidos políticos da arte também são agências de promoção e colocação. Os artistas de um grupo de vanguarda se apresentam e se compram "em bloco". E isso faz diminuir, para cada um deles, os riscos de fracasso e de exclusão. A garantia oferecida por um manifesto e a legitimação histórica fornecida por uma ideologia anulam ou mascaram os problemas de maior ou menor sucesso de cada artista e cada produto artístico.)

Feitas estas considerações preliminares, darei apenas alguns exemplos de como, na Pós-modernidade, a poesia forçou os seus limites: 1) recuperando dimensões da prosa ou, às vezes, da teatralidade; 2) reabrindo o diálogo com a tradição pré-moderna; 3) praticando uma pluralidade de vias possíveis e saindo da tutela de poéticas fundadas numa consciência histórica de tipo monista; 4) mantendo, recuperando ou desconstruindo o espaço clássico da lírica como absoluto monológico a meio caminho entre "universo humano" da experiência e "idioleto" estilístico.

Os exemplos que apresentarei aqui são simplesmente exemplos; não excluem que outros possam ser apresentados ao lado ou em substituição a estes.

Os primeiros dois autores não são italianos, mas me parecem necessários para definir a moldura geral e pós-moderna dos fenômenos poéticos da segunda metade do século XX: se tratarmos de genealogias, de origens e descendências, creio que será difícil evitar dois autores, porém muito diferentes entre si, como Wystan Hugh Auden e Francis Ponge.

Em Auden, os sinais da virada pós-moderna são legíveis no *aprofundamento para trás da barreira da modernidade*, em direção iluminista, satírica, teatral, neoclássica. Auden é um dos raros grandes poetas que atuam entre a primeira e a segunda metade do século e percebem (até mesmo como vítima) a passagem de uma fase (próxima a Eliot e Brecht) a outra: o período americano, que ocupa grande parte de sua vida (de 1959 a 1973), é caracterizado por uma perda daquele contexto familiar inglês no qual e pelo qual ele havia escrito seus primeiros livros. A Europa se distancia, o engajamento político terminou para ele. Parece que a certa altura Auden já não sabe o que fazer do seu talento e de suas extraordinárias qualidades de virtuose da linguagem poética, de filósofo em versos, de moralista.

Mas toda a obra de Auden nasce num *após* a Modernidade: depois de Eliot e Yeats, depois de Rilke e Valéry, depois de Kraus e Brecht. Desde o início, Auden escreve poesia com tal largueza de meios, pondo em jogo uma tal variedade temática e estilística, que parece não só um poeta, mas sobretudo um dramaturgo e um ensaísta em versos. Auden libera a poesia moderna de seus purismos e rigores. Desata aquela espécie de "paralisia da discursividade" que acometera os poetas do simbolismo às vanguardas, saindo seja do culto da forma absoluta, seja do informe caótico – restituindo à poesia uma riqueza semântica e uma robustez formal anteriormente perdida, que mesmo poetas intelectuais como Eliot haviam reconstruído com esforço (o Eliot dos "Quartetos" já era contemporâneo de Auden, e não é improvável que ele tenha usufruído ensinamentos do poeta mais jovem).

Auden não é um poeta lírico. Não isola (como Pound) momentos de intensidade. Fala e pensa em versos. E os versos dele, com a sua regularidade polimórfica e imprevisível, parecem apenas instrumentos técnicos para pensar e falar melhor, jogo e música sem os quais a inteligência não conseguiria funcionar tão bem.

A obra poética de Auden tem uma fluência às vezes oratória e às vezes coloquial, o que por si já assinala uma virada em relação ao estilo "modernista" concentrado, ascético, hermético, órfico, esotérico, característico no tardo-simbolismo de autores como Rilke, Yeats, Valéry. "A poesia não é magia", escreveu Auden. "Se for possível atribuir à poesia [...] um escopo ulterior, este consiste em desencantar e desintoxicar, dizendo a verdade" (em "The Dyer's Hand",[1] 1962).

A linguagem poética de Auden não aspira (como, depois dele, a de Dylan Thomas) a ser um sucedâneo "*fonossimbólico*" da realidade. É acima de tudo um *comentário* à realidade: mais observada a distância, de fora e do alto, do que diretamente vivida. Auden não é um poeta do ser, mas do pensar. Em sua poesia, as palavras não querem ser coisas nem influir sobre as coisas.

"Os desconhecidos legisladores do mundo", escreveu no mesmo ensaio citado, "é uma definição adequada aos membros da polícia secreta, não aos poetas".

Um de seus poemas mais citados e típicos, "Musée des Beaux Arts" (em *Another Time*, 1940), define exemplarmente o procedimento de Auden e sua idéia de poesia. O poeta se aproxima de nós como o visitante de uma pinacoteca. Observa um quadro de Pieter Brueghel, o jovem, *A queda de*

1. Ed. bras.: "A mão do artista", in *A mão do artista*, trad. José Roberto O'shea. São Paulo: Siciliano, 1993. [N.E.]

Ícaro; parece comunicar-nos suas reflexões confidencialmente, de modo extemporâneo, como faria com um amigo que o acompanhasse pelas salas. Examina cada detalhe da tela e chega a uma idéia geral: a Natureza e a História humana, a vida cotidiana com suas distrações e cansaços, continuam sendo aquilo que são ainda que Jesus nasça e seja crucificado, ainda que um desgraçado Ícaro perca as asas e se precipite no mar. Ironia e sentimento do trágico não se excluem: cada qual tem suas razões e suas finalidades, e essa constatação é ao mesmo tempo trágica e irônica. A realidade não obedece a uma racionalidade única. O cosmo é uma soma de microcosmos que não refletem o conjunto e que raramente se comunicam entre si. É a visão pré-moderna dos Antigos Mestres que põe em discussão o monismo historicista. A História não é um processo unitário que, entendido em teoria, possa ser modificado na prática em seu conjunto. A realidade é descrita por Auden como um cenário já existente (um quadro já pintado), que pode ser observado, mas não modificado. O poeta e o intelectual são testemunhas e intérpretes, não são legisladores nem políticos.

Auden escreveu centenas de versos, longos poemas de reflexão redigidos diligentemente em formas métricas tradicionais. Quase nunca fala de si, é capaz de versificar qualquer coisa, não impõe à sua poesia limites temáticos, de assunto ou de tom. Varia, comenta, retoma outros textos, cita outros escritores, divaga solene e humoristicamente sobre a história da civilização a que pertence. Diferentemente dos simbolistas, dos poetas puros, dos visionários, dos novos metafísicos e dos vanguardistas, em Auden não vemos fusões de imagens nem aproximações por pura analogia, não encontramos nem sequer a técnica da imagem singular que salta do vazio e do escuro, não vemos colagem nem montagem de fragmentos. A teatralidade de sua versificação, às vezes paródica, às vezes oratória, recoloca a poesia nas dimensões da conversação, da sátira, da écloga, da invectiva, do ensaio e da epístola em versos ou do sermão.

De maneira completamente distinta, Francis Ponge também poderia ser considerado protagonista de uma virada neoclássica ou pós-moderna em relação à poesia francesa entre o simbolismo e a vanguarda surrealista. Nesse sentido próximo a Henri Michaux, o "realismo" poético de Ponge nasce quando a poesia cessou de acreditar em si mesma, em sua idéia ou ideologia, em seu *a priori* estético. "Quem quer saber o que pode ser uma poesia puramente realista, isenta de qualquer contaminação subjetiva, deve buscá-la em Francis Ponge" (G. Picon).

Estamos nos antípodas da lírica segundo a definição clássica (e hegeliana) de expressão do sujeito que fala a si mesmo, mas também estamos fora do espaço surrealista definido pelos procedimentos de liberação do inconsciente. Ao renunciar metodicamente à versificação – isso em uma literatura como a francesa, na qual o verso era uma instituição marmórea que levara a uma separação nítida entre discurso poético e conversa cotidiana –, Ponge também orientou o trabalho poético em direção à prosa. Os bizarros ensaios poéticos ou poemetos em prosa de Ponge são interessantes especialmente como programa de "higiene mental", pela desintoxicação da linguagem poética da massa de suas escórias líricas. Há nisso uma posição de princípio que se esforça por tomar corpo em exercícios descritivos voluntariosos e humorísticos (uma barra de sabão, um seixo, uma aranha, um prado são alguns dos objetos sobre os quais o autor se concentra). Ponge finge levar pela mão, como a uma escola, a poesia em direção à prosa. Mas em suas "férias" dos gêneros, pondo em cena um rigor objetivo, realista, uma hipótese de teimosa honestidade descritiva um tanto inconcludente, Ponge termina por não assumir nem as responsabilidades da prosa, nem as da poesia: espera que a língua se torne mais verdadeira e real com a recusa cândida e pertinaz dos gêneros estabelecidos, antecipando assim a "*écriture textuelle*" dos anos 1960. A escrita que perscruta o objeto obsessivamente tende a se tornar ela mesma o objeto descrito, o seu ectoplasma verbal.

Interessante é que Calvino tenha descoberto Ponge (como um dos mestres do Pós-moderno, ao lado de Borges e Queneau) no momento em que tentava levar sua prosa narrativa rumo à condensação da poesia ou do poemeto ensaístico (das *Cidades invisíveis* a *Palomar*).

Os objetos singulares são usados por Ponge para fazer explodir a macro-unidade do mundo, bem como a razão sintética e totalizante, com suas interconexões.

A descrição imanente do objeto se torna uma espécie de épica ou lírica da singularidade, da diversidade, da multiplicidade irredutível em que estamos imersos.

Enquanto a pós-modernidade de Auden (assim como a de Borges) é carregada de história e é ambientada familiarmente numa tradição secular, tornada de novo acessível em todas as direções, a pós-modernidade de Ponge (assim como a de Beckett) nasce de uma desintoxicação (ou sangria) anti-heróica da história, da tradição, de todo o passado. A cultura francesa sempre foi mestra em matéria de continuidades absolutas e de fraturas radicais. O moralismo neoclássico de Ponge chega como se viesse após o fim do mundo cultural: e recomeça infantilmente, senão do zero, de muito pouco.

Vamos à Itália. Os casos de Montale e Pasolini me parecem particularmente interessantes no assalto à lírica por meio de estratégias prosaicas. Na dilatação discursiva dos limites da poesia, a lírica termina se afogando. Nesses dois autores, age a consciência de que a Modernidade, depois de 1945, se exauriu, não pode ser continuada na mesma direção nem muito menos replicada: o escândalo formal tornou-se lugar-comum e atingiu a sua última fronteira. A *tradição do novo* estabeleceu-se e agora impede que o "novo" possa conter simultaneamente valor e choque, instituição e transgressão. Nos ensaios de *Auto de fé*, Montale percebe lucidamente o convencionalismo das Neovanguardas da segunda metade do século.

A progressiva aproximação da poesia à prosa e o desenvolvimento da dimensão discursiva tanto no ideólogo Pasolini quanto no antiideólogo Montale surpreendem pela diversidade de temperamento e de cultura (para não falar da distância geracional) entre os dois poetas.

Montale havia sido um virtuoso maneirista do monólogo alusivo, cifrado em código. Pasolini partira do lirismo dialetal para chegar ao poemeto cívico. Com os livros dos primeiros anos 1970, ambos levam a poesia cada vez mais perto da prosa. De *Satura* em diante, Montale se torna um poeta afável e maledicente, comunicativo, acessível, satírico, semijornalístico e levemente autopromocional (mas também autoliquidatório: liquida a sua Modernidade dramaticamente lacônica, agora distante e fichada pelos críticos).

Pasolini, cada vez mais descontente de si, atinge com *Trasumanar e organizzar* o limite do desleixo estilístico e da improvisação: seus poemas se tornam artigos maltrapilhos em falsos versos. Sua versificação, sempre mais incerta e informe, era agora inadequada a uma poesia que estava se tornando agressiva e energicamente argumentativa.

Montale havia desembaraçado e articulado em nexos racionais, em gradações inteligíveis, as suas alegorias peremptórias e intimidadoras, quase como se cadenciasse os seus artigos e prosas de arte. Pasolini inventava um novo e eficaz organismo estilístico: o poemeto ideológico-autobiográfico em prosa, o artigo de poesia. Essa reconversão do poemeto cívico numa prosa argumentativa e energicamente ritmada é levada a cabo sobretudo na obra-prima dramático-retórica, *Cartas luteranas*.

Tocar as "fronteiras da poesia", deslocá-las e forçá-las se torna necessário para sair de sistemas estilísticos que tendem ao fechamento. Não creio que a última poesia de Montale – sua produção, digamos, pós-moderna (um Montale que pressupõe e divulga Montale, um pós-Montale) – seja melhor do que a dos primeiros três livros, longe disso. Todavia, no Pós-moderno é recorrente a "desdramatização" divulgadora e lúdica das tensões do Moderno. A obra de Montale é das mais exemplares para entender a passagem de uma fase a outra: a figura do poeta muda, a afasia sempre ameaçadora e a obscuridade quem sabe exibicionista tornam-se agora poesia conversada, *chat-poetry*. O público já está academicamente preparado para acolher a arte moderna em bloco, arte consumida sem incômodo, com uma certa indiferença hedonista. Montale então distribui em poesia aquele saboroso e excitante pessimismo cético ou niilismo elegantemente tolerável que caracteriza a figura do escritor como grande senhor desencantado.

Interessante e diametralmente oposto é o caso de Pasolini. Que, ao contrário, redramatiza e torna teatralmente mais eficaz o seu desencontro com o público e com as opiniões políticas e culturais correntes. De poeta ideologizante transforma-se em ideólogo poeticamente inspirado, mas não por isso sem força de choque diante dos *loci communes* dominantes entre os intelectuais de esquerda; os componentes da mistura podiam parecer previsíveis e bastante heterogêneos: algumas páginas de Marcuse, os escritos de don Milani, a Elsa Morante dos anos 1960 (de *Pró ou contra a bomba atômica* a *O mundo salvo pelos garotinhos*), o populismo soberanamente estético e absolutamente impolítico de Sandro Penna...

No entanto a componente autobiográfica era decisiva: o estilo de testemunho moral em público, a confissão que toma forma de denúncia social, o ódio pela burguesia ou classe média (sobretudo a italiana, mas não só) como não-vida, anti-realidade etc. Seja como for, não discuto aqui as idéias de Pasolini, "sociólogo" genial. Noto que os seus últimos ensaios são a sua obra-prima, inclusive pelo uso que o poeta faz de si mesmo como ator, figura pública. O talento maior de Pasolini (além de crítico) era teatral e retórico.

Parece-me que outros dois poetas italianos tiveram, no que diz respeito à relação entre lírica e gêneros poéticos digamos épico-dramáticos, problemas análogos aos de Pasolini. Refiro-me a Pagliarani e a Giudici.

Muitos anos atrás, ocorreu-me de definir Elio Pagliarani um "populista *absolument moderne*". Tratava-se de uma polêmica contra quem desprezava os populistas por princípio, isto é, contra quem acredita que no fundo ou do fundo da sociedade se vêem e se entendem mais coisas que do alto. A língua e a rítmica de Pagliarani nascem de um deslocamento "subterrâneo" do lugar da poesia: baixo o suficiente para impedir, tecnicamente, que a poesia seja prejudicada pela idéia da poesia, isto é, pelos procedimentos da sublimação estilística.

Da *Ragazza Carla* (1962) à *Ballata di Rudi* (1995), para construir os seus poemas Pagliarani precisou inventar uma personagem-motor de uma história a ser encenada, em torno da qual outras personagens pudessem girar. A tradição de Pagliarani é a do poema teatral, do monólogo dramatizado e da balada (um pouco semelhante a Maiakóvski, Eliot e Brecht). No que se refere a afinidades, acho que Pagliarani as tem provavelmente mais com narradores como Bianciardi, Mastronardi e Volponi (especialmente o Volponi de *Corporale*) do que com poetas contemporâneos como Majorino, Sanguinetti e Amelia Rosselli.

Com Rudi, Pagliarani inventa a personagem de uma história que parte dos anos 1940 e chega aos anos 1960, um período de céleres transformações na vida italiana. Mas, como sempre ocorre em Pagliarani, o que conta na *Ballata di Rudi* é a sua voz, sua "fala" especial e sem confins, o seu anárquico falar de tudo e aos arrancos, aos saltos, dissimulado e agressivo, lançado para frente: em que a interioridade lírica é zerada pela recitação, e o pudor se torna humor arredio, intolerância em relação à estética. Sua língua é sempre rigorosamente pré-literária, depurada de qualquer inflexão lírica, uma espécie de prosa rítmica expandida e martelada.

Assim como Pagliarani, Giovanni Giudici tem um forte senso dos gêneros literários. Evita ou teatraliza a lírica: quando se faz de lírico, o faz como um ator em cena. Suas emoções e visões oníricas são sempre socialmente (e até sócio-logicamente) localizadas. O gênero que, ao final, emergiu de modo cada vez mais evidente em Giudici é o romance em versos.

Mas Giudici usa a métrica como técnica de estranhamento em relação à fala pequeno-burguesa, à prosa funcionária e semijornalista que ele insere em seus poemas. E, metricamente, re-usa, refaz, traduz para os próprios propósitos uma vasta tradição. Ele aprende com Pascoli, Saba, com os trovadores, Púchkin e os poetas novecentistas da boêmia (Holan, Halas, Seifert, Orten). E finalmente reencontra a lírica à força de virtuosismos métricos, ainda que seus monólogos não soem jamais como solos absolutos: são empastados de teatralidade, de correções realistas, de paródia e autoparódia. Por meio da métrica (uma métrica mista, que vai do informe ao formalizado, do verso livre à redondilha e ao octossílabo rimados, capaz de nadar dentro da mais densa e misturada matéria ou do "lodo" verbal, e que pode transformar surpreendentemente qualquer segmento de frase em versos tradicionais), por meio dessa métrica a mais exigente e sofisticada, Giudici recupera o acesso à tradição do verso italiano. Uma tradição, pois, que retorna.

Agora mais um exemplo estrangeiro, para mostrar quanto a *situação pós-moderna* é algo distinto de uma *poética pós-modernista* programática, a ser exibida como solução historicamente privilegiada.

Trata-se de Hans Magnus Enzensberger, um dos poetas e escritores europeus mais "experimentalmente" inventivos e, ao mesmo tempo, mais neoclássicos (nesse sentido, ele tem uma semelhança extrínseca com Calvino ou talvez com Stanley Kubrick, que refaz diversos gêneros da tradição). Enzensberger usou as formais mais díspares: o ensaio político, a reportagem, o panfleto, o poema dialético-didático, o poema ensaístico, a montagem de documentos, o romance-colagem etc. Na realidade, mais que de Brecht ou de Benn – ou para além deste –, Enzensberger me parece, como poeta, um herdeiro de Auden (como ensaísta, nos faz pensar às vezes em Kraus ou em Orwell). Desde o início, demonstrou uma grande atenção aos gêneros literários. Pode misturá-los, mas não os ignora nem os anula. Seus poemas tendem à sátira, à descrição do real, ao aforismo.

No início de sua carreira, entre o final dos anos 1950 e o início dos anos 1960, dois títulos chamam a atenção: *Museu da poesia moderna* (uma antologia de 1960) e o ensaio "As aporias da vanguarda" (em *Questões de detalhe*, 1962). Enzensberger se dá conta de que a poesia moderna passou a ocupar uma ala do Museu da Cultura: vista em seu conjunto, dá a impressão de um processo único, mas também surpreende por uma variedade internacional das experiências e das formas que não permite mais pensar em termos de oposição entre centro e periferia, capital e província. Aliás, um dos autores preferidos de Enzensberger era então um provinciano periférico, imigrado e desenraizado em Paris, o peruano César Vallejo, meio índio quéchua. Mesmo em Paris, Vallejo nunca se torna um cosmopolita e morre de melancolia, nostalgia, angústias políticas e de pobreza na grande capital da esquerda e dos artistas: "*Me moriré en Paris con aguacero*", escreve num famoso soneto de auto-epitáfio. E, em outro poema, ironiza: "Passa um manco que dá o braço a uma criança. – Depois disso, posso continuar a ler André Breton?".

O mundo periférico cercou as capitais. Enzensberger escreve:

> *A "província" está em toda parte, porque o centro do mundo não está em parte alguma.* [...] *Com a soberba das capitais também se dissolve o sentido pejorativo do termo "província".* [...] *A língua franca da poesia moderna não é nem uniformidade vazia nem uma espécie de esperanto lírico.* [...] *Não significa nem estandardização nem denominador comum mínimo. Ao contrário. Ela não libera a poesia dos limites das literaturas nacionais para arrancar-lhe as raízes do terreno da província, projetando-as no vazio da abstração* (in *Questões de detalhe*).

Nessa crítica do "esperanto lírico", da cultura das capitais, o cosmopolita Enzensberger desmonta o mito cosmopolita segundo o qual só se moderniza deixando para trás a retaguarda das províncias, para precipitar-se na abstração de uma vanguarda "estandardizada". Se nas artes não ocorre progresso linear de mão única, a própria idéia de vanguarda é insustentável. A ideologia da vanguarda necessita do historicismo progressista.

Em Enzensberger, a Modernidade é vista sobretudo como um processo concluído: mesmo porque a autoconsciência histórica e unitária que constituía o seu pressuposto explícito ou (mais freqüentemente) implícito se fundava na centralidade das capitais européias da cultura. (O problema é que, depois de 1945, e cada vez com maior autoridade, Paris foi substituída por Nova York, e os EUA se tornaram o centro, a vanguarda indiscutível do planeta: nada que não passe por lá consegue ter um ar "universal" ou planetário.)

No ensaio sobre as "Aporias da vanguarda", Enzensberger começa observando que agora qualquer artista quer ser considerado de vanguarda, ao passo que autores como Kafka, Proust, Faulkner, Brecht e Beckett teriam repudiado a denominação e o rótulo de vanguardistas. Simplesmente, como observa Enzensberger, o debate sobre a questão não tem sentido, porque, desde os tempos em que Swift escreveu a *Batalha entre os livros antigos e os modernos* (1710), "essa *querelle* perdeu todo o seu brio e originalidade".

Porém, ao criticar a vacuidade da oposição entre "velho" e "novo", Enzensberger também critica a oposição de Lukács entre arte "progressista" e arte "reacionária". O que seja de fato a Vanguarda só se pode entender *a posteriori*, pois é impossível estabelecê-lo de partida e autoproclamar-se seu representante:

> *O esquema em que se modela a idéia de vanguarda é imprestável. O avanço das artes se configura como um movimento linear, unívoco, distintamente perceptível em seu conjunto: cada um deveria ser capaz de definir a própria posição, na ponta ou na base.* [...] *A vanguarda quer introduzir de forma doutrinária a liberdade na arte, assim como que insuflar o comunismo na sociedade. De forma semelhante ao partido* [...] *ela acredita ser credora do futuro* (in *Questões de detalhe*).

Diferentemente do pós-modernismo, que replica o moderno como eterna "novidade" (como se viu na arte informal, na música serial e eletrônica, na poesia concreta, na *beat generation*), Enzensberger tentará tornar produtivas algumas técnicas, como a montagem de documentos e a reportagem literária. Nos anos 1970, construirá dois poemas ensaísticos como *Mausoleum. Trinta e sete baladas sobre a história do progresso* e *O naufrágio do Titanic*, em que analisa as ilusões, deformidades e loucuras da idéia do progresso e de seus sacerdotes. Em ambos os poemas, são freqüentes descrições satíricas e inserção de citações, mas nunca com função meramente sugestiva, e sim descritiva, documentária, argumentativa. A História progressiva parece ser posta em xeque não só pela racionalidade que se aninha no excesso de coerência racional, mas também pelo enorme imprevisto implicado na Natureza (o iceberg que afunda o *Titanic*).

Mas é verdade que não há espaço para o gênero lírico na segunda metade do século XX? Dois líricos na plena acepção do termo e em grande estilo foram, por exemplo, Paul Celan e Yves Bonnefoy, para os quais a tradição hermética e simbolista parece uma corrente ininterrupta.

Bonnefoy, em *Movimento e imobilidade de Douve* (1953), escreve poesia sobre a poesia, sobre o mito da palavra poética enquanto totalidade identificável com um discurso sobre o Ser: apresenta-se como poesia de amor sobre o corpo e sobre a essência feminina, resolvendo-se em ontologia poética.

O caso de Celan mereceria uma análise à parte. Porque, nele, a obscuridade, a alusão, a obsessão pelo indizível e pelas experiências não-verbalizáveis tiveram como pressuposto os Lager nazistas. Assim, em sua poesia, a luta contra o silêncio e a convivência com o silêncio não se enraízam numa ontologia mística ou numa teologia negativa, mas sobretudo numa atroz experiência biográfica e histórica.

Na Itália, os maiores poetas mais propriamente líricos da segunda metade do século foram Sandro Penna, Amelia Rosselli e Andrea Zanzotto. Neles, a discursividade é cortada ou condensada em sentenças. E se percebe que, nos três, gostosamente, extaticamente, angustiadamente, a lírica é uma prisão, mas que no entanto coloca esses autores em contato com os grandes arquétipos da poesia lírica, fechada em seu monologar. Eros (em Penna), paisagem (em Zanzotto), diálogo com os mortos (em Rosselli) impelem esses poetas a variadas formas de monólogo: que, em Penna, aparece como "poeticamente a-histórico" (jamais se consegue entender efetivamente de onde Penna deriva, quais são as suas "fontes"); em Zanzotto, se torna desconstrução psicolingüística e meta-literária do sujeito poetante; em Rosselli, descreve a luta de quem quer sair do labirinto do eu, mas não faz mais que produzir, sempre de novo, novos labirintos, enquanto a realidade externa não consegue alcançar significados estáveis. Embora nas últimas décadas do século XX se tenha difundido a idéia de que significados "estáveis" (alguém diria "metafísicos") não ocorrem na realidade, na poesia de Rosselli vê-se quão pouco pacífica e lúdica é a situação do indivíduo para quem isso não é uma teoria, mas uma experiência real e cotidiana: o caráter enigmático e a instabilidade de significado de cada gesto e objeto assumem, na poesia de Rosselli, uma evidência e seriedade trágicas.

O paradoxo, porém, é este: não obstante o lirismo e em virtude deste, os três poetas aos quais nos referimos conseguem emitir mensagens surpreendentemente plausíveis (e alarmantes) sobre o estado do mundo que parece escapar-lhes. O jogo de espelhos em que o eu se fragmenta e recompõe é também o jogo em que o mundo se espelha no eu sem adquirir unidade e univocidade. Até Penna, que finge com o seu tradicionalismo lingüístico um equilíbrio ontológico entre eu e mundo, mostra não acreditar em nenhum deles, mas só nos eventos incalculáveis que realizam o encontro momentâneo entre o desejo e os seus objetos.

Definir a Pós-modernidade não é fácil. Tentar fazê-lo pode facilmente levar à invenção de uma manipulável doutrina histórico-estética *passepartout*. Quem sentir a necessidade disso e conseguir tirar bom proveito, que o faça. Pessoalmente, creio que seja mais útil deter-se com muito vagar numa idéia terrivelmente simples: por um lado, a Pós-modernidade ofereceu uma série de possibilidades novas; por outro, foi também uma Modernidade que não deu certo, uma Modernidade que esgotou seu *pathos* antagônico e seus recursos inventivos. Toda a segunda metade do século foi marcada por esse *depois*.

Cada escritor fez dessa situação factual um uso próprio. Acredito que esse longo depois, que durou cerca de meio século, possa agora ser considerado encerrado. A própria Pós-modernidade, se olharmos para o presente e o futuro, se torna uma categoria amplamente supérflua: exauriu sua função crítica e produtiva fundada no confronto com uma Modernidade ainda recente; o resto, isto é, o presente, permanece *não-categorizado* e sem etiquetas. De resto, qual é o autor que, querendo escrever, possa desejar conhecer antecipadamente a própria colocação histórica?

Entrevista com Alfonso Berardinelli

Alfonso Berardinelli é hoje um nome reconhecido na crítica literária italiana. Como se deu sua formação de crítico?

Pode parecer um paradoxo, mas me tornei crítico quase sem querer. Nos anos da minha formação, a crítica era o caminho mais óbvio para se chegar à literatura. Tanto o romance como a poesia refletiam intensamente sobre sua própria situação. Desde menino achava que a literatura fosse crítica antes de ser invenção. Li Tolstói, Camus, Eliot entre os catorze e os dezoito anos: nos três encontrei um violento mal-estar em relação à vida social. Na universidade, quando comecei a ler ensaios de crítica literária, me atraía muito o estilo dos críticos, além de suas idéias e métodos. Gostava tanto dos críticos-escritores como Leo Spitzer, Roland Barthes, Walter Benjamin, Edmund Wilson, como da crítica escrita por poetas como Eliot, Montale, Gottfried Benn, Auden, Enzensberger. Para mim a crítica literária estava sempre misturada com a crítica da ideologia, dos mitos contemporâneos, das idéias correntes. Até hoje acredito que a verdadeira crítica seja também crítica da sociedade.

Comecei a escrever em uma revista de oposição, nos anos 1970, *Quaderni Piacentini*, e lá tive a confirmação de minhas idéias de juventude. Um artigo sobre um livro ou sobre um filme tinha a mesma importância de um editorial de política. Depois estive na universidade por muitos anos, colaborei com rádios, jornais e revistas. Sempre procurei me fazer entender, tentando evitar que os alunos se transformassem em pequenos *snobs*. Uma crítica literária entediante e obscura é um contra-senso, uma verdadeira traição. Nossa tarefa é, antes de mais nada, entender e fazer com que se entenda. É claro que se pode também escrever obras exemplares, de originalidade intelectual, mas isso vem depois. Não deveria se basear somente em críticas ou no saber especializado. Deveria sempre partir de conhecimentos comuns, compartilhados, até mesmo elementares. Para, naturalmente, ir além.

Já há algum tempo discute-se, e sua voz é das mais insistentes, sobre o rumo e destino da "crítica militante" na Itália. Em que ponto estamos?

"Militante" é uma palavra estranha e belicosa. Com certeza é um tipo de crítica diversa do estudo literário por depender da mistura de várias aptidões: a curiosidade do cronista, a imaginação e a preocupação com o estilo do escritor, o gosto pela polêmica, a paixão pelas relações variáveis entre livros e leitores etc. Para um crítico é importante o que sonhou à noite, como seu humor mudou durante a leitura, do que falaram os jornais naqueles dias e tudo mais, enquanto para os estudiosos as coisas não funcionam do mesmo modo. Se alguém escolhe dedicar anos de trabalho a Virgílio ou Petrarca, o faz também tentando evitar que seu trabalho seja influenciado pela sua atividade onírica e pelos decretos do governo.

Naturalmente ocorreram interferências entre a crítica militante e o estudo literário. É o que aconteceu por volta da metade do século XX: a crítica se sentiu atraída pelo projeto de superação de si mesma, por se liberar do seu impreciso fundo humanista, subjetivo, oscilante entre o arbítrio do gosto e o da ideologia. Entre o final dos anos 1950 e os anos 1980 a crítica quis entrar para o mundo da ciência, abandonar a *doxa* e abraçar a *episteme*.

Abria-se assim a época de ouro dos "métodos" derivados das ciências humanas: lingüística estrutural, semiologia, psicanálise. No início produziram o efeito de ampliação do panorama, quase uma aventura cognitiva ilimitada...

No momento em que a lingüística estrutural e a semiologia foram assumidas como do âmbito geral do estudo científico, parecia que só restava ao crítico literário deixar para trás, e com satisfação, toda a crítica precedente e sua história. Na verdade, mesmo autores como Leo Spitzer, pai da Estilística, ou Viktor Chklóvski, pai da Narratalogia, interessavam mais como precursores do estruturalismo do que por seu valor intrínseco. O que interessava era identificar os germens de uma teoria da Literatura sobre a qual fundar – como parte de uma sociedade modernizada – o estatuto cientificamente controlado e culturalmente potente de uma nova crítica. E nesse ponto o "século da crítica" alcançou o cume da sua "Utopia Epistemológica".

E como passamos desse protagonismo epistemológico para as condições de uma crítica que hoje parece desorientada e dispersa?

Quando a crítica acreditou poder superar de uma vez por todas sua dimensão pessoal e subjetiva, sua parcialidade, isto é, os riscos de uma atividade que não é somente cognitiva, mas também expressiva e comunicativa, perdeu sua vitalidade. O mesmo aconteceu com o marxismo. No momento em que a crítica cultural, social, política de Marx foi apresentada pelos marxistas como a única e verdadeira teoria e ciência do capitalismo burguês – a única forma coerente, radical, rigorosa de crítica do mundo moderno – todas as outras formas de crítica pareceram insuficientes.

Com a Teoria e a Metodologia estruturalista acreditou-se passar do subjetivismo para o conhecimento abalizado, e, ao invés disso, a crítica se atrofiou enquanto ponto de vista subjetivamente orientado e motivado. Esquecer-se deste aspecto não a ajudou, tornou-a estéril e asséptica. Em seguida – diminuída a força da utopia epistemológica do estruturalismo – transformou-se em uma atividade muito marginal e instrumental. Contracapas e orelhas editoriais, livros didáticos, resenhas de trinta linhas...

Devo, entretanto, circunscrever meu pessimismo à década de 1980. Nos últimos tempos posso afirmar com segurança que a crítica literária italiana é substancialmente melhor do que a narrativa e do que a poesia, e não sou o único a pensar assim. Nove entre dez dos atuais narradores e poetas não resistem ao confronto com aqueles da geração precedente (onde estão os autores à altura de Volponi, Parise, Zanzotto, Calvino, Pasolini etc?).

Enquanto os ensaístas e os críticos não levam a pensar em "decadência", muito pelo contrário. Além disso, há uma troca maior entre gerações.

Isso significa que deve ter ocorrido, em algum momento, a partir de algum ponto, uma reviravolta que reanimou o andamento e o destino da crítica (e do crítico).

Acredito que a revalorização da crítica como empreendimento pessoal – isto é, como ensaísmo – deva-se à publicação em livro dos ensaios e artigos de alguns escritores importantes. Em particular houve a lenta redescoberta do maior crítico-ensaísta do *Novecento* italiano, Giacomo Debenedetti. Mais tarde surgiram os escritos de Pasolini e Calvino, que demonstraram com quantos ingredientes, muitas vezes imprevisíveis, é feita a crítica. Dois *livros-testamento*, ambos póstumos, como *Descrizioni di descrizioni* e *Lezioni americane*, influenciaram seus leitores tanto ou mais que suas obras narrativas e poéticas. Aliás, Pasolini e Calvino encerraram suas carreiras sob o signo do ensaísmo. Além desses, penso na publicação dos escritos críticos de Zanzotto, que se revelou um dos maiores críticos de poesia da segunda metade do século. Por fim, a prosa autobiográfica, literária e crítica de Sereni, Bertolucci, Caproni, Luzi, La Capria. Definitivamente os melhores livros de crítica publicados nas últimas décadas, trouxeram à luz uma crítica de tipo ensaístico, muito misturada com a autobiografia literária.

A forma-ensaio é um *leitmotiv* da sua pesquisa. No livro *La forma del saggio*[1] você dedicou-se a percorrer todo o *Novecento*, retornando aos séculos precedentes. O ensaio aparece como um verdadeiro indicador da vitalidade literária e, sem dúvida, a dimensão mais alta e completa da crítica. Ou melhor, um gênero literário autônomo. E nos melhores casos, literatura.

Temos confirmações eloqüentes. Por exemplo, para continuar em âmbito italiano, a redescoberta de Roberto Longhi, Emilio Cecchi, Mario Praz.

1. Veneza: Marsilio, 2002.

Ou a confirmação do fato de que a melhor crítica de inspiração marxista veio de ensaístas de forte gosto herético, polêmico, idiossincrático, como Fortini e Cases.

Mas considerando que a crítica mais especializada, decorrente dos métodos científicos anteriores, não desapareceu, de que modo está presente na crítica atual?

Há algumas décadas atrás se falava muito de pluralidade de métodos – sociológico, psicanalítico, formal, semiológico etc. Hoje acredito que se deveria ressaltar a pluralidade de estratos, o conjunto de motivações, instrumentos e objetivos necessários para o crítico fazer o tipo de crítica que quer (e sabe) fazer. A atividade crítica é composta de muitas coisas: razões pessoais, idéias, convicção política, gosto, combinação entre cultura literária e outras culturas, conhecimento suficientemente profundo de um número suficiente de autores, energia intelectual, capacidade mimética, sentido do ambiente e do público, e muito mais ainda. Mesmo os estudiosos defensores de uma linha teórica sabem que não podem simplesmente "aplicar" um método.

Esse retorno à instrumentalização tradicional talvez tenha algo a ver com um território de pesquisa por longo tempo reservado para os estudos acadêmicos e hoje amplamente freqüentado pelos críticos "militantes", isto é, os clássicos antigos e modernos.

Sim. Tanto a crítica filológica como a historicista acabaram por dar bons resultados: permitiram reabrir uma relação profícua com a tradição da crítica e favoreceram a produção de obras teoricamente menos pretensiosas e abstrusas, mas mais úteis para um público mais vasto. As coleções econômicas dos clássicos puseram em ação uma série de ótimos estudiosos, empenhados em trabalhos de edição, tradução, introdução, comentários, cuja utilidade e, muitas vezes, originalidade são um resultado realmente notável. Em particular nos anos que segundo alguns teriam sido de "crise" para a crítica. Estou me referindo a Cesare Segre e a seu livro *Notizie dalla crisi*,[2] que não leva em conta o fato de que a crise daquela crítica semiológico-estrutural tão cara a ele, foi ao invés salutar, liberou mais energia positiva do que a que foi despertada anteriormente pelo projeto de transformar todas as atividades críticas em Teoria e Metodologia do Estudo Literário.

Portanto, no seu entendimento, esse "retorno à ordem", seria responsável pela recuperação da vitalidade criativa, e também de utilidade social, que a crítica literária está registrando?

Se quiséssemos destacar uma única característica dominante na crítica literária a partir da segunda metade do século XX, talvez pudéssemos citar a tendência à retrospectiva. Enquanto a crítica feita até 1950 parecia fortemente projetada para o futuro, para a inovação, para a descoberta, para o programa, para a utopia.

Qual é o desenho final traçado por esse movimento de ir e vir da crítica a partir da segunda metade do século XX?

Acho que as bases do Pós-Moderno, no sentido do que vem depois, o fim do impulso propulsor e inovador da Modernidade clássica. O retorno de um forte sentido do passado e de uma forte exigência de classificação. Deste ponto de vista, o caso mais significativo é o de Northrop Frye que, em *Anatomia da crítica*,[3] constrói uma espécie de mandala dos gêneros literários e de toda a fisiologia temática e estilística da literatura ocidental, enquanto o caso mais recente é *O cânone ocidental*[4] de Harold Bloom, onde se passa da fixação da classificação formal para a fixação da classificação de valores. Mas existe um denominador comum: o olhar retrospectivo, o balanço de todo o passado.

2. Turim: Einaudi, 1993.
3. Ed. bras.: *Anatomia da crítica*, trad. Péricles Eugênio da Silva Ramos. São Paulo: Cultrix, 1973. [N.E.]
4. Ed. bras.: *O cânone ocidental*, trad. Marcos Santarrita. Rio de Janeiro: Objetiva, 1995. [N.E.]

O percurso "retrospectivo" enfrentado pela crítica defronta-se, porém, a partir da metade do século, nos anos 1950-1960, com os movimentos neovanguardistas que surgem no coração da Europa. O que isso representa: desmente, é uma contradição ao esquema histórico do Pós-Moderno?

Não. As neovanguardas foram um fenômeno de escolarização do Moderno. Replicavam uma série de imperativos à inovação abstrata e contínua cujos frutos, melhores e mais maduros, já tinham sido colhidos antes da Segunda Guerra Mundial. Essa é a razão pela qual a crítica militante produzida pela Neovanguarda não era muito original. Sua tendência era dizer: prestem atenção, é assim que se deve escrever para serem modernos! E era assim que se fazia já no início do século. Mais do que militante, era uma crítica legitimadora... Estruturalismo, teoria e metodologia do estudo literário acompanham, sustentam e nutrem toda a fase da neovanguarda até o exaurimento dos anos 1960. São tendências que "resfriam" a atividade crítica no sentido neo-retórico, científico-acadêmico. E sobretudo preparam o fenômeno dos romances de Eco: romances que pressupõem a Narratologia, que revestem intencionalmente de imagens presas aqui e acolá, um esqueleto de funções narrativas ensinadas na escola.

A esta altura, parece que as observações apocalípticas associadas aos seus discursos, no decorrer dos anos, estão se transformando em declaração de vitória. A partir dos anos 1980 a crítica italiana teria recuperado autonomia e significado social. É possível então concluir que os alarmes reiterados de Berardinelli deixaram de ter caráter de urgência?

Não exatamente. Os problemas que me levaram a falar repetidamente – a partir, ao menos, de *Il critico senza mestiere*,[5] que é de 1983 – de declínio da crítica militante, dizem respeito sobretudo à combinação clássica de crítica literária e crítica da sociedade e da cultura. Uma combinação que, com o Iluminismo, marcou historicamente o nascimento de uma

5. Milão: Il Saggiatore, 1983.

crítica literária propriamente moderna. Essa combinação fez da atividade do crítico, por quase dois séculos, uma atividade central no desenvolvimento da cultura moderna. Para compreender melhor basta citar os nomes de Schiller, Sainte-Beuve, De Sanctis, Baudelaire, Belinskij, Lukács, Chklóvski, Eliot, Benjamin, Edmund Wilson... Sem falar da tendência de alguns pensadores políticos e filósofos que escolheram como ponto de apoio a crítica literária: Croce, Adorno, Gramsci, Sartre. Daqui nasce também uma tendência, ou escola, que nos Estados Unidos reuniu, com resultados um pouco patológicos, a lição universitária e a demagogia antiacadêmica. Estou falando de Derrida e do seu "desconstrutivismo".

Aqui passamos para a figura do intelectual, protagonista-alvo dos ensaios do seu livro *L'eroe che pensa*[6] (1997). É ele portanto que mantêm acesos os alarmes que, tempos atrás, eram disparados pelo crítico militante...

Sim, porque cada vez mais é menos presente uma pré-condição, até há pouco tempo natural: a centralidade da literatura como "espelho" de uma sociedade inteira. Como instrumento fundamental de autoconsciênia e de intervenção na cultura, na opinião de classes sociais com papel político e histórico relevante: primeiro, a burguesia, depois o proletariado. E é bom que se diga que se as coisas mudaram, não se trata de "culpa" ou "responsabilidade" dos críticos, mas de transformações do sistema cultural, e da relação intelectual-sociedade. Foi a "crítica da cultura" (ou da ideologia, em termos marxistas) em si mesma que nos anos 1970 perdeu motivação, perspectivas, canais de expressão. E é neste ponto, como já disse antes, que a crítica literária deve ser diferenciada do estudo literário. Este último não me parece em perigo, não corre o risco de se "academizar" porque é acadêmico por definição (também em sentido positivo).

6. Turim: Einaud, 1997.

E quais são os exemplos possíveis, conhecidos, atualmente?

Dou três exemplos: um (negativo) Derrida, e dois outros, mais interessantes, Hans Magnus Enzensberger e George Steiner. Três casos exemplares das formas assumidas, nos últimos trinta anos, pela crítica da cultura. Três casos que confirmam a aliança constitutiva entre a crítica da cultura e a forma ensaística, talvez satírica, mas certamente anti-sistemática.

Entre as tais transformações sociais no sistema da cultura e na relação intelectual-sociedade quais as mais importantes?

Não existe mais a confiança no valor objetivamente libertário e subversivo da arte autêntica e autônoma. Por outro lado, a arte dinâmica e ativista da vanguarda acabou há muito tempo. Os artistas como categoria anárquica e rebelde não existem mais. Não existem mais doutrinas e filosofias da história que permitam lutar culturalmente pelo progresso da sociedade e pela emancipação de certas classes sociais. Não há utopias. Nenhuma cultura extra-européia é contraposta criticamente ao modelo de vida do ocidente desenvolvido. A própria "alta cultura" não fornece mais critérios consistentes de valoração em confronto com os da cultura de massa, potentíssima e onipresente. E parece que mesmo os intelectuais institucionalmente participantes da conservação, transmissão e manutenção do passado sentem como um peso a responsabilidade e o inevitável "tradicionalismo" de suas profissões.

Mais uma vez o caso de Eco é um sintoma interessante, porque nos permite ver com que felicidade o intelectual culto, o estudioso especializado, o acadêmico, liberou-se do peso da aristocracia cultural, abraçando com alívio a cultura de massa. Pode ter parecido, no início, tratar-se de uma operação de "rejuvenescimento" das disciplinas humanísticas. Mais tarde se viu que a "jogada" era estender a todo o passado e a toda a tradição cultural os critérios de análise, o gosto e a lógica própria da cultura de massa (e da indústria cultural americana).

No seu livro *L'esteta e il politico. Sulla nuova piccola borghesia*[7] (1986) encontramos um Berardinelli que parece ter assumido o papel de um fenomenólogo dos costumes e hábitos literários, divertido e sarcástico. Em 2001 saem dois livros *Cactus*[8] e *Stili dell'estremismo*[9] e esse perfil e modo tão pessoal de fazer crítica são definitivamente confirmados.

O que me interessava demonstrar, em particular no *Stili...*, é que o extremismo mais do que audácia e coragem intelectual tornou-se, a uma certa altura do século XX, rigidez e padrão estilístico, forma estética, linguagem que paralisa e esvazia o pensamento de seus objetos e conteúdos reais. O *Novecento* foi o século em que a política, a estética, a filosofia e a teoria orientadas no sentido extremista tornaram-se norma. O empirismo, o gosto da precisão e da concretude descritiva sofreram portanto uma nítida desvalorização diante do fascínio de teorias nas quais *tout se tient*, de filosofias essencialistas, do teologismo e do racionalismo nas quais as conexões lógicas valem mais do que a referência aos objetos em si e uma noção acaba por ser deduzida de outra, sem ser confrontada com a realidade, a qual deveria ser levada em conta. A retórica do extremismo tornou-se uma moda acadêmica.

Voltando à crítica literária. A nova crítica que vem sendo feita na Itália é episódica, ou significa uma retomada efetiva da atividade?

A crítica se mostra como uma atividade a ser reinventada. Quanto à "crítica militante" acredito que é preciso se desvencilhar das ilusões que nascem por conta do adjetivo "militante". A ilusão consiste em acreditar que a crítica se encontre em uma situação perfeita quando muda as coisas, quando exerce um poder e uma forte influência sobre o presente da literatura. Não é de modo algum verdade que isso tenha acontecido no passado, e se propor a ser um que "conta" é sempre perigoso, além de um pouco ridículo.

7. Turim: Einaudi, 1986.
8. Nápoles: L'ancora del Mediterraneo, 2001.
9. Roma: Editori Riuniti, 2001.

O poder intelectual é de outro tipo. Não deve pensar em se potencializar aliando-se com outros poderes. O crítico "sem poder" é mais livre, na verdade. Deve ser livre para dizer, da melhor maneira, o que é um livro, mas não impedir que aquele livro seja publicado, ou ao contrário, torná-lo um sucesso. O crítico deveria ser preferivelmente sem outros poderes que os da inteligência e da escritura.

FONTES

Entrevista de A. Berardinelli para Michele Gulinucci, *Liberal*, 12 ago. 1999, pp. 64-71.

M. NOFRI, "Le spine del critico entomologo", *L'Unità*, 26 jun. 2001, p. 25.

M. BETÂNIA AMOROSO E LUIZ DULCI, "Poetas às pencas", *Folha de S.Paulo*, 25 jul. 1999. *Caderno Mais!*, p. 9.

Sobre o autor

ALFONSO BERARDINELLI, nascido em Roma em 1943, faz parte da geração de intelectuais que cresceu no pós-guerra e viu a Itália passar pelo *boom* econômico dos anos 1950 e 1960 e entrar tardiamente na modernidade. Acompanhou de perto o surgimento da neovanguarda, dos movimentos sociais de 1968, bem como a consolidação da cultura de massa. Filho de antifascista, de uma família composta por todos os matizes da esquerda, do comunismo ao anarquismo, depois de freqüentar uma escola salesiana no popular bairro do Testaccio, matriculou-se na Universidade de Roma, em Letras Modernas. Nesse período entrou em contato com as lições do crítico Giacomo Debenedetti, presença reconhecível no ensaísmo que fará depois. Teve uma brilhante carreira universitária: foi professor de História da Crítica Literária na Universidade de Cosenza e professor titular de História da Literatura Moderna e Contemporânea na Universidade de Veneza. Em 1995, depois de quase vinte anos ensinando literatura, num gesto único e raro, se demitiu, deixando perplexos amigos e colegas.

A partir daí é chamado constantemente a participar de simpósios, congressos, dar conferências e cursos em toda Itália e fora dela, além de atuar junto a editoras e jornais.

Desde a tumultuada década de 1970, das grandes esperanças e das terríveis derrotas da Nova Esquerda, Berardinelli vem confeccionando ciclicamente panoramas, quadros gerais, sínteses nas quais a sociedade italiana é observada através das idéias, dos movimentos e da produção de seus escritores, poetas, filósofos, políticos, jornalistas, acadêmicos e das relações que estabelecem com o Poder, seja o do

Estado ou o midiático. A partir de 1998, Berardinelli tem visitado o Brasil com freqüência: na primeira vez, a convite da Bienal de Poesia, realizada pela Secretaria da Cultura de Belo Horizonte; mais recentemente, em 2005, esteve na USP dando aulas e conferências.

De sua autoria foram traduzidos os ensaios "Calvino moralista, ou: como permanecer sãos após o fim do mundo?" (*Novos Estudos Cebrap*, jul. 1999, n. 54, pp. 97-113, trad. M. Betânia Amoroso) e "Os confins da poesia" (*Inimigo Rumor*, I semestre de 2003, n. 14, pp. 138-45, trad. O. M. Silvestre). Foram publicados ainda, em italiano, "La fine del postmoderno" (*Revista de Italianística*, X-XI, 2005, pp. 121-42) e "Classici del romanzo europeo: da Stendhal a Kafka" (*Serafino*. Cadernos de Pós-gradução Programa de Língua e Literatura Italiana, FFLCH-USP, n. 1, 2007, pp. 105-29).

LIVROS

Franco Fortini. Florença: La Nuova Italia, 1973.

Il pubblico della poesia (com F. Cordelli). Florença: Lerici, 1975; reed. Roma: Castalvecchi, 2004.

Lezione all'aperto. Milão: Mondadori, 1979.

Il critico senza mestiere. Scritti sulla letteratura oggi. Milão: Il Saggiatore, 1983.

L'esteta e il politico. Sulla nuova borghesia. Turim: Einaudi, 1986.

La ragione critica. Prospettive nello studio della letteratura contemporanea (com G. Costanzo e F. Briochi). Turim: Einaudi, 1986.

Tra il libro e la vita. Situazioni della letteratura contemporanea. Turim: Bollatti Boringhieri, 1990.

Cento poeti. Milão: Mondadori, 1991.

La poesia verso la prosa. Controverse sulla lirica moderna. Turim: Bollatti Boringhieri, 1994.

L'eroe che pensa. Disavventure dell'impegno. Turim: Einaudi, 1997.

Autoritratto italiano. Un dossie letterario 1945-1998. Roma: Donzelli, 1998.

Nel caldo cuore del mondo. Lettere sull'Italia. Dialoghi con Geno Pampaloni, Sandro Veronesi e Andrea Zanzotto. Roma: Liberal Libri, 1999.

Giacomo Debenedetti. *Saggi* (org.). Milão: Meridiani Mondadori, 1999.

Cactus. Meditazioni, satire, scherzi. Nápoles: L'Ancora del Mediterraneo, 2001.
Nel paese dei balocchi. La politica vista da chi non la fa. Roma: Donzelli, 2001.
Stili dell'estremismo. Critica del pensiero essenziale. Roma: Editori Riuniti, 2001.
La forma del saggio. Definizione e attualità di un genere letterario. Veneza: Marsílio, 2002.
L'abc del mondo contemporaneo. Autonomia, benessere, catastrofe. Roma: Minimum Fax, 2004.
Sul banco dei cattivi. A proposito di Baricco e di altri scrittori alla moda (com G. Ferroni, M. Onofri, F. La Porta). Roma: Donzelli Editore, 2006.
Che noia la poesia. Pronto soccorso per lettori stressati (com Hans Magnus Enzensberger). Turim: Einaudi, 2006.
Il critico come intruso. Florença: Le Lettere, 2007.

SOBRE O AUTOR

BREVINI, Franco. "La critica? Solo una questione di *star system.*" *Corriere della Sera*, maio 1990.
BRIOSCHI, Franco. "La letteratura e il suo doppio". *Marka*, 1983.
CORDELLI, Franco. "Vincere lo snobismo com la poesia". *Corriere della Sera*, 18 ago. 1993.
DI GIROLAMO, Costanzo. "Chi ha rubato la letteratura? Il critico è senza mestiere." *Il Manifesto*, 5 mar. 1983.
DOMINIJANNI, Ida. "La noia nel Paese di balocchi". *Il Manifesto*, 30 out. 2001.
ERBANI, Francesco. "Sulle macerie della sinistra". *La Reppublica*, 2 ago. 1994.
FERRONI, Giulio. "La poesia dei mondi concreti". *L'Unità*, 19 set. 1994.
_______. "Ma i politici capiscono la política?". *L'Unità*, 5 jan. 2002.
FUSINI, Nadia. "Le due maschere del critico". *La Reppublica*, maio 1990.
GUGLIELMI, Angelo. "Berardinelli e il '900. Sotto il critico niente". *La Stampa*, 27 out. 1990, *Tuttolibri.*
LA PORTA, Filippo. "Giù la maschera, quest'anno si recita l'esistenza". *Il Manifesto*, 30 dez. 2001.
_______. "La terra desolata della nostra lirica". *Il Manifesto*, 17 jul. 1994.
_______. "Patrie Lettere. Un'autobiografia". *Il Manifesto*, 18 jan. 2000.
_______. "La politica? Togliamola ai politici". *L'Unità*, 31 out. 2001.
MANDOSIO, Jean-Marc. "Critique littéraire et critique sociale: quelque réflexions à partir du 'cas' italien". *Nouvelle de Nulle Part*, n. 1, mar. 2002, pp. 3-12.

MAURI, Paolo. "Come imparare a non leggere libri", *La Reppublica*, 13 out. 1997, p. 29.

ONOFRI, Massimo. "Le spine del critico entomologo". *L'Unità*, 26 jun. 2001, p. 25.

_______. "Tra l'arte, la letteratura e la vita. La lezione essenziale e sempre coinvolgente del grande critico Berardinelli". *La Nuova Cultura*, 1º out. 2004, p. 44.

PINTO, Manuel da Costa. "O demônio da meditação". *Folha de S. Paulo*, 2 nov. 2005.

RAFFAELE, Massimo. "Eclissi dell'impegno. Gli 'invisibili' di Alfonso Berardinelli". *Il Manifesto*, 16 out. 1997.

TREVI, Emmanuele. "Tra poeta e critico la vie en prose". *Il Manifesto*, 17 jul. 1994.

ZINATO, Emanuelle. *Alfonso Berardinelli. Il critico come intruso*. Florença: Le Lettere, 2007.

Sobre a organizadora

Maria Betânia Amoroso nasceu em 16 de outubro de 1952, em Piquête (São Paulo). Ao final da graduação na Faculdade de Letras da USP, morou de 1979 a 1984 na Itália, onde concluiu mestrado em Lingüística em Pádua. De volta ao Brasil, novamente na USP, apresentou sua tese de doutorado sobre a crítica literária de Pier Paolo Pasolini no Departamento de Teoria Literária e Literatura Comparada.

Deu aulas na Pontifícia Universidade Católica de São Paulo de 1985 a 1986 e na Universidade Estadual de Assis, de 1987 a 1989. Ensinou de 1989 a 1997 língua italiana no Centro de Estudos de Língua, na Unicamp, tendo então se transferido para o Departamento de Teoria Literária. Publicou:

Pier Paolo Pasolini – A paixão pelo real. Pasolini e a crítica literária. São Paulo: EDUSP, 1997.

Pier Paolo Pasolini. São Paulo: Cosac Naify/Mostra Internacional de Cinema, 2002.

Índice onomástico

Coordenação editorial
IURI PEREIRA

Revisão
THAÍS TOTINO RICHTER

Projeto gráfico da coleção
RAUL LOUREIRO

Capa e Composição
MARIA CAROLINA SAMPAIO

Ilustração da capa
MARCO BUTI

Foto do autor
FRANCISCO DEGANI

Dados Internacionais de Catalogação na Publicação (CIP)
(Câmara Brasileira do Livro, SP, Brasil)

Berardinelli, Alfonso
Da poesia à prosa: Alfonso Berardinelli
Título original: La poesia verso la prosa
Tradução: Maurício Santana Dias
Organização e prefácio: Maria Betânia Amoroso
São Paulo: Cosac Naify, 2007.
216 pp.

ISBN 978-85-7503-590-0

1.Crítica literária 2. Poesia lírica 3. Poesia moderna – História e Crítica
I. Amoroso, Maria Betânia. II. Título.

07-4359 CDD-809.103

Índices para catálogo sistemático:
1. Poesia moderna: Literatura: História e crítica 809.103

COSAC NAIFY
Rua General Jardim, 770, 2º andar
01223-010 São Paulo – SP
Tel [55-11] 3218 1444
Fax [55-11] 3257 8164
www.cosacnaify.com.br

Atendimento ao professor [55-11] 3823 6595

Fonte FOURNIER 11.5/13
Papel PÓLEN SOFT 80 g/m²
Impressão RR DONNELLEY MOORE
Tiragem 3.000